AGATHA CHRISTIE COMPLETE COLLECTION

N or M?

AGATHA CHRISTIE COMPLETE COLLECTION

N 또는 M?

N 또는 M 애거서 크리스티 장편 소설 | 이수경 옮김

황금가지

N OR M?

by Agatha Christie

Copyright © 1941 Agatha Christie Limited.
All rights reserved.

AGATHA CHRISTIE, TOMMY AND TUPPENCE and the Agatha Christie Signature
are registered trademarks of
Agatha Christie Limited in the UK and elsewhere.
All rights reserved.
www.agathachristie.com

Korean Translation Copyright © Minumin 2008, 2013, 2023

Korean translation edition is published by arrangement with
Agatha Christie Limited through Shinwon Agency.

이 책의 한국어판 저작권은 신원 에이전시를 통해
Agatha Christie Limited와 독점 계약한 ㈜민음인에 있습니다.
저작권법에 의해 한국 내에서 보호를 받는 저작물이므로 무단 전재와 무단 복제를 금합니다.

정식 한국어 판 출간에 부쳐

나는 한국에서 우리 할머니의 작품을 정식으로 출간한다는 소식을 듣고 무척 기뻤다. 할머니가 1920년부터 1970년 무렵까지 오랜 세월에 걸쳐 집필한 작품들은 21세기인 지금 읽어도 신선하고 재미있다. 등장 인물들이 워낙 자연스러워서 요즘 사람들과 다를 바 없고 이들이 등장하는 상황과 장소가 전 세계 사람들의 애정과 향수를 자극하기 때문이다. 한국 독자들은 이번에 새로 나온 정식 한국어 판을 통해 그동안 접하지 못했던 애거서 크리스티의 일부 작품들을 읽을 수 있을 것이다. 덕분에 한국에 새로운 세대의 애거서 크리스티 팬들이 탄생할지도 모르겠다는 생각을 하면 가슴이 벅차다.

애거서 크리스티는 대표적인 두 명의 주인공으로 기억되는 작가이다. 14권의 작품에 등장하는 마플 양은 영국의 작은 시골 마을에서 평온한 나날을 보내며 뜨개질과 수다로 소일하는 미혼의 할머니이지만, 놀라운 기억력과 날카로운 두뇌 회전으로 주변에서 벌어진 살인 사건을 해결한다.

그리고 마플 양과 상반되는 성격을 지닌 에르퀼 푸아로는 자신만만하고 콧수염을 포함한 자신의 외모와 벨기에라는 국적에 대한 자부심이 상당하다. 그는 이집트와 이라크를 비롯한 세계 각지에서 수수께끼를 해결하며 『오리엔트 특급 살인 Murder On The Orient Express』, 『나일 강의 죽음 Death On The Nile』, 『애크로이드 살인 사건 The Murder Of Roger Ackroyd』 등 애거서 크리스티의 여러 대표작에 모습을 드러낸다.

황금가지의 대담하고 참신한 표지와 전반적인 디자인 덕분에 작품의 성격이 잘 살아난 것 같아 기쁘다. 또한 한국 독자들이 할머니의 원작이 지닌 참된 묘미를 느낄 수 있도록 충실한 번역을 위해 애써 준 점도 높이 사고 싶다.

할머니의 작품이 20세기의 그 어떤 작가들보다 많이 팔리고 있는 이유는 나이와 국적에 상관없이 읽을 수 있는 재미와 감동을 갖추었기 때문이다. 모쪼록 한국 독자들도 황금가지에서 선보이는 애거서 크리스티 작품들을 즐겁게 감상하기를 바란다.

매튜 프리처드

애거서 크리스티의 손자

ACL 이사장

차례

정식 한국어 판 출간에 부쳐 — 5

1장 — 9
2장 — 32
3장 — 53
4장 — 76
5장 — 104
6장 — 126
7장 — 147
8장 — 178
9장 — 200
10장 — 217
11장 — 237
12장 — 248
13장 — 263
14장 — 282
15장 — 295
16장 — 305

1장

토미 베레스퍼드는 아파트 현관에 들어서서 외투를 벗었다. 그러고는 시간을 들여서 조심스럽게 외투를 벽에 걸고 모자는 바로 옆 옷걸이 못에 걸었다.

토미는 어깨를 펴고 얼굴에 의연한 미소를 띠우면서 응접실로 걸어 들어갔다. 그곳엔 카키색 털실로 발라클라바(눈만 나오는 안면 모자. 여기서는 군용 안면모 ― 옮긴이)를 뜨고 있는 아내가 있었다.

1940년 봄이었다.

베레스퍼드 부인은 남편 쪽을 흘깃 쳐다보고 다시 무서운 속도로 뜨개질을 계속했다. 일이 분이 흐른 뒤 그녀가 말을 꺼냈다.

"석간 신문에 무슨 소식 없어요?"

"전격전(제2차 세계대전 당시 독일의 기습 침투 작전을 가리킴 ― 옮긴이)이 다가오고 있다는데, 얼씨구! 프랑스는 상황이 안 좋아 보여."

터펜스(2펜스 동전을 친근하게 부르는 말로 '터페니'라고도 한다. 여기서는 베레스퍼드 부인의 애칭이다 — 옮긴이)가 말했다.

"지금은 전 세계가 우울하네요."

잠시 침묵이 흐른 뒤 토미가 말했다.

"그런데 왜 터놓고 결과를 캐묻지 않는거야? 괜히 둘러서 말할 필요 없어."

터펜스도 인정했다.

"알아요. 의식적으로 둘러대는 것처럼 짜증 나는 일도 없죠. 하지만 내가 물어보면 당신은 짜증 낼 거 아네요. 그리고 물어볼 필요도 없어요. 얼굴에 다 씌어 있는걸."

"내가 우울한 데스먼드(1926년 발표된 캐릭터. 매우 우울한 얼굴의 달마시안 강아지 — 옮긴이)처럼 보이는 줄은 몰랐는데."

"그건 아니에요. 지금 당신은 입이 귀에 걸린 것처럼 웃고 있는데, 그거야말로 내가 본 중 가장 비통한 얼굴이네요."

터펜스의 말에 토미는 씩 웃으며 물었다.

"정말 내 표정이 그렇게 엉망이야?"

"아니, 더 심해요! 자, 빨리 잊어버려요. 아무것도 안 됐나 보죠?"

"말짱 꽝이야. 어떤 일자리에서도 나를 원하지 않아. 터펜스, 얘기가 나왔으니 말인데, 겨우 마흔여섯 살 남자를 비실거리는 할아버지 취급 하는 건 너무하지 않아? 육군, 해군, 공군, 외무부, 모두 다 같은 소리야. 내가 너무 늙었대. 나중에라면 필요할지도 모른다더군."

"나도 똑같아요. 내 나이가 된 사람을 간호사로는 쓸 수 없다나?

사양한대요. 다른 일도 하나도 안 된대요. 1916년에서 1918년까지 3년 동안 외과 병동과 수술실 간호사로 일하다 수송용 트럭도 몰고, 나중엔 장군의 운전수로도 일했던 이 몸이 아니라 상처를 본 적도 없고 붕대를 소독해 본 적도 없는 애송이를 쓰겠다는 거죠. 이거저거 다 쑤셔 봤지만 하나도 성공 못 했어요. 성가시고 나서기 좋아하는, 불쌍한 중년 아줌마가 되어 버렸어요. 조용히 집에 앉아 뜨개질하라는 소리만 들었다고요."

토미가 우울하게 말했다.

"이 전쟁은 지옥이야."

"전쟁이 일어나고 있다는 것만으로도 충분히 나쁜 일인데, 그 안에서 아무것도 못 하는 것이 정말 화가 나요."

토미가 달래듯이 말했다.

"어쨌든 데버러만이라도 일을 구했잖아."

데버러의 엄마 터펜스가 말했다.

"걘 괜찮아요. 그 아인 일도 잘할 거야. 하지만 토미, 나는 아직도 내가 데버러만큼 일을 할 수 있다고 믿어요."

토미는 씩 웃었다.

"걘 그렇게 생각하지 않을걸."

"딸애들은 좀 얄미울 때가 있지요. 특히 친절하게 대해 주려고 할 때 더 그렇죠."

토미가 웅얼거렸다.

"코흘리개 데릭 녀석에게 용돈을 받을 때면 가끔 울컥해. 걔가 날

'불쌍한 늙은 아빠'라는 식으로 바라보니 말이야."

"솔직히 말하면요, 우리 아이들, 정말 귀엽긴 하지만 짜증 나는 것도 사실이에요."

하지만 쌍둥이 남매 데릭과 데버러에 대해 말하는 그녀의 눈에서는 꿀이 뚝뚝 떨어졌다.

"중년이 되어 뭔가를 할 수 있는 나이가 지나갔다는 걸 인정하는 일은 누구에게나 힘들 거야."

토미가 생각에 잠겨 말했다.

터펜스는 화가 나서 흥 하고 콧소리를 내며 윤기 나는 검은 머리카락을 뒤로 젖혔다. 그러고는 무릎에 놓여 있던 카키색 털실 뭉치를 떨어뜨렸다.

"우리가 뭔가를 할 수 있는 나이가 지났다고요? 정말요? 주위 사람들이 우리가 그렇게 되어 버렸다고 계속 눈치를 주는 게 아니고? 가끔 나는 우리가 쓸모 있던 적이 있었나 하는 생각까지 들어요."

"내 말이 그 말이야."

"그럴지도 모르죠. 하지만 어쨌든 우리도 잘나가던 때가 있었어요. 그런데 지금은 모든 일들이 실제로 일어나지 않았던 게 아닐까 하는 의심이 들기 시작하네요. 그런 일이 있었던가요? 당신이 독일 요원에게 뒤통수를 한 방 맞고 납치당했던 게 사실인가요? 우리가 위험한 범죄자를 쫓았던 것도, 그리고 그를 잡았던 것도 사실일까요? 우리가 아가씨를 구해 내고 중요한 기밀문서를 확보해 국가의 감사 인사를 받았던 것도? 그게 우리였다고요! 당신과 나! 이제 아무도 찾지 않는 한심한 베레스퍼드 부부 말이에요."

"여보, 진정해. 그래도 아무런 소용없어."

"그렇다 하더라도…… 저는 우리 카터 씨한테 실망이에요."

터펜스가 눈물이 고인 눈을 깜빡이면서 말했다.

"정중한 편지를 보내왔잖아."

"그래도 실제로 해 준 일은 아무것도 없었잖아요. 뭐 하나 작은 희망을 품을 여지도 주지 않았어요."

"그래. 이제 일에서 손을 뗐으니까. 우리처럼 말이야. 그분도 많이 늙었어. 스코틀랜드에서 낚시나 하며 살고 계시니……."

터펜스는 아직 미련을 버리지 못한 듯했다.

"정보부에서는 우리한테 일을 줄지도 몰라요."

"어쩌면 우리 쪽이 무리일 수도 있지. 이제 우리는 그런 일을 감당하지 못할 수도 있어."

"그럴 리가요, 예전과 다름없다고 생각하는데……. 하지만 당신 말대로 정말 그런 순간이 찾아온다면……."

그녀는 한숨을 쉬고는 말했다.

"무슨 일이든 찾을 수 있으면 좋겠어요. 생각할 시간이 너무 많다는 건 끔찍한 일이에요."

그녀의 눈동자는 잠시 동안 공군 제복을 입은, 토미와 너무나 비슷한 미소를 짓고 있는 젊은 사내의 사진에 머물렀다.

"남자들은 더 힘들어. 여자들은 정 안 되면 뜨개질이나 봉투 접기, 통조림 마감 일이라도 할 수 있잖아."

"그런 일이라면 앞으로 20년 후에 시작해도 늦지 않아요. 난 그런 일이나 하면서 만족할 만큼 늙진 않았다고요. 그런 일이라면 사양이에요."

초인종이 울렸다. 터펜스가 자리에서 일어났다. 그들 아파트에는 따로 고용인이 없었다.

문을 열어 보니 어깨가 넓고 활기찬 붉은 얼굴에 짙은 콧수염을 기른 사내가 현관 매트를 밟고 서 있었다.

그는 재빠르게 터펜스를 살펴보며 기분 좋은 목소리로 물었다.

"베레스퍼드 부인이십니까?"

"그런데요."

"저는 그랜트라고 합니다. 이스트햄턴 경의 친구이지요. 그분께 당신들을 방문하라는 지시를 받았습니다."

"어머, 정말 친절하기도 하셔라. 들어오세요."

터펜스가 그를 데리고 응접실로 갔다.

"제 남편이에요. 그리고 이쪽은 그랜트……."

"씨라고 해 주십시오."

"그랜트 씨예요. 카터 씨, 아니 이스트햄턴 경의 친구라세요."

터펜스는 오랜 친구인 전 정보부 수장을 입에 올릴 때면 직함을 제대로 부르기보다는 으레 예전 가명인 '카터 씨'가 먼저 튀어나왔다.

몇 분 동안 세 사람은 즐겁게 이야기를 나누었다. 그랜트는 소탈하고 매력적인 사람이었다.

곧이어 터펜스는 방을 나가서 손에 셰리주와 잔을 가지고 돌아왔다.

그 후 몇 분이 흘렀고, 이야기가 멈추었을 때 그랜트 씨가 토미에게 말했다.

"베레스퍼드 씨, 일을 찾고 계시다고 들었습니다."

토미의 눈이 절박함으로 빛났다.

"예, 물론이죠. 혹시……."

그랜트가 웃음을 터뜨리면서 고개를 저었다.

"아, 생각하시는 그런 일은 절대 아닙니다. 유감스럽게도 그런 일들은 젊고 활동적인 사람들의 몫이죠. 또는 그런 일을 수년 동안 해 온 사람들의 몫이거나. 제안드릴 수 있는 일들은 유감스럽게도 모두 재미없는 일입니다. 사무실 일이죠. 서류를 정리하고 붉은 테이프로 묶어서 분류하는 일 따위 말입니다."

토미의 얼굴에 낙심한 기색이 드러났다.

"그렇군요!"

그랜트는 용기를 주려는 듯 말했다.

"하지만 아무것도 안 하는 것보다는 낫지 않습니까. 아무튼 언제라도 제 사무실에 들러 주십시오. 조달청 22호실입니다. 저희가 일을 드리지요."

전화가 울렸다. 터펜스가 수화기를 들었다.

"여보세요…… 응…… 뭐라고?"

수화기 저편에서 흥분해서 앙앙 우는 목소리가 들렸다. 터펜스의 얼굴이 변했다.

"언제? 저런. 물론이지. 당장 갈게……."
터펜스가 수화기를 내려놓고는 토미에게 말했다.
"모린이에요."
"그런 것 같았어. 여기까지 목소리가 들렸거든."
터펜스가 다급하게 설명했다.
"정말 죄송해요, 그랜트 씨. 친구한테 가 봐야 할 것 같아요. 넘어지면서 발목을 접질렀는데 꼬맹이 딸 말고는 같이 있는 사람이 아무도 없다는 거예요. 가서 좀 도와주고 누군가를 불러 돌봐 주도록 해야겠어요. 나가 봐야겠네요."
"괜찮습니다, 베레스퍼드 부인. 저는 상관하지 마십시오."
터펜스는 그에게 미소를 지어 보이고 소파에 놓여 있던 코트를 집어 들어 팔을 끼워 넣더니 서둘러 나갔다. 아파트 문이 쾅 소리를 냈다.
토미는 손님을 위해 셰리주를 새로 따르고는 말했다.
"일어나지 마세요."
"고맙습니다."
상대방은 잔을 받았다. 그는 잠시 동안 아무 말도 없이 술을 홀짝이더니 말을 꺼냈다.
"어쩌면 부인께서 불려 가신 일이 잘된 건지도 모릅니다. 시간을 허비하지 않아도 되니까요."
토미가 그를 빤히 쳐다보았다.
"무슨 말씀이신지 이해가 안 되는군요."

그랜트가 신중하게 말했다.

"원래 베레스퍼드 씨가 조달청으로 저를 만나러 오시면 어떤 제안을 드릴 예정이었습니다."

주근깨로 뒤덮인 토미의 얼굴에 서서히 화색이 돌았다.

"그렇다면……."

그랜트가 고개를 끄덕였다.

"이스트햄턴 경의 추천이었습니다. 당신이 그 임무에 적격이라고 하시더군요."

토미는 깊게 한숨을 쉬었다.

"말씀해 보십시오."

"물론 이 내용은 극비입니다."

토미가 고개를 끄덕였다.

"부인이 알아서는 안 됩니다. 아시겠습니까?"

"그렇게 말씀하신다면야 비밀을 지켜야죠. 하지만 저희는 전에 같이 일했습니다."

"예, 알고 있습니다. 하지만 이번 제안은 당신에게만 국한된 것입니다."

"잘 알겠습니다."

"이미 말씀드렸다시피, 표면적으로는 사무직을 맡게 되실 겁니다. 스코틀랜드 쪽 지사로 발령받는다는 명목으로요. 부인께서 같이 갈 수 없는 지역입니다. 하지만 실제로는 다른 장소에서 일하는 거죠."

토미는 잠자코 기다렸다.

그랜트가 말을 이었다.

"혹시 5열에 대해 신문에서 읽으신 적이 있습니까? 적어도 그 단어가 의미하는 바는 대충 아시겠죠?"

토미가 웅얼거렸다.

"내부의 적이지요."

"정확합니다. 베레스퍼드, 이번 전쟁은 매우 낙관적인 분위기에서 시작되었습니다. 아, 제 말씀은 정확한 정보를 가진 사람들을 제외하고서 하는 얘기입니다. 우린 줄곧 적의 동향을 파악하고 있었습니다. 적의 역량이라든가 공군력, 위험한 결정을 내린 지도자, 그리고 잘 준비된 전쟁 무기의 조직적인 운용……. 지금 말하는 건 일반 대중입니다. 선량하고 순진한 대중은 자신들이 믿고 싶어 하는 것만을 믿습니다. 독일은 금방 망할 것이고, 독일 내부에선 혁명이 일어나기 직전이며, 전쟁 무기는 깡통 수준이고 독일군은 제대로 먹지도 못한 나머지 행군하다가 제풀에 쓰러진다는 식의 이야기들 말입니다. 일종의 희망 사항이라고 볼 수 있겠죠.

하지만 전쟁은 그렇게 되지 않았습니다. 불리한 상태에서 시작해, 점점 악화되고 있습니다. 군인들은 괜찮았습니다. 전투정이나 비행기의 조종사들, 그리고 참호 안의 군인들 말입니다. 하지만 지도층은 한마디로 엉망이었고 전쟁에 대한 준비가 전혀 되어 있지 않았습니다. 어쩌면 우리 측의 잘못일지도 모릅니다. 우리는 전쟁을 원하지 않았고, 또 심각하게 고려한 적도 없었기 때문에 제대로 준비하지 못했던 것입니다.

최악의 상황은 벗어났습니다. 초반의 실수도 바로잡았고, 우리는 적절한 병력을 적재적소에 배치하고 있습니다. 진작 했어야 할 일들을 하게 된 겁니다. 우리는 전쟁에서 이길 수 있습니다. 그건 확실합니다. 하지만 그 전에 패전해 버릴 수도 있지요. 더욱이 패전의 위험은 외부에 있는 것이 아닙니다. 독일 폭격기의 위력 때문이 아니란 말씀입니다. 하물며 독일이 중립 국가들을 점령하여 공격에 유리한 거점을 확보했기 때문도 아닙니다. 적은 내부에 있습니다. 우리가 처한 위험은 고대 트로이가 처했던 상황과 유사합니다. '트로이의 목마'가 우리 성벽 안에 있는 것입니다. 그걸 5열이라 불러도 좋겠지요. 그게 저희들 사이에 있습니다. 남자일 수도, 여자일 수도 있고, 어떤 사람은 매우 지위가 높기도 하고 어떤 사람은 존재를 파악하기 힘들기도 합니다. 하지만 모두 나치의 목적과 이념을 진실로 믿는 자들이라는 것은 틀림없습니다. 우리의 민주 제도가 낳은 느슨한 자유를 딱딱하고 통제적인 이념으로 바꾸고자 노력하는 인간들입니다."

그랜트는 몸을 앞으로 숙이더니 감정이 배제된 평온한 목소리로 말했다.

"그리고 우리는 그들이 누구인지 모릅니다……."

토미가 말했다.

"하지만 분명……."

그랜트는 약간 참을 수 없다는 듯한 뉘앙스를 풍기며 말했다.

"물론 피라미들은 처리할 수 있습니다. 그건 아주 쉽습니다. 하지만 다른 놈들이 문제입니다. 이미 알려진 사실이 얼마간 있습니다. 해군 본부에 고위직으로 있는 사람이 적어도 두 명은 있다죠. 그중 하나는 G 장군의 부하들 중 한 명입니다. 또, 공군에도 적어도 세 명 이상이 있고요. 정보부 소속도 두 명 이상인데, 이들은 내각의 기밀에도 접근이 가능합니다. 지금까지의 상황을 종합해 이와 같은 결론을 얻었습니다. 정보가 새고 있습니다. 그것도 상부에서 적에게 정보가 유출되고 있다는 말입니다."

토미의 기분 좋던 얼굴이 일그러졌다. 그는 좌절한 듯 입을 열었다.

"하지만 제가 무슨 소용이 있을까요? 저는 그런 사람들은 하나도 모르는데요."

그랜트가 고개를 끄덕였다.

"바로 그겁니다. 당신은 그런 사람들을 전혀 모릅니다. 그리고 그들도 당신을 모르죠."

그는 여운을 느낄 수 있게 말을 잠시 끊었다가 다시 시작했다.

"이런 사람들, 상부의 사람들은 우리 대부분을 알고 있습니다. 우리에 대해서 알려면 얼마든지 알아낼 수 있기 때문입니다. 나는 궁지에 몰려 있습니다. 그래서 이스트햄턴을 찾아간 겁니다. 이제 건강이 안 좋으셔서 일을 그만두었지만 내가 아는 사람 중 가장 머리가 좋은 분이니까요. 그분이 당신을 떠올리더군요. 당신이 그 부서를 위해 일했던 것은 이미 20년도 더 지난 일입니다. 그러니 당신의 이름은 어디에도 남아 있지 않습니다. 얼굴도 마찬가지고요. 어떻게 하시겠습니까? 이 일을 맡아 주시겠습니까?"

토미는 기뻐서 어쩔 줄을 몰라 하며 입이 찢어져라 웃었다.

"맡겠냐고요? 물론입니다. 그렇지만 제가 어떻게 도움이 될지 모르겠습니다. 저는 그저 한물간 아마추어일 뿐이라서요."

"친애하는 베레스퍼드, 우리에게 필요한 게 바로 아마추어라는 위치입니다. 이 건에서 전문가는 오히려 걸림돌이 됩니다. 당신은 우리 쪽 최정예 요원의 자리를 대신하게 될 겁니다."

토미는 눈으로 질문을 던졌다. 그랜트가 고개를 끄덕이면서 말했다.

"예. 지난 화요일 세인트브리짓 병원에서 죽은 사람입니다. 트럭에 치여서 몇 시간 만에 사망했지요. 사고로 처리되었지만, 사고가 아니었습니다."

토미가 천천히 말했다.

"그렇군요."

그랜트가 조용히 말했다.

"그래서 파커, 즉 그 요원이 뭔가를 캐낸 게 틀림없다고 믿게 된 겁니다. 결국은 뭔가를 찾아낸 거지요. 사고일 리가 없는 그의 죽음이 그 점을 증명합니다."

토미는 다시 질문하듯 그랜트를 쳐다봤다.

그랜트가 말을 이었다.

"불행히도 그가 찾아낸 사실이 뭔지 우리는 전혀 모릅니다. 파커는 단서를 차례차례 쫓아가고 있었지요. 대부분의 단서에선 아무것도 알 수 없었습니다."

그랜트가 말을 멈추었다가 계속했다.

"파커는 죽기 몇 분 전에야 의식이 돌아왔습니다. 그러다 마지막 순간에 뭔가를 말하려 애쓰더군요. 그가 했던 말은 이렇습니다. N 또는 M. 송수지."

토미가 대꾸했다.

"그것만으로는 별로 도움이 안 되겠는데요."

그랜트가 미소 지었다.

"당신이 생각하는 것보다는 좀 더 많은 정보를 알 수 있습니다. N 또는 M은 이미 들어 본 용어입니다. 가장 중요하고 가장 신뢰받는 독일 요원 중 두 사람을 일컫는 말이지요. 두 사람이 다른 나라에서 벌인 활동에 대해서는 가끔 정보가 들어왔지만 그들에 대해 알아낸 내용은 거의 없었습니다. 외국에서 5열을 운영하고 해당 지역과 독일을 잇는 연결책이 되는 것이 그들의 임무입니다. 우리가 아는 대로라면 N은 남자고 M은 여자이지요. 우리가 아는 건 두 사람이 히틀러가 가장 신뢰하는 요원들이며, 전쟁 초기에 독일군의 암호 중에서 '영국은 N이나 M에게 맡길 것. 전권을 위임하라.'라는 대목이 있었다는 것뿐입니다."

"그렇군요. 그리고 파커는……."

"제가 보기에는 파커가 둘 중 한 사람의 뒤를 밟은 것 같습니다. 불행히도 어느 쪽인지는 알지 못하지만. 송수지라는 말은 아주 알쏭달쏭했지요. 하지만 파커의 프랑스어 악센트가 그다지 좋지 않았으니까요! 그의 주머니에서 리햄턴에서 돌아오는 기차표가 발견됐습니다. 그걸로 실마리를 잡을 수 있었습니다. 리햄턴은 남쪽 해안에서 본머스나 토키처럼 휴양 도시로 떠오르는 지역이지요. 소규모 호텔과 하숙집 들이 많이 있는 곳입니다. 그중에 '상수시('걱정 없는'이라는 뜻의 프랑스어 — 옮긴이)'라는 이름을 가진 곳이 있답니다."

"송수지, 상수시…… 그렇군요."

"아시겠습니까?"

"저는 그곳에 가서 주변을 살펴야 하는 거군요."

"바로 그겁니다."

토미는 다시 미소를 지었다.

"좀 애매합니다, 그렇지 않습니까? 제가 뭘 찾아야 하는지도 모르는데요."

"더 말씀드릴 수 있는 게 없습니다. 저도 모르니까요. 모든 게 당신에게 달려 있습니다."

토미는 한숨을 쉬고 어깨를 폈다.

"한번 해 볼 수는 있을 것 같습니다. 하지만 저는 머리가 총명한 편이 아니라서요."

"오래전에는 매우 잘하셨잖습니까. 그렇다고 들었습니다."

"순전히 운이 좋았던 거죠."

토미가 얼른 대꾸했다.

"지금 저희에게 필요한 게 운이죠."

토미는 잠시 생각해 보더니 이윽고 말했다.

"그 장소 말입니다, 상수시……."

그랜트는 어깨를 으쓱했다.

"별 대단치 않은 단서인지도 모르겠네요. 저도 잘 모르겠습니다. 파커는 어쩌면 '수지 수녀님이 군인을 위해 셔츠를 꿰맨다' 따위의 말을 하고 싶었는지도 모릅니다. 전부 추측일 뿐이죠."

"리햄턴 전체로 보면요?"

"다른 곳과 별반 다르지 않습니다. 노파, 늙은 대령, 의심할 필요가 없는 노처녀들, 수상한 가게 손님, 외국인 한둘. 어딜 가나 그런 사람들이 있지요. 사실은 이런저런 사람들이 전부 섞여 있습니다."

"그리고 N이나 M이 그중에 있다는 말씀이신가요?"

"꼭 그런 건 아닙니다. 어쩌면 그중 누군가가 N이나 M의 연락책일 수도 있습니다. 물론 N이나 M 자신일 가능성도 매우 큽니다. 그곳은 워낙에 눈에 띄지 않는 장소라서요. 그냥 바닷가에 있는 하숙집입니다."

"제가 찾아야 하는 사람이 남자인지 여자인지 전혀 모르시는 겁니까?"

그랜트가 고개를 끄덕였다.

"찾아보도록 하죠."

"행운을 빕니다, 베레스퍼드. 자, 그럼 세부적인 이야기는……."

II

30분 뒤 터펜스가 호기심에 가득 차 숨을 헐떡거리면서 들어왔다. 토미는 혼자서 안락의자에 앉아 어정쩡한 표정으로 휘파람을 불고 있었다.
"그래서요?"
터펜스가 단 한마디에 의미심장한 느낌을 담아 질문을 던졌다.
"그래서…… 내가 직장을 구하게 된 거야…… 말하자면."
토미가 약간 어정쩡하게 대답했다.
"말하자면, 어떤?"
토미는 얼굴을 적당히 찌푸렸다.
"사무직이야, 사무실이 스코틀랜드 황무지에 있어. 극비 사항이라 말할 순 없는데, 별로 재미있을 것 같지가 않아."
"우리 둘 다예요? 아님 당신만?"
"나만이야. 유감스럽게도."
"당신 얄미워요. 우리의 카터 씨가 어떻게 이렇게 잔인할 수가 있지?"
"이런 일에서는 성별을 구분하나 봐. 남녀가 섞여 있으면 신경이 많이 쓰일 테니까."
"암호를 만드는 거나 암호를 해독하는 일이에요? 데버러의 일 같은 건가요? 토미, 조심해요. 그런 일을 하는 사람들은 죄다 불면증에 걸려서 밤새 신음하고 978345286이니 뭐니 하는 숫자를 중얼거리며 돌아다니다가 결국엔 신경 쇠약으로 병원 신세를 진다고 하잖

1장 25

아요."

"난 안 그래."

터펜스가 우울하게 말했다.

"당신도 언젠가는 그렇게 될걸요. 나도 가도 될까요? 일을 하러 가는 게 아니고 부인으로서 말이에요. 일과가 끝나면 따뜻한 식사와 함께 난로 앞에 슬리퍼를 준비하고 말이죠."

토미는 불편한 표정을 지었다.

"미안해, 여보. 정말 미안해. 나도 당신을 두고 가고 싶진 않지만……."

"하지만 그래야 한단 말이군요."

터펜스가 추억에 젖어 들며 낮은 소리로 말했다.

"어쨌든, 당신은 군납용 뜨개질을 하면 되잖아."

토미가 자신 없이 말했다.

"뜨개질? 뜨개질이라고요?"

터펜스는 발라클라바를 움켜쥐더니 바닥에 팽개쳤다.

"난 카키색 털실이 싫어요! 해군용 남색도, 공군용 파란색도 마찬가지고요! 나는 붉은색 실로 뜨개질을 하고 싶단 말이에요!"

"그것도 군용으로는 썩 괜찮겠네. 전격전을 연상시키고 말이야."

토미도 분명 기분이 좋지는 않았다. 어쨌든 터펜스는 씩씩하게 잘 참아 냈다. 그녀는 토미에게 당연히 가야 한다고, 자신은 상관하지 말라고 기꺼이 말해 주었다. 그리고 응급 의무대 바닥을 닦을 사람을 찾는다는 말을 들었다고 덧붙였다. 어쩌면 자신이 그 일에 적

합할 수도 있다고.

토미는 사흘 후 애버딘으로 떠났다. 터펜스는 역까지 그를 환송했다. 그녀는 반짝이는 눈을 한두 번 껌뻑거렸지만 의연하게 웃는 모습만 보였다.

기차가 역을 빠져나가며 플랫폼을 혼자 걸어가는 쓸쓸하고 작은 그녀의 뒷모습이 눈에 띄었을 때 토미는 목구멍에 뭔가 울컥하는 느낌을 받았다. 전쟁이든 뭐든 터펜스를 버려둔 채 떠나가는 기분이었다…….

토미는 애써 평정을 유지했다. 명령은 명령이었으니까.

이윽고 스코틀랜드에 도착한 토미는 다음 날 맨체스터로 가는 기차에 올랐다. 그리고 세 번째 날이 되어 비로소 리햄턴에 도착할 수 있었다. 토미는 그곳에서 제일 큰 호텔에서 하룻밤을 묵은 다음, 이튿날엔 여러 소규모 호텔과 하숙집의 방을 순례하며 장기 투숙에 대해 물어보고 다녔다.

상수시는 빅토리아풍의 벽돌색 주택이었다. 언덕의 사면에 기대서 있어서 위쪽 창문에서 바다를 내려다보는 전망이 훌륭했다. 현관에서는 요리 냄새와 함께 먼지 냄새가 났고, 양탄자는 닳아서 해졌다. 하지만 토미가 둘러본 다른 하숙집보다는 제법 좋은 곳이라 할 만했다. 그는 주인인 페레나 부인과 사무실에서 이야기를 나누어 보았다. 커다란 책상에 온통 서류들이 널브러져 있는 작고 지저분한 방이 사무실이었다.

페레나 부인은 깔끔하지 못한 인상의 중년 여성으로, 심하게 곱

슬거리는 검은 머리카락이 대걸레처럼 엉켜 있었다. 옅은 화장기가 있는 얼굴에 뭔가 속셈이 있는 듯한 미소를 지을 때마다 새하얀 이가 온통 드러났다.

토미는 2년 전 상수시에 머물렀던 사촌 누나 메도스 양의 이야기를 꺼내 보았다. 페레나 부인은 그녀를 제법 잘 기억하고 있었다. 상냥하고 나이 든 (어쩌면 나이가 그렇게 많지는 않을 수도 있겠지만) 숙녀로, 매우 활동적이고 유머 감각이 뛰어난 사람이라는 평이었다.

토미는 조심스럽게 동의했다. 그가 아는 한 메도스 양은 실존 인물이었다. 기관에서는 그런 면에서 매우 신중을 기했다.

곧 부인이 메도스 양의 안부를 물어왔다.

토미가 슬프게도 메도스 양이 돌아가셨다고 설명하자, 페레나 부인은 안타깝다는 듯이 혀를 끌끌 차고 적절하게 애도하는 표정을 지었다.

그러고는 금세 다시 입심 좋게 떠들기 시작했다. 메도스 씨에게 딱 맞는 방이 있다, 바다 전망이 아주 좋은 방이다, 메도스 씨가 런던에서 벗어난 것은 정말 잘한 일이다, 십분 이해한다, 요즘처럼 우울하고 지독한 독감마저 유행하는 지경에야…….

페레나 부인은 토미를 위층으로 데려가 이 방 저 방 보여 주면서도 수다를 멈추지 않았다. 부인이 일주일 치 하숙비 얘기를 꺼내자, 토미는 낙담한 표정을 지었다. 페레나 부인은 물가가 무섭게 올랐다고 했고, 토미는 최근 세금이랑 이런저런 사정 때문에 수입이 줄었다고 했다.

페레나 부인은 투덜거리면서 말했다.

"이놈의 전쟁……."

토미도 동의하며 히틀러라는 놈은 교수형을 당해야 한다고 거들었다. 미치광이. 히틀러는 미치광이가 분명했다.

페레나 부인도 맞장구를 쳤다. 그러면서 배급이 시작된 후로 푸줏간에서 괜찮은 고기를 구하는 게 너무 어렵다고, 때로는 송아지 췌장이나 간도 거의 찾아 볼 수도 없다며 살림의 어려움을 토로했다. 하지만 메도스 씨는 메도스 양의 친척이고 하니 방값을 반 기니 정도 싸게 해 줄 수 있다는 말이 뒤를 이었다.

그러자 토미는 다시 생각해 본다고 말하며 그곳을 나왔다. 그때 페레나 부인이 문까지 쫓아오면서 전보다 한층 더 입심 좋게 떠들어 대는 것을 보고 토미는 그녀가 매우 교활한 사람이라는 인상을 받았다. 그 여자 앞에서 행동을 함부로 해서는 안 될 것 같았다. 그녀가 나름대로 매력적인 여자라는 것은 토미도 인정했다. 그나저나 이 여자는 과연 어느 나라 사람일까? 영국인은 아닌 듯한데. 이름을 보면 스페인이나 포르투갈계 같지만 그건 아마 남편의 국적일 것이다. 사투리 억양은 없지만 아일랜드 사람인 것 같았다. 그렇다면 저 활발하고 열정적인 모습이 이해가 갔다.

결국 메도스 씨는 다음 날부터 상수시에 묵는 것으로 결정되었다.

토미는 6시에 시간 맞춰 도착했다. 페레나 부인이 현관까지 나와서 그를 반겼다. 그녀는 무능하기 그지없어 보이는 하녀에게 짐을 가리키며 이것저것 지시를 내렸다. 하녀가 입을 벌리고 눈알을 굴리며 토미를 바라보았다. 부인은 곧 토미를 라운지라 부르는 장소로 안내했다.

"저는 늘 손님들을 직접 소개하지요."

페레나 부인이 의심에 찬 눈초리를 던지는 다섯 사람에게 의연하게 웃어 보이며 말했다.

"오로크 부인, 이분은 새로 오신 메도스 씨예요."

구슬 같은 눈동자와 수염을 가진 집채만 한 몸집의 여인이 토미를 보며 환히 웃었다.

"블레츨리 소령이시죠."

블레츨리 소령은 토미를 요모조모 뜯어보면서 고개를 뻣뻣하게 까딱했다.

"본 데님 씨."

노란 머리에 푸른 눈을 한 젊은이가 뻣뻣하게 일어나서 허리 숙여 인사했다.

"민턴 양."

카키색 실로 뜨개질을 하던 나이 든 여인이 미소와 함께 킥킥거렸다. 목에는 구슬 목걸이를 잔뜩 걸고 있었다.

"그리고 블렌킨숍 부인."

이번에도 뜨개질이었다. 검은 머리카락이 헝클어진 여자가 집중해서 뜨고 있던 발라클라바에서 고개를 들었다.

토미는 숨이 멎는 듯했다. 방이 빙빙 돌았다.

블렌킨숍 부인! 터펜스! 절대 믿을 수 없는, 불가능한 일이었다.

터펜스가 상수시의 라운지에서 조용히 뜨개질을 하고 있는 것이다.

그녀는 토미와 눈을 맞추었다. 모르는 사람을 보는 듯한, 별 관심은 없지만 예의는 갖추는 시선이었다.

존경심이 솟았다.

터펜스!

2장

토미는 그날 저녁이 어떻게 지나갔는지 전혀 몰랐다. 블렌킨솝 부인에게 너무 시선을 자주 주지 않으려고 애쓴 기억뿐이었다. 저녁이 되자 상수시에 살고 있는 사람이 세 명 더 도착했다. 중년 부부인 케일리 씨 내외, 그리고 젊은 엄마 스프롯 부인. 스프롯 부인은 런던에서 여자 아기를 같이 데리고 왔는데, 어쩔 수 없이 리햄턴에서 지내는 게 매우 지겨운 눈치였다. 그녀는 토미 옆에 앉아서는 때때로 옅은 구스베리 색 눈동자로 쳐다보며 약간 격앙된 목소리로 물었다.

"이제는 제법 안전하다고 생각하지 않으세요? 모두들 런던으로 돌아가고 있어요, 안 그런가요?"

토미가 이 별 뜻 없어 보이는 질문에 대답을 하려는데, 맞은편에서 구슬 목걸이를 주렁주렁 걸고 앉아 있던 여인이 말참견을 했다.

"아이들이 있으면 어떤 모험도 해선 안 돼요. 당신에겐 사랑스러운 베티가 있잖아요. 아기에게 무슨 일이 생기기라도 하면 결코 자신을 용서할 수 없을걸요. 히틀러가 조만간 영국에 전격전을 감행하겠다고 선포했다면서요. 신종 가스 무기도 사용할 거고요."

블레츨리 소령이 날카롭게 끼어들었다.

"가스는 말도 안 되는 이야기요. 놈들이 가스로 장난치면서 시간 낭비할 리가 없소. 고성능 폭탄이나 소이탄을 쓰겠지. 스페인에서도 그랬으니까."

식탁에 앉은 모든 사람들이 신이 나서 논쟁에 뛰어들었다. 터펜스의 입에서 약간 얼이 빠진 듯한 새된 목소리가 튀어나왔다.

"우리 아들 더글러스가 말하길……."

토미는 생각했다.

'더글러스란 말이지. 왜 하필 더글러스야. 그거참 궁금하군.'

빈약한 코스가 여러 개 이어진, 한결같이 맛도 없고 애써 고급인 척하는 저녁 식사가 끝난 후에 모두는 라운지로 옮겨 갔다. 여자들은 뜨개질을 다시 시작했고, 토미는 마음에도 없이 블레츨리 소령의 길고 긴 북서부 전선 무용담을 들어야 했다.

그때 연한 파란 눈에 밝은색 머리카락을 한 젊은이가 방을 나가면서 문턱께에서 가볍게 고개 숙여 인사했다.

블레츨리 소령은 문득 이야기를 끊더니 토미의 옆구리를 쿡 찔렀다.

"지금 방금 나간 친구 말이오, 망명자이지. 전쟁 나기 한 달 정도 전에 독일에서 왔소."

"독일인입니까?"

"그렇지. 하지만 유대인이라서 도망쳐 온 건 아니야. 아버지가 나치를 비판하다가 걸렸다고 하더군. 두 형이 모두 수용소에 있다고 하던데. 저 친구는 잡히기 전에 도망 나온 거고."

그 말이 끝나기가 무섭게 토미는 케일리 씨에게 붙잡혀 그의 건강 상태에 대한 끝없는 강의를 들어야 했다. 그는 자기 얘기에 푹 빠져서 잠자리에 들 시간까지 토미를 놓아주지 않았다.

다음 날 아침, 토미는 일찍 일어나서 바닷가로 걸어 내려갔다. 빠른 걸음으로 부두까지 걸어갔다 산책로를 따라 돌아오려니, 낯익은 인물이 반대 방향으로 걸어오는 것이 눈에 띄었다. 모자를 들어 인사를 했다.

그가 기분 좋게 말했다.

"좋은 아침입니다. 에…… 블렌킨솝 부인이 맞으시죠?"

근처에는 두 사람의 대화를 들을 만한 사람이 없었다. 터펜스가 대꾸했다.

"어이구, 여보, 살아 계셨구려."

"도대체 여기 어떻게 온 거야, 터펜스? 이건 기적이야. 완전한 기적이라고."

토미가 낮은 소리로 말했다.

"전혀 기적이 아니죠. 두뇌를 쓴 것일 뿐이에요."

"당신의 두뇌겠지, 아마도?"

"바로 그거예요. 당신과 거만한 그랜트 씨가 이번 일로 뭔가 좀 배웠으면 좋겠네요."

"분명히 그럴 거야. 자, 터펜스, 어떻게 된 건지 말해 봐. 궁금해 죽겠어."

토미가 말했다.

"간단해요. 그랜트 씨가 카터 씨 이야기를 했을 때 무슨 일이 일어날 것인지 눈치챘어요. 별 볼 일 없는 사무직 제안이 아니라는 걸 알 수 있었죠. 그렇지만 그의 태도로 보아하니 나는 끼워 주지 않을 것 같지 뭐예요. 그래서 좀 더 적극적으로 움직이기로 마음먹었죠. 셰리주를 가지러 갔을 때 브라운네 아파트로 내려가서 모린에게 전화를 했어요. 제게 전화를 하라고, 또 무슨 말을 할지도 알려 줬지요. 그녀는 충직하게 제 말을 따라 주었어요. 앙앙 우는 목소리도 잘 해냈고요. 거실에 쩌렁쩌렁 울릴 만큼 말이에요. 나는 내 할 일을 했어요. 힘들어하는 친구 때문에 짜증과 의무감을 느낀다는 걸 표정으로 나타내고 속상해하면서 자리를 뜬 거죠. 조심스럽게 안쪽에 남아서 현관문을 쾅 하고 닫은 뒤엔 침실로 소리 없이 들어가 장롱 뒤에 숨겨져 있는 문을 살짝 열고 엿들었답니다."

"그래서 모든 걸 들었단 말이지?"

"그래요."

터펜스는 흐뭇해하며 말했다.

토미가 책망하는 투로 말했다.

"그런데 조금도 내색을 안 했네?"

"물론이죠. 당신에게 한 수 가르쳐 주고 싶었거든요. 당신이랑 당신의 그랜트 씨에게요."

"나의 그랜트 씨는 아니지. 당신이 정말 한 수 가르쳐 준 거는 맞아."

"카터 씨가 날 그렇게 하찮게 대하면 안 되죠. 요즘 정보부는 예전 우리 때랑 너무 달라졌어요."

토미가 진지하게 말했다.

"우리가 다시 돌아왔으니까 예전의 모습을 되찾을 거야. 하지만 왜 블렌킨솝이야?"

"왜, 안 돼요?"

"가명치고는 이상한 이름이라서."

"내가 처음으로 생각해 낸 이름이고, 속옷에도 제법 괜찮은데요."

"무슨 뜻이지, 터펜스?"

"B 말이에요, 바보 같긴. 베레스퍼드도 B, 블렌킨솝도 B. 내 내의에는 B가 수놓여 있단 말이에요. 패트리샤 블렌킨솝. 프루던스 베레스퍼드와 머리글자가 같죠. 그런데 당신은 왜 메도스예요? 바보 같은 이름이네요."

"우선 말이야, 나는 내 바지에 B자가 커다랗게 수놓여 있지도 않고 말이지. 게다가 내가 선택한 게 아니야. 그렇게 지시를 받았지. 메도스 씨는 제법 훌륭한 삶을 살아온 신사라고. 난 그 내용 전부를 외워야 했어."

"좋아요. 당신은 기혼이에요, 미혼이에요?"

터펜스의 질문에 토미는 당당하게 대답했다.

"결혼했는데 부인이 죽었지. 10년 전 싱가포르에서 죽었어."

"왜 하필 싱가포르예요?"

"어디선가는 죽었어야 하잖아. 싱가포르가 어때서?"

"아무것도 아니에요. 어쩌면 제일 좋은 장소일 수도 있죠. 나도 미망인이에요."

"남편은 어디서 죽은 거야?"

"그게 상관있나요? 아마도 요양원에서 죽었을걸요. 간경변으로 죽었을 거라고 상상하고 있어요."

"그렇군. 가슴 아픈 이야기야. 그럼 아들 더글러스는?"

"더글러스는 해군이에요."

"어제저녁에 들었어."

"그리고 내겐 아들이 둘이나 더 있어요. 레이먼드는 공군이고, 막내인 시릴은 지방수비군이지요."

"그런데 누군가 그 상상의 블렌킨솝 일가를 조사하려고 하면?"

"아이들은 블렌킨솝이 아니에요. 블렌킨솝은 내 두 번째 남편이거든요. 내 첫 남편은 힐이에요. 전화번호부에는 힐이라는 이름이 세 페이지나 되죠. 그 모든 힐을 다 찾아볼 수는 없어요."

토미가 한숨을 쉬었다.

"터펜스, 그게 당신의 고질병이야. 당신은 항상 너무 과해. 남편이 둘에, 아들이 셋이라고. 그건 너무 지나쳐. 세부적인 사항으로 들어가면 결국 스스로 모순되는 이야기를 할 거야."

"아니요, 그렇지 않아요. 그리고 그 아들들은 언젠가 도움이 될 거라 믿어요. 잊지 마요, 나는 지시를 받고 움직이는 게 아니거든요.

난 프리랜서예요. 내가 이 일에 참여한 건 즐기기 위해서고 정말 그렇게 할 거라고요."

"그런 것 같네."

토미가 말했다. 그는 우울하게 덧붙였다.

"솔직한 생각 같아선 이 모든 게 다 광대짓 같아."

"왜 그렇게 말하죠?"

"당신이 나보다 상수시에 오래 있었으니 잘 알겠지. 솔직히, 어제 저녁 그곳에 있던 이들 중 하나라도 위험한 적국 요원으로 보이는 사람이 있었어?"

터펜스는 잠깐 생각하더니 대답했다.

"하긴 그렇게 믿긴 좀 힘들죠. 하지만 그 젊은 사람 있잖아요."

"칼 본 데님 말인가. 망명자들은 경찰이 신원을 확인하잖아, 안 그래?"

"그럴 거예요. 하지만 무슨 수가 있었겠죠. 그는 매력적인 젊은 남자라고요."

"그 말은 젊은 아가씨들이 그의 뒤를 봐준단 말인가? 하지만 어느 아가씨가? 여기엔 장군의 딸도, 제독의 딸도 없어. 하긴 여자 국방군 중대장이랑 사귀고 있을지도 모르지."

"조용히 해요, 토미. 이번 건은 진지하게 다뤄야 해요."

"나도 진지해. 그렇지만 이게 헛짓거리 같다는 생각이 들어서 말이야."

터펜스가 신중하게 말했다.

"그런 말을 하기엔 일러요. 어쨌든 아직 아무것도 확실한 게 없으니까요. 페레나 부인은 어때요?"

토미도 잠깐 생각하더니 대답했다.

"음, 페레나 부인이 있었지. 인정해, 내가 보기에도 그 부인은 좀 알아봐야 할 것 같아."

터펜스가 사무적인 목소리로 말했다.

"우린 어떻게 하죠? 제 말은, 우린 어떻게 협력해야 할까요?"

토미는 신중하게 답을 내놓았다.

"사람들 앞에서 둘이 같이 있는 모습을 너무 많이 보이지 말아야 해."

"그래요. 우리가 보기보다 서로를 잘 안다는 게 드러나면 위험할 수도 있어요. 태도를 신중히 결정해야지요. 내 생각엔…… 그래요, 내 생각엔 짝사랑이 제일 좋은 설정일 것 같아요."

"짝사랑?"

"바로 그거라고요. 내가 당신을 쫓아다니는 거예요. 당신은 최선을 다해 내게서 도망 다니지만 신사이기 때문에 단호히 거절을 못 하는 거고요. 나는 이미 남편이 두 명이나 있었으니까 이제 세 번째 남편을 찾는 셈이죠. 당신은 쫓기는 홀아비가 되는 거예요. 가끔씩 제가 이곳저곳에서 당신을 옴짝달싹 못 하게 할게요. 카페에서 좀 더 같이 있자고 붙잡고, 바닷가를 산책할 때도 따라잡고요. 모두들 킥킥거리면서 재미있다고 생각할걸요."

"그럴듯하네."

토미가 동의했다.

"옛날부터 여자가 남자를 쫓아다니는 모습엔 좀 우스꽝스러운 면이 있었으니까요. 그런 설정이 꽤 유용할 것 같아요. 만일 사람들이 우리 둘이 같이 있는 걸 본다고 해도 킬킬거리면서 '불쌍한 메도스 좀 보라지.'라고 말하는 정도일걸요."

토미가 갑자기 터펜스의 팔을 붙잡았다.

"저길 봐. 앞쪽에."

그늘이 드리워진 한쪽 구석에 젊은 남녀가 대화를 나누는 모습이 보였다. 두 사람은 진지한 모습으로 이야기에 한껏 빠져 있었다.

터펜스가 부드럽게 말했다.

"칼 본 데님이에요. 저 아가씨는 누구죠? 궁금하네요."

"정말 예쁘게 생긴 아가씨인걸, 누군지는 모르겠지만."

터펜스가 고개를 끄덕였다. 그녀의 시선은 젊은 처녀의 어둡지만 정열적인 얼굴, 그리고 몸매가 드러나게 딱 달라붙는 스웨터에 고정되어 있었다. 여자는 진지하게 힘주어 말하고 있었고, 칼 본 데님은 그녀의 말에 귀를 기울였다.

터펜스가 웅얼거렸다.

"여기서 당신이랑 헤어져야겠어요."

"그래."

토미는 몸을 돌려 반대 방향으로 걸어갔다.

산책로 끝에서 그는 블레츨리 소령과 만났다. 소령은 의심스러운 눈으로 토미를 훑어보고는 투덜거리듯 말했다.

"좋은 아침이야."

"좋은 아침입니다."

"당신도 나와 같군. 일찍 일어나는 거."

"동쪽에 갔다 오면 그런 버릇이 생기지요. 물론 그게 벌써 오래전이긴 하지만요. 하지만 그래도 여전히 일찍 일어납니다."

"맞는 말이야. 맙소사, 요즘 젊은 것들은 정말 못 쓰겠단 말이야. 뜨거운 물로 목욕하고, 아침 식사를 하러 10시 이후에나 오고 말이지. 독일 놈들이 우리보다 우세한 것도 다 이유가 있어. 젊은 것들이 말랑말랑한 강아지처럼 힘도 없고 말이지. 군대도 예전같지 않아, 어쨌든 그래. 애들을 너무 귀하게 길렀다니깐. 하긴 요즘 사람들이 다 그렇지! 매일 밤 뜨거운 물주머니나 침대에 잘 넣어 주고 말이야. 쳇! 역겨워!"

토미가 침울하게 고개를 저어 주자, 블레츨리 소령은 기운을 얻어 계속 말했다.

"규율, 그게 필요해. 규율. 규율 없이 전쟁에서 어떻게 이기나? 아는지 모르겠지만, 요즘 것들은 연병장에 평상복을 입고 온다네, 내가 들었어. 그래 가지고 어떻게 전쟁을 이기겠어? 평상복이라니! 세상에!"

메도스는 요즘은 예전과 많은 것들이 달라졌다는 의견을 조심스럽게 내놓았다.

블레츨리 소령이 우울하게 말했다.

"이게 다 민주주의 때문이야. 뭐든 지나치면 문제가 생기는 법이지. 내 생각엔 요즘은 민주주의가 너무 과도한 것 같아. 장교와 사병을 섞어 놓고 같은 식당에서 밥을 먹잖아. 쳇! 사병들은 그걸 싫어한다고. 군대는 그걸 알지. 항상 알고 있다고."

"물론입니다. 저도 사실 군대에 대해서는 잘 모릅니다만."

소령이 메로스의 말을 가로막으면서 흘깃 쳐다보았다.

"지난번 전쟁에는 참전했나?"

"아, 예."

"그런 줄 알았어. 자네도 훈련을 받은 적이 있는 것 같았지. 어깨를 보면 말이야. 어느 연대에 있었나?"

토미는 메도스의 복무 기록을 떠올렸다.

"5연대입니다."

"아, 그렇군. 살로니카(그리스의 항구 도시 테살로니키의 영어식 이름—옮긴이)!"

"그렇습니다."

"나는 메스폿(메소포타미아 지역, 즉 이라크를 일컫는 영국 군인들의 은어—옮긴이)에 있었지."

블레츨리는 회상에 빠져들었고 토미는 예의 바르게 이야기를 들어 주었다. 말을 마칠 때쯤 블레츨리는 울분에 차 있었다.

"그렇다고 이제 놈들이 나를 써 줄 건가? 아니, 이제 너무 늙었다더군. 너무 젠장 맞게 늙어 버렸다고. 요즘 젊은 것들에게 전쟁에 대해 한두 가지 가르쳐 줄 수 있는데 말이야."

"하면 안 되는 것들만 가르쳐 주시겠죠?"

토미는 미소와 함께 넌지시 말했다.

"엥? 그건 무슨 뜻이지?"

블레츨리 소령의 장점에 확실히 유머 감각은 들어 있지 않았다. 그는 의심스러운 눈초리로 토미를 빤히 쳐다보았다. 토미는 서둘러 화제를 바꾸었다.

"그 부인…… 블렌킨솝 부인이라고 한 것 같은데, 그분에 대해 혹시 아시는 바가 있으십니까?"

"맞아, 블렌킨솝이지. 못생긴 여자는 아니야. 입이 좀 싸 보이긴 해. 너무 말이 많다고. 마음씨는 착하지만 바보 같던데. 특별히 아는 바는 없네. 그 여잔 여기 상수시에 온 지 며칠 안 되거든."

그러고는 한마디 보탰다.

"왜 물어보는 거지?"

"방금 길에서 우연히 만났습니다. 항상 이렇게 일찍 나오는지 궁금해서 말입니다."

"나도 모르네. 확실치 않아. 여인네들은 아침 식사 전에 산책 나올 시간이 보통 없잖아. 우리들에겐 고마운 일이지."

"그렇고말고요."

토미는 맞장구를 치고는 계속 말했다.

"저는 아침 식사 전에는 남의 말을 별로 친절하게 못 받아 주겠더라고요. 그 부인에게 무례하게 군 게 아닌지 모르겠습니다. 하지만 저는 운동을 하고 싶었거든요."

블레츨리 소령은 즉시 공감을 표시했다.

"나도 동감일세, 메도스. 동감이야. 여자들이 어디에 있건 상관은 없지만 아침 식사 전엔 곤란하지."

그는 짧게 키득거렸다.

"조심하는 게 좋아, 친구. 자네도 알겠지만, 그 부인은 미망인이야."

"그렇습니까?"

소령은 유쾌하게 토미의 옆구리를 찔렀다.

"미망인이 어떤지 잘 알잖아. 남편을 둘이나 앞세운 데다가 이젠 세 번째 남편을 찾는 눈치야. 그 여잘 조심하게, 메도스. 눈을 크게 뜨고 말이야. 그게 내 조언이네."

블레츨리 소령은 한껏 기분이 좋아진 상태에서 산책을 마치고 뒤돌아섰다. 그러고는 상수시에서 아침을 먹기 위해 서둘러 걷기 시작했다.

그동안 터펜스는 산책길을 따라 천천히 걸어 조금 전 젊은 남녀가 이야기를 나누고 있던 그늘 근처를 지났다. 몇 마디 말이 들려왔다. 젊은 아가씨가 한 말이었다.

"하지만 조심해야 해, 칼. 약간이라도 의심을 산다면……."

터펜스는 그 이상은 듣지 못했다. 무슨 뜻이 있는 말일까? 그럴 것이다. 하지만 그 단어들은 얼마든지 일상적인 의미로도 해석될 수 있었다. 그녀는 두 사람이 눈치채지 못하도록 빙 돌아 다시 두 사람 근처를 지나갔다. 다시 한번 몇 마디 말이 들렸다.

"위선자들, 구역질 나는 영국 놈들……."

블렌킨숍 부인의 눈썹이 아주 미묘하게 치켜 올라갔다. 칼 본 데님은 나치의 박해를 피해 망명 온 자로, 영국이 피난처를 제공해 준 사람이었다. 하지만 저런 말을 잠자코 듣고 있는 걸 보면 지혜롭지도 않고, 영국에 대해 감사하는 마음도 갖고 있지 않은 듯했다.

터펜스는 다시 돌아섰다. 하지만 이번에는 그늘 근처에 가기도 전에 남녀가 갑자기 자리를 떴다. 아가씨는 길을 건너서 해변가를 떠났고 칼 본 데님은 터펜스 방향으로 걸어오기 시작했다.

터펜스가 멈칫하고 머뭇거리지 않았다면 칼은 알아차리지 못했을 것이다. 곧이어 칼이 얼른 두 발을 모으고 고개를 숙였다.

터펜스가 그에게 재잘거렸다.

"좋은 아침이에요, 본 데님 씨. 안 그런가요? 정말 날씨가 좋네요."

"예, 날씨가 좋습니다."

터펜스가 쉬지 않고 말을 이었다.

"날씨가 너무 좋아서 안 나올 수가 없네요. 아침 식사 전에는 보통 나오지 않는 편인데. 하지만 오늘 아침엔 잠도 잘 오지 않고 말이에요. 낯선 곳에서는 역시 잠을 잘 못 자겠어요. 저는 낯선 곳에 적응하려면 항상 하루이틀은 걸리더라고요."

"아, 예. 물론 그렇죠."

"게다가 아침에 잠깐 걸었더니 허기가 도네요."

"지금 상수시로 돌아가시는 겁니까? 괜찮으시다면 제가 바래다 드리겠습니다."

그는 정중하게 그녀의 옆에서 걷기 시작했다.

터펜스가 물었다.

"본 데님 씨도 식욕을 돋우러 나오신 건가요?"

그는 정중하게 고개를 저었다.
"아, 아닙니다. 저는 벌써 아침을 먹었습니다. 일하러 가는 길입니다."
"일이요?"
"저는 화학 연구원입니다."
'그러시군.'
터펜스는 그를 흘깃 훔쳐보면서 속으로 생각했다.
칼 본 데님은 딱딱한 목소리로 말을 이었다.
"저는 나치의 박해를 피해서 영국으로 왔습니다. 저는 돈도 거의 없고 친구도 없었죠. 그래서 제가 할 수 있는 일을 할 뿐입니다."
그는 앞을 똑바로 쳐다보고 있었다. 터펜스는 격한 흥분이 세차게 그의 가슴속을 휘젓고 있다는 것을 느낄 수 있었다.
그녀가 희미하게 웅얼거렸다.
"아, 예. 그렇군요. 아주 칭찬할 만해요, 확실히."
"제 두 형제는 수용소에 있습니다. 아버지도 수용소에서 돌아가셨고요. 혼자 남은 어머니는 슬픔과 두려움 속에서 돌아가셨죠."
터펜스는 이렇게 생각했다.
'마치 외운 내용을 말하는 것 같아.'
그리고 또다시 그를 흘깃 훔쳐보았다. 여전히 앞만 보는 그의 얼굴은 무표정하기만 했다.
두 사람은 한동안 아무 말도 하지 않고 걸었다. 두 남자가 지나갔다. 그중 한 사람이 칼을 흘깃 쳐다보았다. 그 남자가 동행에게 내뱉는 말이 터펜스에게 들렸다.

"저치는 분명 독일 놈일 거야."

칼 본 데님의 볼이 붉어지는 것이 눈에 띄었다.

갑자기 그는 평정을 잃었다. 억눌러 왔던 감정의 물결이 수면 위로 떠올랐다. 그는 말을 더듬었다.

"방금, 방금 들으셨죠? 사람들이…… 사람들은 항상 저런 말을……."

터펜스는 갑자기 자기 자신으로 돌아왔다. 날카롭고 엄격한 목소리가 나왔다.

"이봐요, 젊은이, 바보 같은 생각 하지 말아요. 모든 걸 가질 순 없어요."

칼은 고개를 돌려 그녀를 뚫어져라 바라보았다.

"무슨 뜻이죠?"

"당신은 망명자예요. 거칠고 힘든 일도 감당할 수 있어야 해요. 어쨌든 살아 있잖아요. 그게 제일 중요해요. 자유롭게 살아 있다는 거. 그 밖에는 어쩔 수 없는 게 있다는 걸 인정해요. 이 나라는 지금 독일과 전쟁 중이에요. 당신은 독일인이고."

그녀는 갑자기 미소를 지었다.

"지나가다 길에서 우연히 지나친 사람이 좋은 독일인과 나쁜 독일인을 구별할 수 있을 거라고 생각해선 안 돼요. 그렇게 딱 둘로 나눌 수 있는 건 아니지만."

칼은 아직도 터펜스를 바라보았다. 너무나도 파란 그의 눈동자에 억눌린 감정이 언뜻 스치고 지나간 것도 같았다. 그러더니 갑자기 미소 지으면서 말했다.

"사람들이 미국 인디언들에 대해 이렇게 말했죠. 좋은 인디언은 죽은 인디언뿐이라고."

그러고는 웃음을 터뜨렸다.

"좋은 독일인이 되려면 시간 맞춰 일하러 가야겠습니다. 실례하겠습니다. 좋은 하루 되십시오."

그리고 다시 뻣뻣하게 고개 숙여 인사했다. 터펜스는 멀어지는 그의 모습을 바라보면서 혼잣말을 했다.

"블렌킨솝 부인, 방금 거의 위장이 들통날 뻔한 거 알아? 앞으로는 임무에 대해서만 생각해. 이제 상수시로 아침을 먹으러 가자고."

상수시의 현관문은 열려 있었다. 안에는 페레나 부인이 누군가와 소리 높여 대화를 나누고 있었다.

"그러니까 내가 전에 마가린에 대해 뭐라 그랬는지 가서 그대로 전해요. 퀼러스에 가서 조리된 햄을 하나 사 오고. 지난번에는 거기가 2펜스 정도 쌌어요. 그리고 양배추는 조심해서 골라야 해요……."

터펜스가 들어가자 그녀는 말을 끊었다.

"아, 좋은 아침이에요, 블렌킨솝 부인. 아주 일찍 일어나시네요. 아직 아침 식사 안 하셨죠? 식당에 차려져 있어요."

그리고 조금 전 대화하던 상대를 가리키면서 말했다.

"제 딸 실라예요. 처음 보시죠. 멀리 갔다가 어젯밤에서야 돌아왔어요."

터펜스는 흥미를 느끼며 눈앞의 아름답고 생기 있는 얼굴을 보았다. 한껏 비통에 젖어 있던 얼굴이 지금은 지루하고 화가 난 듯 보였다. '제 딸 실라'라고 했다. 실라 페레나.

터펜스는 기분 좋은 인사말을 몇 마디 웅얼거리고 식당으로 들어갔다. 아침 식사 중인 사람은 세 명이었다. 스프롯 부인과 어린 딸, 뚱뚱한 오로크 부인이 있었다. 터펜스가 "좋은 아침이에요."라고 인사를 건네자 오로크 부인 역시 다정하게 "좋은 아침이에요."라고 받았고, 그 바람에 스프롯 부인의 희미한 인사말은 들리지 않았다.

할머니는 열렬한 관심을 담아 터펜스를 바라보며 말했다.

"아침 식사 전에 산책을 하는 건 정말 좋은 것 같아요. 입맛이 아주 좋아지죠."

스프롯 부인이 아기에게 말했다.

"아가, 맛있는 빵이랑 우유란다."

그러고는 어린 베티 스프롯에게 한 숟갈 먹이려고 애를 썼다.

아기는 영특하게 고개를 돌려서 숟가락을 피했다. 그리고 커다란 눈을 동그랗게 뜨고 터펜스를 계속 쳐다보았다.

아기는 우유가 묻은 손가락을 뻗어 새로 온 사람을 가리키며 밝은 미소를 짓더니 옹알거렸다.

"가, 가 부치."

"당신이 마음에 들었나 봐요. 어떤 때는 낯선 사람들 앞에서 너무 수줍어한답니다."

스프롯 부인은 호감을 담아 터펜스에게 미소를 지어 보였다.

베티 스프롯이 힘주어 말했다.

"부치, 아 푸수 아 백!"

오로크 부인이 관심을 보였다.

"그런데 저게 무슨 뜻일까요?"

스프롯 부인이 털어놓았다.

"아직 말을 제대로 못해요. 이제 겨우 두 살이 넘었을 뿐이니까요. 말이 되는 소리는 못 하죠. 그래도 엄마라는 말은 할 줄 알아요. 안 그러니, 아가?"

베티는 엄마를 바라보며 잠시 생각하는 것 같더니 단호하게 말했다.

"쿠글 빅!"

오로크 부인이 목소리를 높였다.

"아마도 작은 천사들끼리만 통하는 언어인가 봐요. 베티, 아가, 엄마라고 말해 보렴."

베티는 얼굴을 찌푸리고 오로크 부인을 노려보면서 강한 어조로 말했다.

"네이저······."

"그만 됐다, 그만하면 됐어! 어찌나 귀엽고 사랑스러운지."

오로크 부인은 자리에서 일어나 위협적인 눈초리로 베티를 노려보고는 뒤뚱거리며 방에서 나갔다.

"가, 가, 가."

베티는 아주 만족스러운 듯 숟가락으로 식탁을 두들기면서 말했다.

터펜스는 눈을 반짝이면서 물었다.

"네이저가 무슨 뜻이죠?"

스프롯 부인은 얼굴을 붉히면서 대답했다.

"저도 모르겠어요. 누군가가 마음에 들지 않거나 뭔가가 싫어질 때 베티가 하는 말이에요."

"그럴 것 같았어요."

터펜스가 말했다.

두 여인은 웃음을 터뜨렸다.

"어쨌든 오로크 부인은 친절하려고 애쓰지만 왠지 불안한 느낌을 주는 구석이 있어요. 그 낮은 목소리며 수염이며…… 전부 다요."

스프롯 부인이 말했다. 고개를 한쪽으로 기울인 베티는 구구거리는 소리를 내며 터펜스를 보았다.

"베티가 정말 당신을 좋아하네요, 블렌킨숍 부인."

터펜스는 스프롯 부인의 목소리에서 약간 시기심이 느껴진다고 생각했다. 터펜스는 문제를 바로잡기 위해 서둘러서 대수롭지 않다는 투로 말했다.

"아기들은 새로운 얼굴을 좋아하니까요, 안 그런가요?"

문이 열리고 블레츨리 소령과 토미가 들어왔다. 터펜스가 장난스럽게 불렀다.

"아, 메도스 씨. 제가 이겼죠? 제가 먼저 돌아왔어요. 하지만 아침 식사는 좀 남겨 두었답니다."

그러고는 넌지시 옆자리를 가리켰다.

토미는 애매하게 웅얼거렸다.

"아…… 에…… 이쪽이…… 감사합니다."

그러고는 식탁 반대편에 앉았다.

베티 스프롯이 말했다.

"푸치!"

블레츨리 소령에게 작은 우유 방울이 튀었다. 소령의 얼굴은 즉시 순한 양처럼 즐거워하는 표정을 되찾았다.

그는 약간 얼빠진 목소리로 말했다.

"우리 작은 미스 보 핍은 오늘 아침 어떠신가?"

그러고는 신문으로 얼굴을 가렸다가 불쑥 내밀었다.

"보 핍!"

베티는 좋아서 자지러졌다.

터펜스는 문득 깊은 의혹에 사로잡혔다.

'뭔가 잘못된 거야. 여기엔 아무것도 없어. 그럴 리가 없어!'

상수시가 5열의 본부라고 의심하는 것은 『이상한 나라의 앨리스』 속 하얀 여왕과 같은 정신세계를 가진 사람이 아니고서야 불가능한 일이었다.

3장

건물 밖 차양이 드리워진 테라스에서 민턴 양이 뜨개질을 하고 있었다.

민턴 양은 각지고 야윈 얼굴에 목이 가늘었다. 옅은 하늘색 스웨터를 입고 사슬이나 구슬로 된 목걸이를 걸친 모습이었다. 트위드 치맛자락은 뒤쪽으로 우울하게 퍼져 있었다. 그녀가 활짝 웃으며 터펜스를 반겼다.

"블렌킨숍 부인, 좋은 아침이에요. 안녕히 주무셨나요?"

블렌킨숍 부인은 낯선 침대에서는 항상 하루이틀 정도 잠을 설친다고 털어놓았다. 민턴 양은 신기하다며 자신도 마찬가지라고 대꾸했다.

"우연이네요. 그나저나 뜨개질하신 게 정말 예쁜데요."

블렌킨숍 부인이 말했다.

민턴 양은 기쁨으로 얼굴을 붉히며 뜨던 내용물을 내보였다. 좀 특이한 수법이긴 하지만 아주 간단하다는 설명이었다. 원한다면 뜨는 방법을 기꺼이 알려 주겠다고도 했다. 블렌킨숍 부인은 그녀의 친절함을 칭찬하면서도 자신은 너무 멍청한 데다가 뜨개질이나 무늬뜨기에는 전혀 재주가 없다며 사양했다. 자기 발라클라바 정도나 겨우 뜰 수 있을 정도이고, 그나마 지금 뜨고 있는 모자도 뭔가 잘못된 것 같다. 그렇지 않은가.

민턴 양이 전문가적인 시선으로 터펜스의 카키색 덩어리를 살펴보고 잘못된 부분을 부드럽게 지적해 냈다. 터펜스는 고맙다고 말하며 잘못 짠 모자를 넘겨주었다. 민턴 양은 친절하게도 기꺼이 잘못된 부분을 고쳐 주었다. 전혀 미안해할 거 없다며 뜨개질을 오랫동안 해 왔다는 말도 했다.

"저는 이 끔찍한 전쟁이 나기 전엔 한 번도 해 본 적이 없어요. 하지만 요즘은 너무 끔찍한 기분이에요. 뭐라도 해야만 할 것 같아서 말이에요."

터펜스가 고백했다.

"아, 물론이죠. 그런데 부인 아들은 해군에 있다고 하지 않으셨어요, 어제저녁에?"

"예, 큰아이가요. 정말 훌륭한 아이죠. 자기 아들을 두고 할 말은 아니지만요. 그리고 또 다른 아이는 공군에 있고, 그리고 막내 시릴은 프랑스에 나가 있답니다."

"저런, 저런. 얼마나 불안하실까."

터펜스는 속으로 생각했다.

'아, 데릭, 사랑하는 우리 데릭…… 그 애는 지옥이 따로 없는 아수라장 속에 있을 텐데, 나는 여기서 바보짓이나 하고 있구나. 속을 감추고 연기나 하고 있다니…….'

그녀는 가장 솔직한 마음을 있는 그대로 털어놓았다.

"우린 모두 용감해져야 해요, 안 그래요? 전쟁이 빨리 끝나기를 기도하자고요. 얼마 전 정부 고위 관리가 독일인들은 앞으로 2개월을 넘기기 힘들다고 말했대요."

민턴 양이 너무나 힘차게 머리를 끄덕이는 바람에 목에 걸린 구슬과 사슬 들이 쩔걱거리며 흔들렸다.

"그래요. 정말이에요. 그리고 제가 알기로는요……. (이 대목에서 왠지 모르게 목소리를 낮추었다.) 히틀러가 병에 걸렸다는 거예요. 아주 치명적인 병이라나요. 8월쯤 되면 그 사람은 제정신이 아닐 거예요."

터펜스는 씩씩하게 대답했다.

"전격전이니 뭐니 하는 건 다 독일인들 최후의 발악이죠. 지금 독일은 자원이 부족해서 두려움에 떨고 있어요. 그쪽 공장 노동자들은 불만이 많대요. 곧 모든 것이 무너질 거예요."

"무슨 얘기죠? 그게 다 무슨 말이에요?"

케일리 부부가 테라스로 나오면서 남편 쪽이 성급하게 질문을 쏘아 댔다. 그가 의자에 앉자 부인은 그의 무릎에 담요를 덮어 주었다. 케일리 씨는 다시 성급하게 질문을 했다.

"무슨 말씀을 하고 계셨나요?"

"저희는 가을이 되기 전에 전쟁이 끝날 거라는 얘기를 했어요."
민턴 양이 대답했다.
"말도 안 돼. 이 전쟁은 적어도 6년은 갈 거예요."
케일리 씨가 말했다.
"케일리 씨, 진심으로 그렇게 생각하시는 건 아니죠?"
터펜스가 반발했다.
케일리 씨는 주변을 의심스러운 눈초리로 둘러보더니 낮은 소리로 웅얼거렸다.
"어째 좀 이상한데? 외풍이 들어오나? 어쩌면 의자를 구석으로 옮기는 게 더 나을지도 모르겠구먼."
케일리 씨가 의자를 다시 옮겼다. 불안한 얼굴을 한 그의 부인은 케일리 씨가 바라는 것을 들어주는 것 외에는 삶의 목적이 없는 사람 같았다. 부인은 쿠션과 무릎담요를 이리저리 움직이면서 가끔씩 이렇게 물었다.
"이제는 어때요, 앨프리드? 이제 괜찮아질 것 같은가요? 선글라스를 가지고 와야 하지 않을까요? 오늘 아침은 햇빛이 좀 강하네요."
케일리는 버럭 화를 내면서 말했다.
"아냐, 아냐. 엘리자베스, 너무 호들갑 떨지 마. 내 머플러는 가지고 있어? 아니, 아니, 내 실크 머플러 말이야. 그럼 뭐, 상관없어. 이거면 되겠군. 그래도 이번만이야. 난 목이 너무 더워지는 게 싫어. 이렇게 햇볕이 나는데 양털이 다 뭐야. 그래, 차라리 다른 걸 가지고 오는 게 낫겠네."

그가 다시 조금 전 하던 이야기로 관심을 돌렸다.

"그래요. 나는 6년은 걸린다고 봐요."

그는 두 여인의 반발을 들으며 기분이 좋은 듯했다.

"친애하는 숙녀분들은 희망과 사실을 혼동하시는 것 같군요. 그런데 나는 독일을 좀 알아요. 아주 잘 안다고 할 수 있죠. 은퇴하기 전에 사업차 독일 이곳저곳에 자주 갔거든요. 베를린, 함부르크, 뮌헨…… 전부 훤하지요. 사실상 독일은 영원히 강성할 거라고 확신합니다. 뒤에 러시아가 있으니……."

케일리 씨는 문득 승리감에 젖어 들기 시작했다. 만족에 젖은 그의 목소리는 우울한 리듬에 맞춰 커졌다 작아졌다를 반복했다. 그의 말이 끊긴 것은 부인이 가져온 실크 머플러를 받아서 목에 두를 때뿐이었다.

스프롯 부인이 베티를 데리고 나왔다. 부인은 한쪽 귀가 없는 털실로 짠 작은 개와 북실북실한 인형 웃옷을 아기와 함께 내려놓으며 말했다.

"자, 베티. 산책을 갈 수 있게 본조(1920년대에 유명했던 강아지 캐릭터 — 옮긴이)에게 옷을 입혀 주거라. 엄마는 나갈 준비를 할게."

케일리 씨는 웅얼거리는 목소리로 계속 통계 수치를 언급하며 우울한 전망을 늘어놓았다. 그의 독백은 베티가 자신만의 말로 본조에게 활기차게 재잘거리는 소리에 묻혀 중간중간 끊겼다.

"트러클, 트러클리, 파 밧."

베티는 근처에 새가 내려앉는 것을 보고 정답게 손을 뻗으며 옹알거렸다. 새가 날아가자 베티는 주변에 모여 있는 사람들을 돌아보면서 명확하게 말했다.

"디키."

그러고는 아주 만족스러운 듯 고개를 끄덕였다.

민턴 양이 말했다.

"저 아인 정말 멋진 방식으로 말을 배우고 있어요. 타타라고 말해 보렴, 베티. 타타."

베티는 차갑게 그녀를 올려다보면서 한마디 했다.

"글럭!"

베티는 본조의 한쪽 앞발을 털실 코트 속으로 밀어 넣더니, 의자로 뒤뚱거리며 걸어가서 쿠션을 집어 들고 본조를 그 뒤로 밀어 넣었다. 아이는 신이 나서 키득거리더니 울부짖었다.

"숨어! 멍멍. 숨어!"

민턴 양이 베티가 자신의 딸이기라도 한 양 자랑스러워하며 통역가로 나섰다.

"이 애는 숨바꼭질을 좋아해요. 항상 물건을 숨기죠."

그러더니 짐짓 놀란 척 목소리 높여 말했다.

"본조는 어디 갔지? 본조는 어디 있을까? 본조가 어디로 갔을까?"

베티는 엎드려 숨으며 즐거워서 어쩔 줄 몰랐다.

케일리 씨는 독일인들이 어떻게 원자재 부족에 대처하는지에 대한 자신의 설명이 더 이상 주목받지 못하는 것을 알고 짜증스러운 얼굴이 되더니 기침을 심하게 했다.

스프롯 부인이 모자를 가지고 나와서 베티를 들어 올렸다.

사람들의 주목은 다시 케일리 씨에게로 돌아왔다.

"아까 무슨 말씀을 하시던 중이었죠, 케일리 씨?"

터펜스가 물었다.

하지만 케일리 씨는 그 말이 모욕적으로 들렸는지 차갑게 말했다.

"저 여자는 항상 자기 아이를 내팽개치고서 사람들이 대신 돌봐 줄 거라 생각하지. 여보, 나 아무래도 털실 목도리를 해야 할 것 같아. 해가 구름에 가려지고 있잖아."

"하지만 케일리 씨. 아까 하시던 말씀을 계속해 주세요. 너무 흥미로웠어요."

민턴 양이 말했다.

그 말에 기분이 좋아진 케일리 씨는 가는 목에 털실 목도리를 바짝 매면서 근엄하게 강의을 이어 나갔다.

"아까 말했지만, 독일은 완벽한 시스템을……"

터펜스가 케일리 부인을 돌아보며 말했다.

"전쟁에 대해 어떻게 생각하세요, 케일리 부인?"

케일리 부인이 벌떡 일어났다.

"제 생각은 어떠냐고요? 그건 무슨…… 무슨 말씀이시죠?"

"전쟁이 6년이나 계속될까요?"

케일리 부인은 애매하게 대답했다.

"그러지 않길 빌어요. 그건 너무 긴 시간이잖아요, 안 그래요?"

"예, 긴 시간이죠. 그래서 어떻게 생각하세요?"

케일리 부인은 질문에 많이 당황한 것 같았다.

"글쎄요, 잘 모르겠어요. 전혀 모르겠어요. 남편은 그럴 거라고 말한던데."

"하지만 부인은 그렇게 생각하지 않으세요?"

"잘 모르겠어요. 예측하기 힘들어요, 안 그런가요?"

터펜스는 슬슬 화가 치밀었다. 재잘거리는 민턴 양, 독재자 같은 케일리 씨. 아무 생각 없는 케일리 부인. 이런 사람들이 정말 전형적인 시골 주민들이라고 할 수 있을까? 약간 맹한 얼굴에 삶은 구스베리 같은 눈동자를 한 스프롯 부인은 이들보다 나을까? 도대체 여기서 뭘 찾을 수 있을까? 분명히 이 사람들에게서는 아니었다.

무언가 그녀의 생각을 방해했다. 앞쪽으로 그림자가 져 있었다. 뒤에서 누군가가 그녀와 해 사이에 끼어든 것이다. 고개를 돌렸다.

페레나 부인이 테라스에 서서 일행을 쳐다보고 있었다. 그녀의 눈에 어떤 감정이 담겨 있었다. 경멸일까? 사람을 주눅 들게 하는 멸시의 눈초리처럼 느껴졌다. 터펜스는 생각했다.

'페레나 부인에 대해 알아봐야겠다.'

II

토미는 블레츨리 소령과 즐겁게 친목을 다지고 있었다.

"메도스, 자네 골프채 가지고 왔지, 그렇지?"

토미는 순순히 인정했다.

"하! 내가 생각해도 나는 눈치가 빠르단 말이야. 좋아. 우리 한 게임 같이 치자고. 이곳 골프장에서 골프 쳐 본 적 있나?"

토미는 그렇지 않다고 대답했다.

"나쁘지 않아. 절대 나쁘지 않아. 어쩌면 코스가 약간 짧을지도 모르겠어. 하지만 바다 쪽으로 멋진 풍경을 볼 수 있지. 그리고 사람이 붐비는 경우가 절대 없다고. 이봐, 오늘 오전에 나랑 같이 나가는 건 어때? 한 게임 같이 칠 수 있을 거야."

"감사합니다. 정말 좋겠네요."

"자네가 와서 정말 기쁘네."

블레츨리가 한마디 툭 던지고는 고개를 터덜터덜 올라가면서 계속 말했다.

"그 하숙집에는 여자들이 너무 많아. 신경 쓰인다고. 한편이 되어 줄 남자가 와서 너무 기쁘다네. 케일리는 우리 편으로 볼 수 없지. 그자는 꼭 걸어 다니는 약국 같아. 자기 건강이나 자기가 먹었던 약, 그리고 받아 본 치료에 대해서만 줄기차게 떠들고 다니지. 만약 그 조그만 약 상자를 버리고 매일 15킬로미터 정도 산책을 한다면 훨씬 도움이 될 텐데. 그래서 그를 빼면 여기에 있는 남자는 본 데님인데, 솔직히 말해 메도스, 나는 그 작자가 그리 편하지 않아."

"그러세요?"

토미가 물었다.

"그래. 내 말을 명심하게. 이렇게 망명자를 받아들이는 건 위험해.

내가 권력자였다면 놈들을 몽땅 가두어 버렸을걸. 안전이 우선이지."
"너무 심한 처사가 아닐까요?"
"절대 아닐세. 전쟁은 전쟁이라고. 아무튼 나는 칼 본 데님이 무척이나 의심스러워. 일단 녀석은 분명 유대인이 아니야. 그리고 전쟁이 나기 한 달 전에 여기 왔다네. 겨우 한 달이야, 잘 생각해 보라고. 뭔가 의심스럽잖아."
토미는 슬쩍 떠보듯 질문을 던졌다.
"그렇다면, 그는 어떤……?"
"스파이지! 놈이 하고 있는 건 바로 스파이짓이야!"
"하지만 요 근처엔 육군이나 해군 부대 따위가 없잖아요?"
"이런, 노인네 같은 소리. 그래서 놈들이 교묘하다는 거야! 만일 플리머스나 포츠머스 근처로 숨어들었다면 대번에 감시를 받았겠지. 여기처럼 고요한 곳이라야 남들의 시선을 피할 수 있어. 하지만 이곳도 해변인 건 맞잖나, 안 그래? 문제는 정부가 적국 출신의 외국인들에게 너무 너그럽다는 거야. 누구든 마음만 먹으면 여기로 와서 잔뜩 우울한 얼굴로 수용소에 있는 형제들에 대해 떠들 수 있다는 거 아냐. 저 젊은이를 보게. 모든 면에서 너무 거만하잖나? 녀석은 나치야. 그게 놈의 정체일세. 나치!"
"이 나라에는 정말 마법사가 한두 명 필요하겠군요."
토미가 즐거운 듯 말했다.
"에, 뭐라고?"
"스파이를 색출하려면 말이에요."

토미는 진지하게 설명했다.

"하. 그거 좋은데, 아주 좋아. 스파이를 색출한다. 그래, 맞는 말이야."

그들의 대화는 클럽하우스에 도착하면서 끝났다.

토미는 클럽하우스의 임시 멤버로 이름을 올리고, 늙고 멍청해 보이는 골프장 총무에게 소개되었다. 가입비를 치른 후 토미와 소령은 라운드를 시작했다.

토미의 골프 실력은 그저 그랬다. 이 새로운 친구가 토미의 골프 실력에 흡족해해서 다행이었다. 소령은 1홀을 남겨 둔 상태에서 2타 차로 이겨 기분이 매우 좋은 듯했다.

"좋은 경기였네, 메도스. 아주 좋은 경기였어. 자넨 아이언 샷에서 운이 나빴더군. 마지막 순간에 빗나갔던 거 말이야. 우리 앞으로 종종 같이 하는 게 좋겠어. 이제 가자고. 내가 친구들한테 자네 소개를 해 줌세. 대개는 괜찮은 사람들이지만 몇몇은 좀 노파 같다고 해야 하나? 무슨 말인지 알지? 아, 저기 헤이독이 오는군. 자네도 마음에 들어 할 거야. 은퇴한 해군이지. 상수시 바로 옆 절벽 위의 집을 소유하고 있다네. 우리 지역 공습경보 관리인인 셈이야."

헤이독 중령은 체격이 크고 선량해 보이는 사내로 오랜 세월 거친 날씨에 노출된 얼굴이었다. 눈동자는 짙은 파란색이었고 거의 소리치며 말하는 버릇이 있었다.

그는 친절하게 토미를 반겨 주었다.

"자네가 상수시에서 블레츨리 편이 되어 주는 건가? 블레츨리도 남자가 늘어서 좋아하겠군. 워낙 여자들에 둘러싸여 있어서 말이지.

안 그래, 블레츨리?"

"내가 원래 여자들을 잘 못 다루잖아."

블레츨리 소령이 말했다.

"별소리를. 자네 마음에 안 드는 여자라서 그렇지. 여긴 노파들만 모인 노인정이나 진배없어. 그 여자들이 할 줄 아는 건 앉아서 잡담하는 거랑 뜨개질하는 것뿐일세."

헤이독이 말했다.

"자네 페레나 양을 잊었어."

블레츨리가 말했다.

"아, 실라 말이군. 매력적인 여자인 건 맞지. 사실 꽤 예쁘다고 할 만해."

"난 그 애가 좀 걱정이던걸."

블레츨리가 말했다.

"무슨 말이야? 한잔하게, 메도스. 소령은 뭘 마실 텐가?"

클럽하우스 베란다에 자리를 잡아 모두의 음료 주문이 끝났을 때 헤이독이 조금 전 질문을 반복했다.

블레츨리 소령이 약간 과격하게 말했다.

"그 독일인 말이야. 실라가 놈을 너무 자주 만나는 거 같아."

"놈에게 잘해 주고 있단 말인가? 흠. 그건 안 좋은데. 물론 녀석도 나름대로 멀끔하게 생겼긴 하지. 그래도 안 될 일이야. 절대 안 될 일이지, 블레츨리. 그런 일은 있어선 안 돼. 적과 내통하는 게 아니고 뭐야. 요즘 아가씨들은 도대체 정신을 어디다가 두는 걸까? 괜찮은 영국 청년들도 많은데."

"실라는 특이한 아이야. 가끔 시무룩해져서 아무하고도 이야기를 하려 들지 않을 때도 있어."

"스페인 혈통 때문이야. 걔 아버지가 반은 스페인계잖아, 안 그래?"

"잘 몰라. 생각해 보니 스페인계 이름이긴 하군."

중령은 손목시계를 쳐다보았다.

"뉴스 할 시간이네. 안에 들어가서 한번 들어 보자고."

그날 뉴스는 별 볼 일 없었다. 이미 조간신문에 실린 내용의 반복에 지나지 않았다. 중령은 사자처럼 용맹한 최고의 병사들이라며 영국 공군의 최근 활약상에 대해 칭찬하더니 금세 또 자신의 지론을 늘어놓기 시작했다. 그의 말에 따르면 조만간 독일은 리햄턴에 상륙하려 시도할 것이며, 또 그 이유는 리햄턴이 너무도 '중요하지 않은' 장소이기 때문이라는 것이었다.

"심지어 대공포 한 대도 없잖아! 창피할 일이야!"

토미와 소령이 상수시의 점심시간에 맞추어 집으로 돌아가야 했기 때문에 논쟁으로 이어지지는 않았다. 헤이독은 토미에게 자신의 거처인 '밀수꾼의 쉼터'로 놀러 오라고 정중히 초대했다.

"정말 경관이 좋은 곳일세. 내 소유의 해변도 있지. 그리고 필요한 도구들은 전부 집 안에 갖춰 놓았다네. 블레츨리, 이 친구도 데리고 와."

즉석에서 다음 날 저녁 토미와 블레츨리 소령이 그곳에 한잔하러 가는 것으로 약속이 되었다.

III

상수시에서는 점심 식사 직후가 가장 평화로운 시간이었다. 케일리 씨는 부인의 헌신적인 시중을 받으면서 '휴식'을 취하러 갔다. 블렌킨숍 부인은 민턴 양과 함께 창고에 가서 전선에 보낼 소포를 싸고 주소를 적었다.

메도스 씨는 리햄턴으로 걸어가 바닷가를 따라 천천히 산책하다가 담배를 몇 갑 사고, 스미스네 가게에 들러 《펀치》 최신호를 샀다. 그러고는 잠시 망설이는 듯하더니 '옛 부두행'이라고 적힌 버스에 올랐다.

옛 부두는 산책길의 맨 끝에 있었다. 그곳은 리햄턴에서도 가장 인기가 없기로 부동산 중개업자들의 의견이 일치하는 동네였다. 웨스트리햄턴은 그런 곳이었다. 토미는 2펜스를 내고 부두를 걸어 올라갔다. 다 쓰러져 가는 자판기들이 멀찍이 띄엄띄엄 놓여 있는, 볼품없고 비바람에 낡아 버린 곳이었다. 사람의 모습은 거의 보이지 않았고 아이들만이 몇 명 아래위로 뛰어다니면서 시끄럽게 갈매기 울음소리를 흉내 내고 있었다. 그리고 부두 끝에 한 사내가 외로이 앉아서 낚시를 하고 있었다.

메도스는 끝까지 걸어가서 물속을 바라보았다. 곧이어 부드러운 목소리로 질문을 던졌다.

"뭐 좀 잡았습니까?"

낚시꾼은 고개를 저었다.

"거의 물지도 않아요."

그랜트 씨는 낚시줄을 좀 감아 올렸다. 그는 고개를 돌리지 않고 말했다.

"그쪽은 어떤가요, 메도스 씨."

"아직은 보고할 게 별로 없습니다. 그냥 적응해 가는 중입니다."

"좋아요. 이야기를 좀 들어 봅시다."

토미는 옆에 있는 배를 매어 두는 기둥에 걸터앉았다. 그가 앉은 자리에서는 부두 전체가 보였다. 토미가 말을 시작했다.

"저는 그런대로 잘 적응하고 있는 것 같습니다. 그곳에 머무는 사람들의 명단은 이미 가지고 계신다면서요?"

그랜트가 고개를 끄덕였다.

"아직 보고할 만한 것은 없습니다. 블레츨리 소령과 친분을 쌓았고요. 오늘 아침에는 같이 골프를 쳤습니다. 그는 평범한 퇴역 장교처럼 보입니다. 문제를 찾자면, 너무 전형적인 게 문제랄까. 케일리는 진정한 건강 염려증 환자로 보입니다. 그런 건 꾸며 내기도 쉽지만요. 그 사람 말에 의하면 지난 몇 년간 제법 오랜 기간 동안 독일에 있었다고 합니다."

"주목할 만한 점이군요."

그랜트가 간결하게 대답했다.

"그리고 본 데님이 있습니다."

"그렇지, 내가 당신에게 말할 필요도 없겠지, 메도스, 본 데님이야말로 내가 가장 관심을 기울이는 인물이에요."

"그가 N이라고 생각하십니까?"

그랜트는 고개를 저었다.

"아니, 그렇진 않아요. 내 생각에 N이 독일인일 리는 없어요."

"그러면 나치의 억압을 피해 온 망명자라는 것도 사실이 아닐까요?"

"그것도 아닐 거예요. 우리가 예의 주시하고 있으니까. 그리고 적들도 우리가 영국 내 적국인을 주시하고 있다는 사실을 잘 압니다. 그게 아니라도, 베레스퍼드, 이건 기밀이지만, 우리는 열여섯 살부터 예순 살까지의 모든 적국인을 감시하고 있어요. 적들이 그 사실을 알건 모르건, 그 정도는 아마 예상하고 있을 거예요. 그러니 자기네 조직의 주력 요원이 감시당할 위험을 무릅쓰려 들진 않겠지. 그렇다면 N은 중립국 국적을 가지고 있거나 (어쨌든 겉보기에는) 영국인이라는 말이 되죠. M도 물론 마찬가지고. 그래요, 내가 데님에게 관심을 갖는 데에는 다 이유가 있어요. 그는 '연결 고리'일지도 몰라요. 또 N이나 M이 상수시에 없을 수도 있습니다. 그러나 거기 있는 칼 본 데님을 통해 목표에 접근할 수 있을지도 모른다는 거예요. 그럴 가능성이 매우 높아요. 상수시에 있는 사람들이 겉보기에 우리가 찾는 대상이 아닌 것처럼 평범해 보인다는 점이 그 생각을 더 굳혀 주는군요."

"거기 있는 사람들 모두를 자세히 조사하셨겠죠?"

그랜트가 한숨을 쉬었다. 아주 짧고 재빠른, 고민에 찬 한숨이었다.

"아니, 나는 그렇게 할 수 없어요. 우리 부서에 조사 지시를 내리는 건 아무것도 아니지만, 그건 모험이에요, 베레스퍼드. 난 그런 위험을 감수할 수 없습니다. 알겠지만, 부서 내부에도 스파이들이 있기 때문이죠. 내가 상수시를 눈여겨본다는 낌새만 풍겨도 즉시 상대편은 그 사실을 알게 될 거예요. 그래서 외부인인 당신이 일을 해야 하는 것이지요. 그리고 역시 그 때문에 당신은 우리의 도움 없이 혼자서 은밀히 일을 해야 하고요. 그게 유일한 희망이에요. 적들이 알아차릴지 모르는 모험은 절대 불가이니까. 다만 사람들 중에서 유일하게 뒷조사가 가능했던 인물이 한 명 있습니다."

"그게 누구입니까?"

"칼 본 데님. 어려울 것 없었죠. 으레 조사하니까. 그가 적국 출신이라는 명목을 앞세우면 상수시 주민이라서 조사하는 것으로 보이지 않으니 말이에요."

토미는 궁금해서 물었다.

"그 결과는?"

상대방은 궁금증을 일으키는 미소를 지었다.

"칼 본 데님 본인의 말 그대로였습니다. 그의 아버지는 조심성이 없었는지 나치에게 체포되어 수용소에서 죽었어요. 칼의 형들은 수용소에 잡혀 있지요. 어머니는 크나큰 슬픔을 이기지 못하고 1년 전에 세상을 떴고. 그는 전쟁이 터지기 불과 한 달 전에 영국으로 도망 나왔답니다. 본 데님은 영국을 돕는 데 전력을 다하겠다고 공공연히 말했어요. 화학 연구 및 실험에서 그가 거둔 탁월한 성과는 특정 유독가스에 노출되었을 때 필요한 해독법과 일반적인 오염 정화에 관한 실험에 큰 도움이 될 것입니다."

"그럼 그는 결백한 겁니까?"

"꼭 그렇지는 않아요. 우리의 적인 독일 놈들은 철저하기로 악명이 높으니까. 만일 본 데님이 요원으로서 영국에 파견된 거라면 말과 이력이 딱 맞아떨어지도록 각별히 주의를 기울였겠지요. 두 가지 가능성을 생각해 볼 수 있겠죠. 본 데님 가족들이 모두 남남으로 구성된 집합이라는 거예요. 엄중한 나치의 통치 아래에서라면 불가능한 일이 아니죠. 또는 우리 앞의 이 남자가 실제 칼 본 데님이 아니며, 단지 그 사람의 역할을 하고 있다거나."

"그렇군요."

천천히 대답한 토미는 잠시 뒤 뜬금없이 덧붙였다.

"아주 괜찮은 젊은이 같았는데."

그랜트가 한숨을 내쉬면서 말했다.

"그렇죠, 거의 항상 그렇지요. 우리가 하고 있는 일은 참으로 모순적이에요. 우리가 그들을 존중해 주듯 그들도 우리를 존중하지요. 비록 눈앞의 맞수를 제거하기 위해 전력을 다하고 있음에도, 우리는 상대를 좋아하게 되는 겁니다. 알다시피 말이에요."

토미가 전쟁의 아이러니를 생각하는 동안 침묵이 흘렀다. 토미는 그랜트의 목소리에 문득 깨어났다.

"하지만 우리가 좋아할 수도, 존중할 수도 없는 자들이 있지요. 바로 우리들 중에 있는 배신자 말이에요. 조국을 배신하고 전쟁에서 이긴 적국의 정부에서 출세해 보겠다는 놈들입니다."

토미는 감정을 실어서 말했다.

"이런 괘씸한, 무슨 말씀이신지 잘 알겠습니다. 그런 건 스컹크들이나 하는 짓이지요."
"그리고 스컹크에게 어울리는 최후를 맞아 마땅한 놈들이고."
토미는 미심쩍다는 듯이 물었다.
"그러니까 정말로…… 그런 악당들이 존재한단 말씀이지요?"
"모든 곳에 있지요. 이미 말씀드렸다시피 정보부 속에도, 군 병력 속에도, 의회에도 있습니다. 내각 고위 공직자 중에도 있지요. 그들을 솎아 내야만 합니다. 반드시! 그것도 신속하게. 말단을 건드려서는 할 수 없는 일이죠. 공원에서 떠들기나 하는, 또는 전단지나 돌리는 잔챙이들은 거물이 누군지 모르기 마련이니까. 우리가 원하는 건 거물급이에요. 그들이야말로 말할 수 없이 막대한 피해를 입히는 자들이죠. 제때 잡아내지 못하면 피해가 어마어마할 거예요."
토미는 자신 있게 말했다.
"제때 잡을 수 있을 겁니다."
"무슨 근거로 그렇게 자신하지요?"
"방금 말씀하셨잖아요. 그래야만 한다고요!"
낚싯줄을 드리운 사내는 몸을 돌려 자기가 대화하던 상대를 잠시 똑바로 바라보았다. 차분하지만 단호해 보이는 턱 선이 새로이 눈에 들어왔다. 그는 눈앞의 남자가 새삼 마음에 들었다. 그가 조용히 한마디 했다.
"역시 괜찮은 사람이군."
그랜트는 계속했다.

"그곳의 여자들은 어때요? 의심스러운 점이 있어요?"

"상수시를 운영하는 여주인이 좀 이상해 보이긴 합니다."

"페레나 부인 말입니까?"

"예, 혹시 그녀에 대해 아시는 바가…… 없으신가요?"

그랜트가 천천히 말했다.

"그녀의 배경에 대해서 조사하도록 할 수는 있지만, 이미 말했듯이 위험하지요."

"예. 모험은 하지 않는 편이 좋겠죠. 하지만 어떻게든 의심스러운 사람을 찾으라면 그녀뿐입니다. 그곳에 있는 여성들이라곤 젊은 엄마, 시끄러운 노처녀, 심기증 환자의 멍청한 부인, 그리고 좀 부담스럽게 생긴 아일랜드 여자뿐입니다. 겉보기엔 모두 아무 해가 될 것 같지 않은 사람들입니다."

"그게 전부인가?"

"아니요. 블렌킨솝 부인이 있습니다. 사흘 전에 들어왔다더군요."

"그래서?"

"블렌킨솝 부인은 제 아내입니다."

"뭐라고?"

토미가 불쑥 던진 한마디에 그랜트는 목소리가 높아졌다. 몸을 획 돌린 그의 시선에는 날카로운 분노가 어려 있었다.

"베레스퍼드, 분명히 부인에게는 한마디도 하지 말라고 당부했을 텐데!"

"예. 그리고 저는 한마디도 하지 않았습니다. 하지만 제 이야기를 들어 보시죠……."

토미는 무슨 일이 있었는지 간략하게 말해 주었다. 감히 상대방의 얼굴을 보지는 못했지만, 목소리에 은근히 묻어나는 자부심을 감추려고 애써야 했다.

토미가 이야기를 마치자 잠시 침묵이 흘렀다. 그러던 중 옆 사람에게서 이상한 소음이 들려왔다. 그랜트는 웃고 있었다. 한동안 웃음을 그치지 못했다.

"그 대단한 여성에게 경의를 표해야겠군! 정말 1000명 중에 하나 있을까 말까 한 분이야!"

"그렇습니다."

"이 이야기를 들려 주면 이스트햄턴도 웃음을 터뜨릴 거예요. 그는 내게 부인을 따돌리지 말라고 경고했죠. 만일 제외시키면 오히려 허를 찔릴 거라고. 나는 그 말을 듣지 않았지. 이 일은 당신에게 일처리를 아주 조심하라는 경고 또한 되겠군요. 누구도 엿듣지 못하도록 나름대로 만전을 기했다고 생각했건만……. 사전에 당신네 두 명만 집에 있는 걸 확인했거든요. 전화 건너편에서 부인에게 당장 오라고 재촉하는 목소리도 들었고…… 그런데도 문 닫는 소리 같은 고전적인 속임수에 넘어갔지 뭡니까. 그래요, 당신 부인은 정말 똑똑한 사람이에요."

잠시 말이 없다가 다시 입을 열었다.

"한 방 먹었다고 전해 주세요."

"그러면 이제 그녀도 이 일에 참여하는 겁니까?"

그랜트 씨는 의미심장하게 얼굴을 찌푸렸다.

"좋든 싫든 이미 참여하지 않았나요? 부인께 이 일을 함께해 주신다면 우리 기관으로서도 영광이겠다고 전해 주세요."

토미는 옅은 미소를 지으며 말했다.

"그러겠습니다."

그랜트가 진지하게 물었다.

"설득하는 건 정말 불가능할까? 댁으로 돌아가서 기다리라고 말이에요."

토미는 고개를 저었다.

"터펜스를 잘 몰라서 하시는 말씀입니다."

"이젠 좀 알 것도 같은데. 이렇게 말하는 이유는 일이 매우 위험하기 때문이에요. 당신이나 부인에 대해서 놈들이 알게 되기라도 하면……."

그는 문장을 끝내지 않았다.

토미는 진지하게 대답했다.

"그 점은 저도 이해합니다."

"하지만 당신이라도 아내를 설득해서 위험에서 떼어 놓을 수는 없을 것 같군요."

토미가 천천히 말했다.

"아내에게 그런 말은 차마 못 할 것 같습니다……. 터펜스와 저는, 아시겠지만, 그렇게 살아오지 않았습니다. 저희는 무슨 일을 하든 함께입니다!"

토미는 오래전, 지난 제1차 세계 대전이 끝날 무렵 사용했던 단어가 떠올랐다. 합작 회사(『비밀 결사』 시절 토미와 터펜스가 의기투합하여 스스로를 지칭하던 용어 — 옮긴이)…….

그것이 터펜스와 함께했던 그의 인생이었다. 앞으로도 항상 그럴 것이다. 그들은 공동 운명체였다.

4장

터펜스가 저녁 식사 직전에 상수시의 라운지에 들어섰을 때 방 안에는 우람한 체격의 오로크 부인뿐이었다. 그녀는 마치 거대한 불상처럼 창문 옆에 앉아 있었다.

오로크 부인은 활발하고 붙임성 있게 터펜스에게 인사를 건넸다.
"아, 블렌킨숍 부인이시군요! 저하고 비슷하시네요. 먼저 내려와서 식당에 들어가기 전에 일이 분 동안 조용히 있으면 참 기분이 좋죠. 게다가 이 방은 날씨가 좋을 때 요리하는 냄새가 들어오지 않을 정도로만 창문을 열어 두면 정말 쾌적하답니다. 요리 냄새는 어디서든 안 좋으니까요. 특히 양파나 양배추를 끓이고 있다면요. 이제 여기 앉으세요, 블렌킨숍 부인. 이렇게 날씨가 좋은 오늘 뭘 하셨는지, 그리고 리햄턴이 마음에 드는지 말해 주세요."

오로크 부인은 터펜스에게 좀 꺼림칙한 관심을 가지고 있는 듯했다. 그녀는 오거를 닮았다. 그런 괴물을 어린 시절 동화에서 본 기억이 어렴풋이 났다. 우람한 체격, 굵직한 목소리, 밀지도 않고 놔둔 코밑과 턱의 수염, 강렬하게 반짝이는 눈 등, 실제보다 위압적인 인상이 분명 아이들이 반길 만한 외모의 소유자는 아니었다.

터펜스는 리햄턴이 아주 마음에 들고, 여기서 행복할 것 같다고 대답했다.

그러고는 우울한 목소리로 덧붙였다.

"그러니까…… 항상 엄청난 불안함을 안고 있으니 어딜 가든 마찬가지겠지만 그래도 행복하게 지내 보려고요."

"오, 이런. 너무 걱정하지 말아요. 당신 아들들은 모두 무사히 건강하게 돌아올 거예요. 틀림없어요. 하나는 공군에 있다고 했죠?"

오로크 부인이 편안하게 조언해 주었다.

"예, 레이먼드가요."

"프랑스에 있나요, 아니면 영국?"

"지금은 이집트에 있어요. 지난번 편지를 보자면 말이에요. 구체적으로 써 놓진 않았지만 우리끼리 정해 놓은 암호가 있거든요. 무슨 말인지 아시겠죠? 어떤 문장이 나오면 무슨 뜻이라는 약속이요. 그 정도는 괜찮을 것 같아요. 안 그래요?"

오로크 부인이 냉큼 대답했다.

"물론이죠. 그건 엄마의 특권이죠."

"그래요. 아이가 어디에 있는지 정도는 알아야 한다고 생각해요."

오로크 부인은 부처 같은 머리를 끄덕거렸다.

"전적으로 동의해요, 그럼요. 만일 제게도 아들이 있어서 전쟁에 내보냈다면 저도 똑같은 방법으로 검열을 피했을 거예요, 그럼요. 그리고 다른 아들은 해군에 있다고 했죠?"

터펜스가 더글러스 이야기를 시작할 차례였다. 일단 울먹이며 운을 뗐다.

"있잖아요, 아이들이 없으니까 너무 외로워요. 한꺼번에 셋 모두 저를 떠나 있었던 적이 없거든요. 모두들 저한테 정말 잘해 주었답니다. 엄마라기보다는 친구처럼 대해 줬지요."

그녀는 쑥스러운 듯이 웃었다.

"가끔 저랑 같이 외출하자고 조르는 아이들을 일부러 야단쳐서 내보내기도 했어요."

(터펜스는 마음속으로 '나 정말 귀찮은 여자 같네.'라고 생각했다.)

계속 목청 높여 말했다.

"전쟁이 터진 이후 저는 어디 가서 뭘 해야 할지 모르는 신세가 됐어요. 런던에 있는 제 집의 계약 기간이 다 되었지만 다시 거길 계약하는 건 바보짓 같았고요. 어딘가 조용한 곳으로 가야겠다고 생각했죠. 기차역이 가까운 곳으로요."

잠시 말을 끊었다.

부처님이 다시 고개를 끄덕였다.

"저도 전적으로 동의해요. 지금 런던은 있을 곳이 못 되죠. 아! 어찌나 우울한지! 저도 한동안 런던에 산 적이 있어요. 골동품 판매점을 했거든요. 첼시 코나비가(街)에 제 가게가 있어요. 아실지 모르겠네요. 문 위에는 케이트 켈리라고 씌어 있지요. 멋진 물건이 많았답니다. 멋진 물건들, 대부분 유리로 된 거예요. 워터퍼드나 코크에서 만든 것들이죠. 샹들리에나 화채 그릇이나 그런 것들요. 외국산 유리 제품도 있었고, 작은 가구들도 있었죠. 큰 거 말고 작은 옛날 물건들이었어요. 아, 대부분 떡갈나무나 호두나무로 된 정말 멋진 물건들이었는데. 손님도 제법 있었어요. 하지만 전쟁이 일어나자 물건은 전부 서쪽으로 보내졌죠. 전 거의 손실 없이 빠져나올 수 있어서 행운이었네요."

터펜스의 머릿속에 희미한 기억이 떠올랐다. 유리 제품으로 채워진 가게. 움직이기 힘들 정도로 진열품이 많은 내부. 아주 설득력 있는 굵직한 목소리를 가진, 거절하기 힘든 거대한 여자. 그랬다. 그녀는 그 가게에 분명히 가 본 적이 있었다.

오로크 부인이 말을 계속했다.

"저는 불평만 늘어놓는 부류가 아니에요. 이 집 안에 있는 어떤 사람처럼 말이죠. 케일리 씨가 그중 한 명이에요. 끝없이 목도리와 숄을 찾고 자기 사업이 망하고 있다는 한탄으로 가득하니까요. 물론 그렇겠죠. 전쟁 중이니까요. 그런데도 그 사람 부인은 아무 말도 안 하고 말이에요. 그리고 스프롯 부인도 있어요. 남편에 대해서 매일 투덜거리기나 하는."

"그분 남편도 전장에 나가 있나요?"

"아니에요. 남편은 보험 회사에서 동전 한두 개에 목숨을 거는 사무원이라죠. 그게 전부예요. 그런데 공습이 너무 무서워서 전쟁이 터지자마자 부인을 여기에 데려다 놨대요. 어쨌든 아이를 생각하면 그러는 게 맞죠. 아이도 참 귀엽고. 하지만 스프롯 부인은 초조해해요, 남편이 시간 날 때마다 내려오는데도요…… 아서가 자길 보고 싶어 할 거라고 계속 말은 하는데. 하지만 제가 보기엔 아서가 아내를 별로 보고 싶어 하지 않는 것 같아요. 어쩌면 다른 여자가 있을 수도 있고요."

터펜스가 낮은 소리로 말했다.

"여기 있는 엄마들이 참 안됐어요. 아이들을 내보내면 근심이 사라질 날이 없지요. 그렇다고 애들을 따라가면 혼자 남을 남편들한테 못 할 짓이고요."

"아! 그럼요. 양쪽 생활을 병행하려면 돈도 엄청 들지요."

"이곳은 꽤 합리적인 것 같아요."

"그래요, 뭐 가격 대비 괜찮은 편이죠. 페레나 부인은 여길 제법 잘 운영하고 있어요. 하지만 좀 이상한 여자 같지 않아요?"

"어떤 면에서요?"

터펜스가 묻자 오로크 부인은 눈빛을 반짝거리며 말했다.

"제가 너무 남의 말을 좋아한다고 생각하실지 모르겠네요. 하지만 사실인걸요. 저는 주변에 있는 모든 사람들에게 관심이 많아요. 그래서 가능한 한 자주 이 의자에 앉는답니다. 누가 들어가고 누가 나가는지, 누가 베란다에 있는지, 정원에 무슨 일이 있는지를 다 볼 수 있어요. 무슨 얘기를 하고 있었죠? 아, 페레나 부인이요. 그녀가 좀 수상하다는 거였죠. 그 부인의 삶은 드라마 같은 사건으로 가득

해요. 제가 잘못 알고 있는 게 아니라면요."

"정말 그렇게 생각하세요?"

"지금은 그래요. 또 어찌나 비밀스러운 척을 하는지! 제가 '아일랜드 어디에서 오신 거죠?'라고 물은 적이 있었어요. 그런데 뭐라고 그랬는지 아세요? 딱 시침을 떼면서 자기는 아일랜드에서 오지 않았다고 하더라고요."

"아일랜드 사람이라고 생각하세요?"

"당연히 아일랜드 사람이죠. 제가 동포를 못 알아볼까 봐서요. 어느 지역 출신인지도 말할 수 있어요. 그런데 글쎄 '저는 잉글랜드 사람이에요.'라지 뭐예요! 그러고는 자기 남편이 스페인 사람이라서 그러느니 뭐니……."

오로크 부인은 갑자기 말을 끊었다. 스프롯 부인이 들어오더니 바로 뒤이어 토미가 들어왔다.

터펜스는 즉시 활기차게 말했다.

"좋은 저녁이에요, 메도스 씨. 오늘 저녁엔 아주 기분이 좋으신가 봐요."

토미가 말했다.

"운동을 많이 하는 게 비결입니다. 아침에 골프를 치고 오후에는 바닷가 산책을 다녔죠."

밀리센트 스프롯이 말했다.

"전 오늘 오후에 애를 데리고 바닷가에 갔어요. 베티는 물장난을 치고 싶어 했지만 제 생각엔 아직 좀 추운 것 같아서요. 그렇게 아이가 모래성을 짓는 걸 도와주고 있었는데 강아지가 제가 뜨개질 하던 걸 물고 달아나서 실이 한참 풀려 나간 거예요. 너무 화가 났지요. 그걸 다시 일일이 뜨려니 어찌나 힘이 들던지. 저는 정말 뜨개질에 소질이 없나 봐요."

오로크 부인이 갑자기 터펜스에게 관심을 돌리면서 말했다.

"블렌킨솝 부인, 그 모자 잘 짜고 계시네요. 잘 따라가고 있는 거예요. 민턴 양 말로는 부인이 뜨개질 경험이 별로 없다고 했던 것 같은데."

터펜스는 얼굴을 약간 붉혔다. 오로크 부인의 눈은 예리했다. 터펜스가 약간은 짜증 난 목소리로 말했다.

"저도 뜨개질을 많이 해 봤어요. 민턴 양에게도 그렇게 말했는데. 하지만 그녀는 남들을 가르치길 좋아하는 것 같더군요."

모든 사람들이 동의하면서 웃음을 터뜨렸다. 몇 분 뒤 나머지 사람들도 다 들어왔고, 식사 벨소리가 들려왔다.

누구나 관심 갖는 주제인 스파이 얘기가 나오면서 식사 중 대화는 후끈 달아올랐다. 이미 수차례 돌고 돈 소문들이 오갔다. 근육질의 팔을 가진 수녀, 낙하산을 타고 하늘에서 내려오다 쿵 하고 떨어지며 성직자답지 않은 언어를 사용한 성직자, 침실 굴뚝에 무선 전신기를 숨겨 두었던 오스트리아 출신 요리사, 그리고 지금 자리에 앉은 사람들의 6촌이나 숙모들에게 일어나거나 혹은 일어날 뻔 했던 이야기들. 이야기는 자연히 5열의 활동으로 이어졌다. 영국의 파시스트나 공산주의자, 그리고 전쟁 반대 세력 및 양심적 반전주

의자들이 끼칠 수 있는 위험에 대한 비난도 나왔다. 다들 일상적으로 들을 수 있는 주제였지만 터펜스는 그 와중에 사람들의 표정이나 태도를 주의 깊게 살폈다. 속내를 드러내는 표정이나 표현을 찾으려 신경을 곤두세웠지만 아무것도 없었다. 대화에 참여하지 않은 사람은 실라 페레나 한 명뿐이었다. 하지만 그게 그녀의 습관인지도 모른다. 그녀는 반항적인 표정으로 생각에 잠긴 채 시무룩하게 앉아 있었다.

그날 저녁 칼 본 데님은 외출 중이었다. 그래서 사람들은 마음 편히 대화를 이어 나갔다.

실라는 식사가 끝날 때쯤 딱 한 번 입을 열었다.

스프롯 부인이 가늘고 높은 목소리로 한마디 했을 때였다.

"독일인들이 지난번 전쟁 때에 저지른 실수는 캐벌 간호사(이디스 캐벌, 제1차 세계 대전 때 연합국 포로를 도와주다 간첩 혐의로 독일군에게 총살된 영국인 간호사 — 옮긴이)를 쏜 거예요. 그 덕에 모든 사람들이 독일에 등을 돌렸죠."

그 말에 실라가 고개를 획 쳐들면서 사납고 치기 어린 목소리로 질문했다.

"왜 그들이 그녀를 쏘아선 안 된다는 거죠? 그녀는 스파이였잖아요, 안 그런가요?"

"아니야, 스파이는 아니지."

"그녀는 영국인들이 도망가도록 도왔어요. 적국에서요. 피장파장이라고요. 그들이 그녀를 쏘는 게 안 된다면 이유가 뭐예요?"

"하지만 여자를 쏜 거잖아. 그것도 간호사를."

실라가 자리에서 일어났다.

"저는 독일인들이 옳았다고 생각해요."

그녀는 그렇게 말하고 창문을 통해 정원으로 나갔다.

언제부터 나와 있었는지 모를 덜 익은 바나나와 오래된 오렌지가 디저트라며 테이블에 놓여 있었다. 모두가 커피를 마시기 위해 라운지로 자리를 옮겼다.

토미는 혼자서 조심스럽게 정원으로 나가 보았다. 실라 페레나는 테라스 벽에 기대어 바다를 바라보고 있었다. 토미는 다가가 그 옆에 섰다.

가쁜 숨을 몰아쉬는 걸로 보아 뭔가가 그녀의 기분을 상하게 했다는 걸 알 수 있었다. 토미가 담배를 권했고 그녀는 받아 들었다.

토미가 말했다.

"아름다운 밤이야."

나지막하지만 진지한 목소리로 그녀가 대답했다.

"그럴 수도 있죠……."

토미는 의심스러운 눈초리로 그녀를 바라보았다. 그는 갑자기 그 아가씨의 생명력에 매력을 느꼈다. 그녀는 꿈틀거리는 활력이 있어 자연히 주목하게 되는 유형이었다. 한마디로 남자들이 금방 사랑에 빠질 만한 여성이었다.

"전쟁만 아니면 아름다울 거란 말인가?"

"전혀 그런 뜻이 아니에요. 저는 전쟁이 정말 싫어요."

"우리 모두 싫어하지."

"제가 생각하는 것처럼은 아니에요. 저는 전쟁에 대해 위선적이거나 과장된 말을 하는 사람들을 참을 수가 없어요. 그건 끔찍한, 끔찍한 애국심이죠."

"애국심?"

토미는 놀랐다.

"예. 저는 애국심이 싫어요. 이해하시겠어요? 어딜 가나 조국! 조국! 조국! 조국을 배반한다든가, 조국을 위해 죽는다든가, 조국을 위해 봉사한다면서요……. 조국에 왜 꼭 의미가 있어야만 하는 거죠?"

토미는 간단하게 말했다.

"나도 모르겠어. 그냥 그런 거지."

"저한텐 안 그래요! 메도스 씨에겐 그럴지도 모르죠. 메도스 씨는 해외의 영국 식민지에서 물건을 사고판 후 편견에 가득 찬 채 그을린 얼굴로 돌아와서 현지인을 턱으로 부렸느니 하는 이야기나 해대겠죠."

토미는 부드럽게 말했다.

"난 그 정도로 엉망인 사람은 아니야, 아가씨. 또 그러길 바라지도 않고."

"제가 과장을 좀 해서 그렇죠. 하지만 제 말뜻이 뭔지는 잘 아실 거예요. 메도스 씨가 대영제국을 신봉하는 사람이라면…… 음…… 조국을 위해 죽는다는 행동이 가진 어리석음도 이해할 수 있겠죠."

토미가 건조하게 말했다.

"조국은 내 죽음을 딱히 바라는 것 같진 않은데."

"예, 그래요. 하지만 메도스 씨는 한편으로 그걸 원하죠. 정말 바보 같아요! 목숨과 바꿀 만한 것은 세상에 없어요! 모든 것은 이상일 뿐이에요. 그저 말일 뿐이에요. 거품이라고요. 거창한 바보짓이에요. 조국은 내게 아무런 의미가 없어요."

"언젠가…… 의미가 있다는 걸 깨닫고 놀라게 될 거야."

"아뇨. 절대 아니에요. 저는 힘들었어요. 제가 본 건……."

실라는 말을 끊고 갑자기 몸을 돌려 토미를 격렬하게 노려보았다.

"제 아버지가 누군지 아세요?"

"아니!"

토미는 갑자기 흥미가 생겼다.

"아버지 이름은 패트릭 맥과이어예요. 아버진 지난번 전쟁 때 케이스먼트(아일랜드의 혁명가. 제1차 세계 대전 중 독일과 결탁하여 아일랜드의 독립을 꾀함 — 옮긴이)의 추종자였죠. 그래서 배신자로 처형당했고요! 모든 게 물거품이 된 거예요! 신념을 위해서 다른 아일랜드 사람들과 함께 노력했는데. 왜 그냥 집에서 조용히 자기 할 일이나 하지 않았을까요? 어떤 사람들에게는 애국자이지만 어떤 사람들에게는 배신자가 되고 말았죠. 저는 아버지는 그냥 바보였던 거라고 생각해요!"

토미는 억눌렸던 실라의 반항심이 표출되는 것을 느낄 수 있었다.

"그래서 그 그늘 아래서 자랐다는 말이니?"

"그늘이라는 말 정확하네요. 엄마는 이름을 바꾸셨죠. 우린 몇 년 동안 스페인에서 살았어요. 엄만 항상 아빠가 절반은 스페인 사람이라고 했어요. 우린 어딜 가든 거짓말을 하고 다녔죠. 온 대륙에 안 가 본 데가 없어요. 결국 이곳으로 와서 이 하숙집을 시작한 거예요. 전 이게 우리가 한 일 중 제일 끔찍한 일인 것 같아요."

"어머니는 그 일에 대해…… 어떻게 생각하시지?"

"아버지의 죽음 말인가요?"

실라는 당황했는지 얼굴을 찌푸린 채 잠시 말이 없었다. 이윽고 천천히 말을 시작했다.

"정말로 모르겠어요…… 한 번도 말씀하신 적이 없거든요. 엄마는 어떤 생각을 하는지 알기가 어려워요."

토미는 생각에 잠겨 고개를 끄덕거렸다.

실라가 갑자기 말했다.

"제…… 제가 왜 이런 말을 하고 있는지 모르겠네요. 아마 너무 흥분했나 봐요. 어디서부터 시작한 거죠?"

"이디스 캐벌에 대한 대화였어."

"아, 그래요. 애국심. 제가 싫어한다고 했죠."

"캐벌 간호사가 했던 말을 잊은 건 아니겠지?"

"무슨 말이요?"

"캐벌 간호사가 죽기 전에 말이야, 뭐라고 했는지 모르니?"

토미가 말해 주었다.

"애국심만으로는 충분치 않다…… 마음속에 증오가 없어야 한다."

"아."

실라는 그 순간 충격을 받은 듯 가만히 서 있었다.

그러더니 잽싸게 몸을 돌려 정원 그늘 아래로 들어가 버렸다.

II

"그래서 말이야, 터펜스. 모든 것이 들어맞아."

터펜스도 생각에 잠긴 얼굴로 고개를 끄덕였다. 해변에 선 그들 주변엔 아무도 없었다. 터펜스는 방파제에 기대어 있었고 토미는 방파제 위쪽에 앉아 있었다. 산책로를 따라 접근해 오는 사람이 있으면 바로 발견할 수 있는 자리였다. 아침 시간에 사람들이 어디 있는지는 이미 제법 잘 알고 있었기 때문에 누군가 올 사람이 있을 거라고는 생각되지 않았다. 어쨌든 그와 터펜스의 만남은 자연스러운 일로, 즉 터펜스에겐 즐겁지만 토미에게는 약간 불편한 일로 비칠 것이다.

터펜스가 말했다.

"페레나 부인이란 말이죠?"

"그래. N이 아니고 M. 모든 조건이 들어맞아."

터펜스는 다시 생각에 잠겨 고개를 끄덕였다.

"그래요. 그녀는 아일랜드 사람이에요. 오로크 부인은 눈치챈 것 같아요. 페레나 부인 본인은 인정하지 않지만요. 그녀는 유럽 대륙을 제법 많이 돌아다니며 이름도 페레나로 바꾸었어요. 여기 와서 이 하숙집을 세웠고요. 훌륭한 위장이었어요. 지루하고 평범한 사람들로 가득하잖아요. 하지만 남편이 배신자로 총살당했으니 국내에서 5열 활동을 할 동기가 돼요. 그래, 잘 들어맞아요. 그런데 그 딸도 관련이 있는 걸까요?"

토미가 이윽고 말을 꺼냈다.

"절대 아니야. 그랬으면 나한테 그런 이야기를 했을 리가 없지. 그러고 보니 내가 좀 비열한 사람같이 느껴지는군."

터펜스는 모두 이해할 수 있다는 듯 고개를 끄덕였다.

"그래요, 그렇게 되겠죠. 어떻게 보면, 이 일, 참 고약한 일이에요."

"하지만 필요한 일이지."

"아, 물론이죠."

토미가 약간 얼굴을 붉히면서 말했다.

"나는 당신처럼 거짓말을 좋아하지 않는다고……."

터펜스가 그의 말을 가로챘다.

"나는 거짓말하는 건 아무렇지도 않아요. 솔직히 말해 거짓말을 하면서 스스로의 창의력에 즐거움을 느끼곤 하죠. 내가 낙담할 때는 거짓말한 것을 잊고 본모습으로 돌아갔는데, 다른 방법으로는 얻지 못한 결과를 얻었을 때라고요."

그녀는 잠시 말을 끊었다가 다시 시작했다.

"어제 그 아이랑 있을 때 당신한테 일어난 일이 그런 거예요. 당신의 진짜 영혼에 그 아이가 반응한 거고 그래서 당신은 기분이 나빠진 거예요."

"당신이 옳아, 터펜스."

"알아요. 왜냐하면 나도 똑같은 일이 있었으니까요. 그 독일 젊은이하고 말이에요."

"그 친구는 어떤 거 같아?"

터펜스가 재빨리 대답했다.

"내 생각엔 말이죠, 그 청년은 이것과 아무런 상관이 없어요."

"그랜트 씨는 있을 거라고 생각하던데."

"당신의 그랜트 씨!"

터펜스의 기분이 바뀌었다. 그녀는 키득거렸다.

"당신이 내 존재를 알렸을 때 그 사람이 지었다는 표정을 봤어야 하는 건데!"

"어쨌거나 그랜트 씨는 공식적으로 사과했잖아. 당신도 이번 일에 확실히 참여하게 되었다고."

터펜스가 고개를 끄덕거렸지만 약간 멍하게 보였다.

"지난번 전쟁 직후 때 생각나요? 우리가 브라운 씨를 추적할 때 말이죠. 얼마나 즐거웠는지 기억나요? 우리가 얼마나 흥분했는지?"

토미가 얼굴이 밝아지면서 동의했다.

"물론이지!"

"토미…… 왜 지금은 그때랑 다르죠?"

그 질문을 곱씹는 동안 토미의 가만히 찡그린 얼굴이 점점 심각해졌다.

그가 마침내 대답했다.

"어쩌면…… 정말로 나이 문제가 아닐까?"

터펜스가 날카롭게 말했다.

"우리가 너무 늙었다고 생각하는 건 아니겠죠?"

"아니야. 그런 건 아니라고 생각해. 단지, 이번에는 그저 '재미'를 위한 게 아니라는 거야. 다른 상황도 마찬가지지. 이번은 아무래도 두 번째 전쟁이니까……. 그래서 이번 전쟁은 그때와는 매우 다른 느낌이야."

"알아요. 우리는 전쟁이 얼마나 슬픈 일인지, 얼마나 큰 낭비인지 똑똑히 봤어요…… 그리고 공포까지도. 예전에는 너무 어린 나머지 많은 것을 생각하지 못했지요."

"바로 그거야. 지난번 전쟁에서 나는 가끔씩 겁이 났어. 몇 번 위험한 고비도 아슬아슬하게 넘겼고, 한두 번은 지옥이 따로 없었지. 하지만 좋은 때도 있었다고."

"지금 데릭의 느낌이 그럴까요?"

"여보, 그 아이에 대해서는 생각하지 않는 게 좋을 거야."

토미의 조언에 터펜스는 이를 악물었다.

"맞아요. 우리도 할 일이 있잖아요. 그리고 그 일을 해내야 하고요. 그럼 시작해 보자고요. 우리가 페레나 부인에 대해 알아내려고 했던 건 모두 알아낸 건가요?"

"적어도 지금 시점에서는 그녀가 매우 유력한 후보라고 말할 수 있을 것 같아. 그 밖에는 없는 것 같아. 터펜스 당신이 혹시 염두에 두고 있는 사람이 있어?"

터펜스는 잠시 생각해 보고 대답했다.

"아니요, 없어요. 난 처음 여기 오고서 사람들 전부를 뜯어보고 모든 가능성을 고려해 봤어요. 그 결과 어떤 사람들은 절대 아니라는 확신을 얻었죠."

"예를 들면?"

"예를 들어 민턴 양이요. '전형적인' 영국 노처녀죠. 그리고 스프롯 부인과 아기 베티. 그리고 아무 생각 없는 케일리 부인."

"그래, 하지만 역시 케일러 부인의 심약함은 연기일 수도 있어."

"그렇죠. 하지만 야단스러운 노처녀나 젊은 아기 엄마의 역할은 과장된 연기를 할 가능성이 매우 높은데, 두 사람은 너무 자연스러워요. 게다가 스프롯 부인은 애 엄마잖아요."

"하지만 비밀 요원도 아이를 가질 수는 있잖아."

"일을 하는 중에는 불가능해요. 아이를 데리고 할 만한 일은 아니죠. 확실하다고요, 토미. 난 알 수 있어요. 아이들은 이런 일 가까이 데리고 오지 말아야 한다는 거."

"나는 빠질게. 스프롯 부인이랑 민턴 양은 당신한테 맡기지. 하지만 케일리 부인 쪽은 나도 잘 모르겠어."

"그래요. 그녀일 가능성도 있죠. 왜냐하면 그녀는 정말 좀 심한 구석이 있어요. 그렇게 바보 같은 여자도 거의 드물거든요."

"남편에 대한 헌신은 가끔 지적 능력의 저하로 이어지는 것 같던데."

토미가 웅얼거렸다.

"그런 예는 어디서 본 거죠?"

"당신한테서는 아니야, 터펜스. 당신은 그 정도로 헌신한 적이 없으니까."

터펜스가 친절하게 말했다.

"남자라면 보통 자기가 아프더라도 그렇게 심하게 난리 법석을 피우지는 않는 법이죠."

토미는 다시 가능성을 살펴보는 쪽으로 되돌아가서 생각에 잠겼다.

"케일리, 케일리 씨도 뭔가 의심스러운 구석이 있을지 몰라."

"그럴지도 몰라요. 그렇지만 그 밖에도 오로크 부인이 있잖아요?"

"그녀는 어떤 것 같아?"

"잘 모르겠어요. 좀 불편한 편이에요. 쿵쿵댄다고 할까요. 무슨 말인지 알겠어요?"

"그래. 알 것 같아. 내 생각엔 그냥 원래 성격이 뭘 찔러 보기 좋아하는 편인 것 같던데. 그런 부류 아닐까."

"그…… 여자는 감이 날카로워요."

터펜스는 뜨개질에 대한 그녀의 말을 기억하고 있었다.

"그리고 블레츨리가 있지."

"저는 블레츨리와 거의 대화를 나눠 보지 못했어요. 그 사람은 당신이 책임져요."

"그 사람은 흔히 볼 수 있는, 뼛속까지 보수적인 군인 같은 느낌이야. 내가 보기엔 그래."

"그게 다네요."

터펜스는 말이 아니라 한숨을 토해 내는 것 같았다.

"이 일이 최악인 건 매우 일상적이고 평범한 사람들을 비틀어서 무시무시한 요구 조건에 꿰맞춰야 한다는 거예요."

"블레츨리한테는 실험을 몇 가지 해 보았어."

"어떤 거요? 나도 머릿속으로 몇 가지 실험을 생각해 봤는데."

"글쎄. 그냥 작고 평범한 함정들이지. 날짜나 장소나 뭐 그런 것에 대한 이야기 말이야."

"좀 더 구체적으로 이야기할 수는 없어요?"

"글쎄. 만일 오리 사냥을 갔다고 해 봐. 그 사람이 파윰(이집트 나일 강 유역의 평야 지대 — 옮긴이)에 대해 이야기를 한단 말이야. 거기가 몇 년도에 좋았다거나 어느 달에 좋았다거나 하는 이야기 말이야. 그러면 나는 시간이 흐른 어느 날 전혀 다른 맥락에서 이집트 이야기를 꺼내는 거지. 미라나 투탕카멘 같은 거. 그거 봤어요? 언제 거기 갔어요? 그러고 나서 그 대답을 확인하는 거야. 또는 P&O(영국의 해운 회사 — 옮긴이)의 기선 얘기도 좋겠군. 기선 이름을 한두 개 언급하면서 어느 어느 기선이 편하더라 하는 식으로 떠보면 그도 여행 이야기를 할 테고, 후에 사실 여부를 확인하는 거지. 중요한 얘기는 아니니 상대가 경계할 일 없이 정확성을 따져 볼 수 있어."

"그리고 여태까지 그 사람은 잘 빠져나왔단 말이죠?"

"한 번도 걸린 적 없어. 내가 말하는데, 터펜스, 꽤 꼼꼼히 테스트했다고."

"그래요. 그러나 그 사람이 N이라면 이야기를 완벽하게 준비해 왔겠죠."

"맞아. 이야기의 큰 줄기들은 말이야. 하지만 중요치 않은 세부 사항까지 외우는 건 쉽지 않은 일이지. 그리고 가끔씩은 너무 자세히 기억하기도 하고. 정상적인 사람들이 기억하는 것보다 더 많이. 평범한 사람들은 자신들이 사냥 여행을 1926년에 갔는지 1927년에 갔는지 곧바로 기억해 내지 못해. 잠시 기억을 더듬어 봐야 알 수 있지."

"하지만 블레츨리는 그런 적이 없다고요?"

"지금까지 그는 지극히 자연스러운 태도로 반응해 왔어."

"결과는…… 음성이군요."

"그렇지."

"자, 그럼 내 생각을 몇 가지 이야기할게요."

터펜스가 이야기를 시작했다.

III

집으로 돌아오는 길에 블렌킨솝 부인은 우체국에 들러 우표를 사고 나온 후 공중전화 부스로 들어갔다. 거기서 그녀는 어떤 번호로 전화를 걸어 '패러데이 씨'를 찾았다. 이것이 그랜트 씨와 연락할 수 있는 승인된 방법이었다. 터펜스는 미소를 머금고 그곳을 나와 천천히 집으로 걸어가다가 중간에 뜨개질용 실을 샀다.

바람이 약간 부는 매우 상쾌한 오후였다. 그녀는 평소처럼 활기차고 바쁘게 걸으려다 자제하고 블렌킨솝 부인의 설정에 들어맞게 여유로운 속도로 걸었다. 블렌킨솝 부인은 뜨개질(잘하지 못하는)과 아들에게 편지 쓰는 일 외에 다른 할 일이 없는 사람이었다. 그녀는 항상 아들에게 편지를 썼다. 가끔은 쓰다 말고 책상 위에 놓아두기도 했지만.

터펜스는 상수시를 향해 천천히 언덕을 올라가고 있었다. 좀 돌아가는 길이었기 때문에 ('밀수꾼의 쉼터'라 불리는 헤이독 중령의 집에서 끝나는 길이었다.) 차가 별로 없었다. 아침에는 상인들의 수레가 가끔 다닐 뿐이었다. 터펜스는 집의 명패를 주의 깊게 보며 늘어선 하숙집들 앞을 지나쳐 갔다. 벨라 비스타(아름다운 풍경이라는 뜻—옮긴이). (바다는 거의 보이지 않는 데다가 보이는 건 대부분 맞은편 길에 있는 거대한 빅토리아식 건물이었기 때문에 이름값을 못하는 집이었다.) 그다음 집은 카라치였다. 그러고는 셜리 타워가 있었다. 그다음이 시뷰('바다 전망'이라는 뜻—옮긴이)였다. (이 이름은 적절했다.) 이어서 클레어 성. (작은 집이라 이름이 좀 과장된 느낌이 있었다.) '트렐로니'는 페레나 부인의 경쟁 대상이었다. 그리고 마지막으로 거대한 갈색의 상수시가 나왔다.

상수시로 다가가면서 터펜스는 웬 여자가 대문 가까이 서서 안을 들여다보고 있는 것을 보았다. 그 뒷모습에서 긴장과 경계심이 묻어났다.

무의식적으로 터펜스는 발소리를 낮추려고 발끝으로 조심스럽게 걸었다.

터펜스가 바로 뒤로 다가갈 때까지 여인은 터펜스의 기척을 느끼지 못했다. 그녀는 놀라서 몸을 돌렸다.

여인은 아주 키가 컸다. 옷은 매우 남루했지만 얼굴은 범상치 않았다. 젊은 여자는 아니었다. 아마도 마흔을 앞둔 나이 같았다. 하지만 얼굴과 옷차림이 극명한 대비를 이루었다. 연한 금발에 광대뼈가 두드러졌으며 젊었을 때는 매우 아름다웠을 것이다. 사실 지금도 아름다웠다. 잠시 동안 터펜스는 여인의 얼굴이 낯익다고 생각했지만, 곧 생각이 바뀌었다. 예전에 본 적이 있다면 쉽게 잊어버릴 얼굴이 아니었다.

여인은 놀란 기색이 확연했고 터펜스를 보고도 경계심으로 굳은 얼굴을 풀지 않았다. (여기 뭔가 이상한 구석이 있는 걸까?)

터펜스가 말했다.

"실례합니다만 누군가를 찾으시나요?"

여인은 매우 천천히, 외국 억양이 섞인 말투로 외워 둔 듯한 말을 조심스럽게 발음했다.

"이 집이 상수시인가요?"

"예, 제가 여기 살지요. 누구를 찾으시나요?"

매우 짧은 시간 동안 망설이다가 여인이 말했다.

"그럼 아시겠군요. 로즌슈타인 씨가 여기 있나요?"

터펜스가 고개를 저었다.

"로즌슈타인 씨요? 유감이지만 그런 사람은 없는데요. 어쩌면 이곳에 있다가 떠났을지도 모르죠. 제가 물어볼까요?"

낯선 여인은 급하게 사양하는 제스처를 취하며 말했다.

"아니에요, 아니에요. 제가 실수했나 봐요. 죄송해요."

그러더니 재빨리 몸을 돌려 다급히 언덕을 내려갔다.

터펜스는 서서 그녀를 바라보았다. 왠지 의심이 들었다. 여인의 행동과 말이 일치하지 않았다. 터펜스는 '로즌슈타인 씨'가 여인이 머릿속에 떠오른 이름을 아무렇게나 말한 가공의 인물일 것으로 추측했다.

터펜스는 잠시 망설이다가 여자를 따라 언덕을 내려갔다. 순전히 직감적으로 여자를 쫓아간 것이다.

하지만 여인은 곧 걸음을 멈추었다. 여인을 따라 걸음을 멈추면 지나치게 주의를 끌 것 같았다. 처음 말을 걸었을 때 여자는 분명 상수시에 들어가려 하고 있었다. 만일 그녀를 따라가고 있다는 것이 드러나면 블렌킨숍 부인에게 보기와 다른 뭔가가 있다는 의심을 살 수 있었다. 만일 그 낯선 여인이 적의 계획의 일부라면 말이다.

무슨 일이 있어도 블렌킨숍 부인이 의심을 사서는 안 되었다.

터펜스는 몸을 돌려 다시 언덕을 올라갔다. 상수시로 들어가 현관에서 잠시 멈추었다. 집 안에는 이른 오후에 으레 그렇듯 아무도 없는 것 같았다. 베티는 낮잠을 자고 있었고 어른들은 쉬고 있거나 외출 중이었다.

그래서 터펜스는 어두운 현관에 선 채 조금 전 여인과의 만남에 대해 생각해 보았다. 귓가에 희미한 소리가 들려왔다. 매우 귀에 익은 소리였다. 희미하게 딸깍 소리가 울렸다.

상수시의 전화기는 현관에 있었다. 터펜스가 방금 들은 소리는 집 안에 있는 연결된 수화기를 들거나 다시 내려놓을 때 나는 소리였다. 집 안에 연결되어 있는 또 다른 전화기는 페레나 부인의 침실에 있었다.

토미 같으면 망설였겠지만, 터펜스는 잠시도 망설이지 않았다. 매우 부드럽게, 그리고 조심스럽게 수화기를 들고 귀에 갖다 댔다.

누군가가 집 안 전화기를 이용하고 있었다. 남자의 목소리였다. 터펜스의 귀에 말소리가 들려왔다.

"……모든 일이 잘되고 있습니다. 그러면 계획했던 대로 네 번째로 하죠."

여인의 목소리가 대답했다.

"좋아. 그대로 해."

수화기를 내려놓는 딸깍 소리가 들렸다.

터펜스는 얼굴을 찌푸리고 서 있었다. 방금 그게 페레나 부인의 목소리였을까? 세 마디 말로 알아내기는 어려웠다. 대화가 조금만 더 길었더라면. 물론 매우 일상적인 대화였을 수도 있다. 터펜스가 엿들은 대화에서 그렇지 않다는 걸 증명할 내용은 전혀 없었다.

문으로 쏟아진 햇빛이 그림자에 가려졌다. 터펜스는 페레나 부인의 목소리에 깜짝 놀라서 수화기를 다시 내려놓았다.

"기분 좋은 오후예요. 나가시는 길인가요, 블렌킨솝 부인? 아니면 방금 들어오신 건가요?"

그렇다면 방금까지 페레나 부인의 방에서 이야기하고 있던 사람은 페레나 부인이 아니었다는 말이 된다. 터펜스는 매우 즐거운 산책이었다고 웅얼거리고는 계단을 올라갔다.

페레나 부인은 터펜스의 뒤를 따라 현관으로 들어왔다. 평소보다 커 보였다. 터펜스는 그녀가 매우 힘이 세고 건장한 체구라는 사실을 새삼 의식했다.

터펜스가 말했다.

"제 짐을 좀 치워야겠어요."

서둘러 계단을 올라간 그녀는 계단참을 돌다 오로크 부인과 부딪혔다. 오로크 부인의 거대한 덩치가 계단을 가로막았다.

"이런, 이런. 블렌킨솝 부인. 많이 서두르시는 것 같네요."

그녀는 옆으로 비켜서지 않고 터펜스를 내려다보며 그저 미소를 지을 뿐이었다. 언제나처럼 오로크 부인의 미소에는 왠지 모르게 소름 끼치는 느낌이 있었다.

갑자기 아무런 이유 없이 터펜스는 두려움을 느꼈다.

위에서는 덩치 크고 목소리도 굵직한 아일랜드 여인이 미소 띤 얼굴로 가로막고 있었고, 아래에서는 페레나 부인이 계단 발치에서 올라오고 있었다.

터펜스는 뒤를 흘깃 돌아보았다. 페레나 부인의 올려다보는 얼굴에서 위협적인 느낌을 받은 건 그녀의 상상이었을까? 터무니없다는 생각이 들었다. 밝은 대낮의 평범하기 그지없는 해안가 하숙집일 뿐인데. 하지만 집이 너무 조용했다. 아무 소리도 나지 않았다. 게다가 터펜스는 두 사람 사이 계단 복판에 있었다. 분명 오로크 부인의 미소는 뭔가 이상한, 여전히 위협적인 느낌을 주었다. 터펜스는 마치 '쥐를 내려다보는 고양이' 같다는 생각을 했다.

그리고 갑자기 긴장감이 깨어졌다. 조그만 형체가 즐거움에 꺅꺅 소리를 지르면서 계단 쪽으로 튀어나왔다. 베티 스프롯은 조끼와 짧은 반바지만 입고 있었다. 오로크 부인을 빠르게 지나쳐 반갑게 '피크 보'라고 외치면서 터펜스에게 달려와 매달렸다.

분위기가 바뀌었다. 우람한 체격의 오로크 부인이 다정한 얼굴로 외쳤다.

"아, 아가. 아주 즐거워 보이는구나."

아래에서는 페레나 부인이 몸을 돌려 부엌문으로 향했다. 터펜스는 베티의 손을 붙잡은 채 오로크 부인을 지나치고 복도를 거쳐, 스프롯 부인이 아기를 혼내려 벼르고 있는 방으로 들어갔다.

터펜스는 아이를 데리고 방에 들어섰다.

터펜스는 가정적인 분위기에서 정체 모를 안도감을 느꼈다. 아이의 옷이 널브러져 있고, 털실 장난감, 색이 화려한 아기 침대, 그리고 화장대에는 양을 닮아서 그다지 매력적이라고 할 순 없는 스프롯 부인의 그림 액자가 놓여 있었다. 스프롯 부인은 세탁비에 대해 불평했다. 투숙객들이 개인 다리미를 사용하지 못하게 하는 페레나 부인의 처사가 부당하다고도 했다.

모든 게 평범하고 일상적이어서 마음이 놓였다.

그렇지만…… 조금 전에…… 계단에서.

"신경을 너무 쓴 탓이야. 너무 날카로워졌어!"

터펜스가 스스로에게 타일렀다.

정말로 신경이 날카로웠기 때문일까? 누군가가 페레나 부인의 방에서 전화를 썼다. 오로크 부인인가? 분명 이상한 행동이었다. 당연히 집 안의 누군가가 엿듣고 있는 줄 모르고 한 일이었을 것이다.

터펜스가 보기엔 몇 마디로 이뤄진, 매우 짧은 대화가 분명했다.

'모든 일이 잘되고 있습니다. 그러면 계획했던 대로 네 번째로 하죠.'

아무 의미 없는 말일 수도 있다. 하지만 어쩌면 매우 중요한 말일 수도 있다.

네 번째. 날짜일까? 어느 달의 4일 같은?

아니면 네 번째 좌석일수도 있고 네 번째 가로등일 수도 있고, 네 번째 방파제일 수도 있다. 전혀 알 수가 없다.

어쩌면 포스교(스코틀랜드의 포스강을 가로지르는 다리. 다리 이름이 영어의 '네 번째'를 뜻하는 단어와 발음이 같다—옮긴이)일 수도 있다. 지난번 전쟁 때 그 다리를 폭파하려는 시도가 있지 않았던가.

아무런 의미가 없는 말일까?

어쩌면 지극히 평범한 약속을 확인하는 내용일 수도 있다. 페레나 부인이 오로크 부인에게 언제든 자신의 침실로 와서 전화를 사용해도 좋다고 허락했을 수도 있고.

게다가 계단에서의 분위기, 긴장감이 돌던 순간, 그건 자신의 상상이었을 수도 있다.

조용한 집, 뭔가 음모가, 사악한 기운이 도사리고 있는 느낌······.

"블렌킨솝 부인. 사실에만 집중해. 네가 할 일을 하라고."
터펜스는 단호하게 스스로에게 말했다.

5장

 헤이독 중령은 매우 상냥한 집주인이었다. 그는 메도스 씨와 블레츨리 소령을 기쁘게 맞더니 집 구경을 시켜 주겠다며 고집을 부렸다.
 '밀수꾼의 쉼터'는 원래 절벽에서 바다를 내려다보는 연안 경비대의 건물 두 채 중 하나였다. 절벽 아래로는 작은 동굴이 있었는데, 접근이 쉽지 않아서 모험심 강한 사내아이들이 아니면 가 볼 사람이 없었다.
 이후 그 건물들은 런던의 사업가에게 팔렸고 그는 두 집을 합쳐 어설프게 정원을 만들었다. 그는 가끔씩 여름에 와서 짧게 머무르곤 했다.
 그다음 수년 동안 집은 텅 빈 채로 약간의 가구만을 채워서 여름에 손님을 받았다.

헤이독이 설명했다.

"그리고 몇 년 전에 한이라는 사람에게 팔렸지. 독일인이었는데, 내가 보기에 놈은 틀림없이 스파이였어."

토미는 귀가 번쩍 뜨였다. 홀짝이던 세리주 잔을 내려놓으면서 말했다.

"그거 흥미로운데요."

"정말 모든 면에서 철저한 놈들이야. 그때 벌써 이번 전쟁을 준비하고 있었다는 말이지. 적어도 내가 보기엔 그래. 이곳 주변을 좀 보라고. 바다로 신호를 보내기엔 안성맞춤이 아닌가. 아래쪽에 있는 움푹 팬 곳에는 모터보트를 갖다 대기 좋지. 절벽의 생김새 때문에 완벽하게 가려진다고. 아, 그래. 한이 스파이라는 사실은 의심의 여지가 없어."

"물론이지."

블레츨리 소령이 찬성했다.

"그 사람은 어떻게 됐나요?"

토미가 묻자 헤이독이 대답했다.

"아! 그건 이야기가 길다네. 한은 이 장소에 돈을 많이 들였어. 우선 해변으로 내려가는 길을 만들었지. 콘크리트로 계단을 냈으니 돈이 많이 들었을 거야. 그러고는 집을 완전히 개조했어. 욕실에는 돈으로 구할 수 있는 온갖 비싼 시설들을 갖추었고. 그런데 누가 그 일을 했는지 아나? 이 지역 인부들이 아니야. 들리는 말로는 런던에 있는 회사라고 하더군. 하지만 내려온 일꾼들 대다수가 외국인이었어. 어떤 놈들은 영어라곤 한마디도 못했다니까. 뭔가 낌새가 많이 이상하지 않아?"

"좀 특이하군요."

토미도 동의했다.

"당시 나도 이웃에 살았다네. 근처 방갈로에. 그래서 나도 그 작자가 무슨 꿍꿍이인지 궁금해졌지. 내가 주변에 기웃거리면서 인부들이 뭘 하나 살피곤 했는데, 지금에야 하는 말이지만 놈들이 싫어하더군. 아주 많이 싫어했어. 놈들이 한두 번 협박을 하기도 했지. 만일 자기들이 떳떳하다면 왜 그랬겠어?"

블레츨리는 동의하며 고개를 끄덕였다.

"그럴 때를 위해 경찰이 있는 거 아닌가."

"바로 그거야, 친구. 그래서 나도 경찰을 귀찮게 해 주었지."

헤이독은 술을 한잔 더 따르고는 계속 말했다.

"그런데 내 노력에 대한 대가가 뭐였는지 알아? 아주 친절하게 무시해 주더구먼. 장님에 귀머거리. 우리 나라 사람들은 다 그랬어. 독일과 두 번째 전쟁? 말도 안 되는 소리라는 거야. 유럽은 평화롭고 독일과의 관계는 훌륭하다나. 이제는 두 국가 간에 자연스러운 공감대가 형성되니 뭐니……. 나는 졸지에 낡은 화석, 전쟁광, 늙고 완고한 바다 촌놈 취급을 받았지. 독일 놈들이 유럽 최고의 공군을 만들고 있으니 그저 비행기 타고 소풍이나 다녀서는 안 된다고 지적해 봐야 무슨 소용인가!"

블레츨리 소령이 버럭했다.

"아무도 믿지 않았지! 빌어먹을 바보들! '평화의 시기'니, '유화 정책'이니, 죄다 헛소리야!"

헤이독은 분노를 억누르느라 얼굴이 평소보다 벌겋게 달아올라 있었다.

"전쟁광. 나를 그렇게 불렀다네. 평화에 방해가 되는 인물이라며. 평화라니! 나는 우리의 독일 친구들이 뭘 하려고 하는지 알고 있었어! 잘 기억해 둬. 놈들은 아주 오래전부터 준비해 왔다고. 나는 한씨가 좋지 않은 일을 꾸미고 있다고 확신했지. 외국인 인부들도 마음에 안 들었어. 이 집에 돈을 쏟아붓는 것도 왠지 짜증 났고. 그래서 사람들을 계속 괴롭혔지."

"용감한 친구야."

블레츨리는 마음에 든다는 듯 말했다.

헤이독 중령이 계속했다.

"그래서 결국은 말이야, 사람들이 나를 기억하기 시작했어. 이 마을에 새로 경찰서장이 왔는데 퇴역 군인이었거든. 좀 깬 사람인지 내 말을 들어 주었지. 그의 부하들이 조사를 하고 다니기 시작한 거야. 아니나 다를까, 한은 도망갔다네. 어느 날 밤에 몰래 빠져나가 사라졌어. 경찰이 수색 영장을 가지고 이 집으로 왔지. 이 집 식당에 붙박이로 설치된 금고 안에서 무전 수신기하고 뭔가 위험한 문서를 찾은 모양이야. 차고 밑에선 거대한 기름 저장고도 발견되었지. 저장고 수준을 넘어 아예 거대한 탱크였어. 그 덕에 나는 의기양양해졌네. 독일 스파이 문제로 나를 놀리던 클럽 친구들도 그 이후에는 입도 뻥긋 못 했지. 우리 나라의 문제는 사람들이 말도 안 되게 의심이 없다는 점이야."

"숫제 범죄지. 바보, 우리 나라 사람들은 모조리 바보야. 왜 망명자들을 구금하지 않는 거냐고?"

블레즐리 소령도 흥분해 있었다.

중령은 다른 길로 빠지지 않고 이야기를 이어 나갔다.

"그 이야기의 결말은 시장에 매물로 나온 그 집을 내가 샀다는 것이지. 와서 한번 구경해 보지 않겠나, 메도스?"

"감사합니다. 정말 보고 싶습니다."

헤이독 중령은 마치 어린 소년처럼 즐거워하며 집을 볼 수 있는 영광을 허락했다. 식당에 있는 거대한 금고를 활짝 연 후 비밀 무전기가 어디서 발견되었는지를 보여 주었다. 그리고 토미를 데리고 차고로 나가서 거대한 기름 탱크가 어디에 묻혀 있는지를 보여 주었고, 마지막으로 훌륭하게 꾸며진 두 개의 욕실과 현란한 조명, 다양한 부엌 도구들을 대충 훑어본 다음, 낭떠러지 아래로 나 있는 가파른 콘크리트 계단으로 내려갔다. 돌아다니는 내내 헤이독 중령은 건물의 설비가 전시에 적들에게 얼마나 유용하게 쓰였겠느냐는 얘기를 하고 또 했다.

이윽고 토미는 이 집이 '밀수꾼의 쉼터'로 불리는 계기가 된 동굴로 안내되었고, 헤이독은 적들이 그 동굴을 어떻게 사용했을지에 대해 즐겁게 설명해 주었다.

블레즐리 소령은 두 사람을 따라가지 않고 테라스에 조용히 앉아서 술을 홀짝거리고 있었다. 토미는 중령의 성공적으로 마무리된 스파이 사냥은 훌륭한 신사의 주된 화젯거리이며, 친구들은 그 이야기를 이미 여러 번 들었다는 것을 알 수 있었다.

실제로도 잠시 후 상수시로 걸어 돌아가면서 블레츨리 소령은 이렇게 말했다.

"헤이독은 정말 괜찮은 친구야. 하지만 적정선을 모르는 게 문제지. 그 사건에 대해선 하도 들어서 이제 귀에 못이 박힐 지경이네. 마치 고양이가 자기 새끼를 자랑스러워하는 것만큼이나 그 사건을 자랑하고 다니거든."

소령의 비유가 그럴듯해서 토미는 미소로 동의의 뜻을 나타냈다.

뒤이어 블레츨리 소령이 1923년에 부정직한 일꾼의 실체를 성공적으로 밝혀낸 이야기를 늘어놓기 시작했다. 토미는 자신만의 생각에 빠져 있었지만 가끔씩 "정말요?" 내지는 "설마요!" 또는 "별일이 다 있네요." 하는 식으로 맞장구를 쳐서 블레츨리 소령에게 호응해 주었다.

지금 이 순간 토미는 파커 요원이 상수시의 의미를 제대로 추적하고 있었기에 그런 마지막 말을 남겼다는 것을 확신할 수 있었다. 여기, 이 세상의 중심에서 한참 벗어난 외진 곳에서 이미 오래전부터 모종의 준비가 차곡차곡 진행되어 왔던 것이다. 한이라는 독일인의 등장과 그의 과도한 집 개조는 바로 이쪽 해안이 적군의 집결 장소로 선택되었다는 것을 보여 주었다. 이곳이야말로 적 활동의 근거지였다.

그들의 작전은 뜻밖에 헤이독 중령이라는 의심 많은 노인이 여기저기 쑤시고 다닌 덕분에 실패로 돌아갔다. 1차전은 영국의 승리였다. 하지만 밀수꾼의 쉼터가 복잡하고 방대한 공격 계획의 첫 번째 거점일 뿐이라면? 밀수꾼의 쉼터가 해상 통신의 상징일 뿐이었다면? 위쪽에서 이어진 길을 제외하고는 접근하기 어려운 해안의 지리적 이점이 작전에 도움이 되었을 것이다. 하지만 그것은 전체의 일부일 뿐이다.

그렇다면 초기 계획이 헤이독에 의해 실패하고서 적들은 어떻게 반응했을까? 다음 단계를 위한 차선책을 선택하지 않았을까? 다시 말해서 상수시를 선택하지 않았을까? 한이 발각된 것이 4년 전이었다. 불현듯 실라 페레나가 했던 말이 떠올랐다. 페레나 부인이 영국으로 돌아와서 상수시를 구입한 것이 바로 그 직후가 아니었던가? 그것이 다음 작전이었을까?

그렇다면 리햄턴이 적의 심장부인 것이 틀림없었다. 이미 이 지역에 들어와 녹아들고 있다는 뜻이다.

갑자기 용기가 솟았다. 일상적이고 고요한 상수시의 분위기 때문에 우울해하던 토미는 갑작스러운 흥분을 느꼈다. 평화로워 보이긴 해도 그 평화는 표면적인 것이다. 밋밋한 가면 뒤에서는 음모가 펼쳐지고 있었다.

그리고 토미의 예상에 따르면 그 중심에는 페레나 부인이 있었다. 일단은 페레나 부인에 대해 더 많이 알아내야 할 것이다. 단순하고 지루해 보이는 하숙집 운영 업무 너머에 무엇이 있는지 들여다

보아야 한다. 그녀의 친지, 지인 등 인간 관계, 사회 활동, 전쟁 시의 행적 등. 어딘가에 비밀 요원으로서의 진짜 모습이 숨어 있을 것이다. 만일 페레나 부인이 저명한 여자 요원, 즉 M이라면 영국 내 5열 활동을 좌지우지하는 것이 바로 그녀라는 얘기가 된다. 그리고 그녀의 정체는 최고위층 몇 명에게만 알려져 있을 것이다. 하지만 그녀도 중간 관리자급과 연락을 취해야 할 테니 토미와 터펜스가 엿들어야 할 내용은 바로 그 부분이었다.

토미는 적당한 시기가 오면 상수시의 명령을 받은 건장한 사내 몇 명이 밀수꾼의 쉼터를 탈취해 점령하는 광경을 그려 보았다. 그 순간은 아직 오지 않았지만 곧 올지도 모른다.

일단 독일군이 프랑스와 벨기에 쪽 해협에 위치한 항구들을 접수하고 나면 영국에 침략해 지배하는 데 집중할 텐데, 지금 프랑스에서는 확실히 상황이 매우 안 좋게 돌아가고 있었다.

영국 해군은 바다에서는 매우 강력하기 때문에 공격은 공중으로 오거나 아니면 내부의 배신으로부터 시작될 것이다. 만일 그런 배신이 페레나 부인의 손에 달려 있다면 낭비할 시간이 없었다.

토미가 생각에 빠져 있는 동안, 블레츨리 소령은 계속 말하고 있었다.

"나는 시간을 낭비해선 안 된다고 생각했지. 그래서 마구간지기로 일하던 압둘을 경찰에 신고한 걸세. 압둘은 참 좋은 친구였어."

이야기는 계속 이어졌다.

토미는 생각했다.

'왜 리햄턴일까? 이유가 있을까? 이곳은 분명 주요 도시는 아니다. 오히려 외진 곳이다. 매우 보수적이며 구식이기까지 하다. 그런 점이 장점이 될 수 있을까? 그 외에 또 다른 이유가 있는 것일까?'

리햄턴 내륙으로는 농경지가 펼쳐져 있었다. 대부분이 농사를 짓는 땅이다. 그런 면에서 병력이나 낙하산 부대를 실은 비행기가 내리기에는 오히려 안성맞춤이었다. 하지만 그것은 다른 지역에서도 찾을 수 있는 장점이다. 굳이 꼽자면, 리햄턴에는 칼 본 데님이 일하고 있는 거대한 화학공장이 있었다.

칼 본 데님. 그는 어떻게 적응했을까? 너무 잘 지내는 게 탈이었다. 그랜트도 지적했듯이 그는 적의 고위직은 아니었다. 그저 기계의 부품일 뿐이었다. 언제라도 혐의를 받고 구금될 수 있었다. 한편으로 그는 이미 자신의 임무를 완수했는지도 모른다. 그는 터펜스에게 자기가 오염 정화 문제와 특정 가스의 해독법 연구를 하고 있다고 했다. 가능성이 있었다. 생각하기도 싫은 가능성이.

토미는 (별로 내키지 않았지만) 칼이 음모의 일부라고 단정을 내렸다. 그가 매우 마음에 들었기 때문에 유감이었다. 하지만 어쨌든 그는 조국을 위해 일하고 있었다. 그것도 목숨을 걸고. 토미는 그런 적을 존중할 줄 알았다. 수단 방법을 가리지 않고 쓰러뜨려 마지막에는 총살형으로 끝내겠지만 그런 건 일을 맡을 때부터 알고 있는 것이다.

그들은 자신들의 조국을 내부에서부터 배신한 자들이기도 했다. 토미의 가슴속에서 복수에 대한 열망이 서서히 피어올랐다. 신께

맹세코, 그들을 꼭 잡고 말 것이다!

"……그래서 내가 놈을 잡은 거지! 제법 대단했지 않나, 안 그래?"

소령은 승리감에 젖어 이야기를 끝마쳤다.

토미는 뻔뻔스럽게 대답했다.

"제 평생 그렇게 재치 있는 무용담은 처음 들어 봤습니다, 소령님."

II

블렌킨솝 부인은 사람들과 함께 식탁에 앉아 편지를 읽고 있었다. 얇은 외국산 편지지 구석에는 검열 도장이 찍혀 있었다.

여담이지만, 이것은 '패러데이 씨'와 나눈 대화의 직접적인 결과였다.

그녀는 낮은 소리로 말했다.

"사랑스러운 레이먼드, 저는 제 아들이 지금 이집트에 있다니 정말 기뻐요. 그건 아마도 또 다른 기회가 될 것 같아요. 물론 모든 건 비밀이니 레이먼드도 아무 말 할 수 없죠. 아무것도 말할 수 없지만 대단한 게 예정되어 있다면서 곧 제가 깜짝 놀라게 될 거라네요. 아무튼 그 애의 부임지를 알게 돼서 정말 뿌듯하답니다. 그렇지만 도대체 왜……."

블레츨리가 투덜거렸다.

"그런 걸 당신에게 이야기해서는 안 되잖소?"

터펜스는 못마땅하다는 듯 웃음소리를 내고는 소중한 편지를 접으면서 아침 식사 중인 식탁 주변을 둘러보았다.

이윽고 재미있어 견딜 수가 없다는 듯이 말했다.

"우리 둘 사이엔 나름대로 방법이 있답니다. 사랑스러운 레이먼드는 자기가 어디 있는지만 알리면 제가 안심한다는 사실을 잘 알거든요. 매우 간단한 방법이지요. 특정 단어가 나오고서 그다음에 따라오는 단어들의 첫 번째 알파벳을 연결하면 장소의 이름이 나온답니다. 물론 그러자면 가끔 아주 우스꽝스러운 문장이 만들어지기도 하지만요. 하지만 레이먼드는 정말 천재예요. 아무도 눈치채지 못할 거예요."

식탁 주변에 낮은 웅성거림이 일었다. 터펜스가 때를 잘 맞췄다. 마침 상수시에 사는 사람 모두가 아침 식탁에 모여 있었다.

얼굴이 약간 상기된 블레츨리가 말했다.

"블렌킨솝 부인, 죄송합니다만, 정말 어리석은 일입니다. 부대의 이동이나 비행 대대의 이동은 독일인들이 알고 싶어 하는 정보라고요."

"하지만 저는 아무한테도 말 안 하는걸요. 정말 정말 조심하고요."

"그렇다 하더라도 정말이지 현명하지 못한 행동이오. 당신의 아들이 언젠가 위험에 처할 수도 있단 말이오."

"그러면 안 되죠. 하지만 전 그 아이 엄마잖아요. 엄마는 알 권리가 있어요."

"맞아요. 부인의 말이 옳아요. 놈들도 부인에게서 정보를 캐낼 생각은 하지 않을 거예요. 그 정도는 우리도 알아요."

오로크 부인이 갑자기 큰 소리로 끼어들었다.

"편지는 누구나 읽을 수 있지 않소."

블레츨리의 지적에 터펜스는 자존심이 상한 척했다.

"저는 편지가 여기저기 돌아다니지 않게 조심하고 있어요. 편지는 한 군데 모아서 자물쇠를 잠가 둔단 말이죠."

블레츨리는 의심스럽다는 듯 고개를 저었다.

III

바다에서 차가운 바람이 불어오는 회색 아침이었다. 터펜스는 멀리 해변 끝에 혼자 서 있었다.

그녀는 가방에서 방금 시내 뉴스 가판대에서 찾아온 편지 두 통을 꺼냈다.

주소지가 변경되면서 그녀를 찾아오는 데 시간이 좀 걸린 편지들이었다. 게다가 이제 수취인의 이름은 스펜더 부인이었다. 터펜스는 자신의 흔적을 숨기는 것이 좋았다. 그녀의 자녀들은 터펜스가 콘월에서 나이 든 이모와 같이 있는 줄로만 알았다.

첫 번째 편지를 열었다.

사랑하는 어머니,

재미있는 일이 많이 있지만 어머니께는 말씀드릴 수가 없네요. 아군 측에서 대단한 작전을 세우고 있는 것 같습니다. '아침 식사 전 독일 폭격기 다섯 대'가 요즘 일상입니다. 지금 당장은 좀 엉망이지만 결국에는 우리가 이길 겁니다.

제일 화가 나는 건 애꿎은 민간인들이 기관총에 희생되고 있다는 사실입니다. 온통 피투성이예요. 거스와 트런들이 어머니께 안부 전해 달라네요. 다들 잘 있습니다.

제 걱정은 하지 마세요. 저는 잘 있습니다. 이런 잔치에 빠질 수는 없죠. 아버지에게도 사랑한다고 전해 주세요. 그런데 W.O.에서 아직 아버지에게 아무런 일도 주지 않았나요?

사랑하는 아들 데릭

아들의 편지를 읽고 또 읽는 동안 터펜스의 눈동자는 무척이나 반짝거렸다.

이윽고 다음 편지를 열었다.

사랑하는 엄마,

그레이시 이모는 안녕하신가요? 잘 지내시죠? 엄마는 정말 대단해요. 나 같으면 못 배기고 도망칠 텐데.

새로운 소식은 없어요. 일은 썩 흥미롭지만 기밀이라서 말씀드릴 순 없네요. 하지만 정말이지 가치 있는 일을 하고 있다는 느낌이에요. 전쟁에 힘을 보탤 수 없다고 너무 초조해하지 마세요. 나이 든 아줌마들이 일을 해 보겠다고 여기저기 뛰어다니는 모습은 좀 바보 같아요. 전쟁에는 효율적으로 일하는 젊은 사람들만이 필요하거든요. 아빠는 스코틀랜드에서 일을 잘하고 계시는지 궁금해요. 아마도 서류나 작성하고 계시겠죠. 그래도 뭔가 하니까 기쁘실 것 같아요.

사랑을 담아서
데버러

터펜스는 미소를 지었다.

편지를 접어 애정 어린 손길로 매만지고는 방파제 아래에서 성냥을 켜고 불을 붙였다. 편지가 모두 재가 될 때까지 기다렸다가 만년필과 작은 공책을 꺼내서 재빨리 글을 써 내려갔다.

콘월 랭헌

사랑하는 데버러

여기에 있으면 전쟁은 저 딴 세상 일 같아서 지금이 전시라는 것마저도 잊어버리게 되는구나. 네 편지를 받아서 너무 기뻤고 일이 재미있다니 다행이구나.

그레이시 이모는 많이 약해져서 정신이 오락가락하고 있어. 내가 와서 반갑긴 한가 봐. 옛날얘기를 많이 하는데 가끔씩 나를 너희 외할머니로 착각하기도 해. 여기서는 평소보다 채소를 더 많이 기른단다. 장미 꽃밭이 감자밭이 되었지. 사이크스를 도와주기도 해. 그러면 전쟁을 위해 뭔가 하고 있다는 느낌이거든. 너희 아버진 좀 불만이 있는 것 같더라. 하지만 네 말대로 뭔가를 하고 있으니 다행이라고 생각하고 있을 거야.

사랑하는 터페니 엄마가

그러고는 새 편지지를 펼쳤다.

사랑하는 데릭

너의 편지를 받아서 안심했다. 편지를 쓸 시간이 없으면 가끔 야전 우편 엽서를 보내렴.

한동안 그레이시 이모랑 같이 있으려고 내려왔어. 많이 약해졌더 구나. 어제는 너를 아직도 일곱 살짜리 어린애로 알고 용돈으로 주라 며 10실링을 내밀지 않았겠니.

나는 아직 일을 구하는 중이야. 나처럼 유능한 인력을 어디서도 원하지 않는구나! 이상한 일이지. 전에 말한 것처럼 너희 아빠는 조달청에서 일을 구했어. 북쪽 어디에 있다는구나. 아무것도 안 하는 거보다는 낫지만 참 불쌍한 너희 아빠가 원했던 것은 아니지. 우리도 겸손하게 한발 물러서서 너희 젊은 바보들에게 전쟁을 맡겨야 할 것 같네.

조심하라는 말은 안 쓸게. 지금 넌 안전함과는 정반대의 일을 해야 하니까 말이야. 하지만 바보 같은 행동은 하지 말거라.

사랑을 담아

터펜스

그녀는 편지를 봉투에 접어 넣고 우표를 붙여 상수시로 돌아가는 길에 부쳤다. 그러고서 절벽 아래를 지나가는데, 길 위쪽에서 이야기를 주고받는 두 형체가 눈에 들어왔다.

터펜스는 아무 소리도 내지 못하고 서 있었다. 어제 자신이 본 바로 그 여인과 칼 본 데님이 이야기를 나누고 있었다.

불행히도 주변에는 숨을 곳이 없었다. 발견되지 않고 그들에게 다가가서 무슨 말을 주고받는지 엿들을 길이 없었다.

게다가 그 순간 젊은 독일인이 고개를 돌려 그녀를 발견했다. 갑자기 두 형체 사이가 멀어지더니, 여인이 빠른 걸음으로 언덕 아래를 내려와 길을 건너 터펜스 옆을 지나쳐 갔다.

칼 본 데님은 터펜스가 올라올 때까지 기다려서 매우 정중하고 예의 바르게 그녀에게 아침 인사를 건넸다.

터펜스가 얼른 말했다.

"데님 씨, 같이 이야기를 나누던 여자분은 정말 특이하게 생겼네요."

"그렇죠. 중부 유럽 사람이에요. 폴란드 출신이거든요."

"정말이요? 데님 씨 친구인가요?"

터펜스는 그레이시 이모가 젊은 시절 미주알고주알 캐물을 때 내던 목소리를 흉내 냈다.

"전혀요. 처음 보는 사람인데요."

칼이 뻣뻣하게 말했다.

"그렇군요. 저는 혹시……."

터펜스는 매우 교묘하게 말을 끊었다.

"저한테 길을 물어보더라고요. 영어를 잘 모르길래 독일어로 대답해 주었습니다."

"그렇군요. 어디로 가는 길을 묻던가요?"

"이 근처에 사는 고트립 부인이라는 사람을 아냐고 물어보더군요. 제가 모른다고 하니까 집을 잘못 안 것 같다는 말을 하던데요."

"그래요."

터펜스가 생각에 잠겨 대답했다.

로즌슈타인 씨. 고트립 부인.

터펜스는 칼 본 데님을 흘긋 쳐다보았다. 그는 뻣뻣하게 굳은 얼굴로 옆에서 걸어가고 있었다.

터펜스는 그 낯선 여자가 무척 의심스러웠다. 터펜스가 두 사람을 발견했을 때 그들은 이미 한동안 이야기를 나누고 있었던 게 분명했다.

칼 본 데님?

그날 아침에 칼과 실라는 이렇게 말했다…….

'조심해야 해.'

터펜스는 생각했다.

'그 두 젊은이는 상관없으면 좋으련만!'

너무 물러, 터펜스는 자신에게 타일렀다. 나이도 많은데 무르기까지 하다고! 그랬다. 나치의 추종자들은 젊은 사람들이었다. 나치 요원들도 대부분 젊을 것이다. 칼과 실라. 토미는 실라가 관련이 없다고 말했다. 그럴지도 모른다. 하지만 실라는 좀 별나지만 숨을 멈추게 할 만한 미모의 소유자였고 토미는 어디까지나 남자였다.

칼과 실라. 그리고 그들 너머 있는 수수께끼 인물. 그건 바로 페레나 부인일 것이다. 페레나 부인은 때로는 평범한 하숙집의 입심 좋은 주인이지만, 또 때로는 순식간에 무섭고 과격한 인물로 돌변하는 사람이었다.

터펜스는 천천히 위층에 있는 침실로 올라갔다.

그날 저녁 잠자리에 들기 전, 그녀는 옷장의 긴 서랍을 열었다. 한쪽에 옻칠한 작은 상자가 놓여 있었다. 터펜스는 장갑을 끼고 상자에 달린 조잡한 싸구려 자물쇠를 열었다. 편지 더미가 보였다. 맨 위에는 '레이먼드'에게서 오늘 아침에 받은 편지가 놓여 있었다. 터펜스는 조심스럽게 편지를 펼쳤다.

그녀는 심각하게 입술을 다물었다. 오늘 아침에 편지를 접고 그사이에 눈썹을 흘려 둔 그녀였다. 그런데 지금은 눈썹이 없었다.

세면대로 갔다. '회색 가루'라고만 적힌 평범한 작은 병이 놓여 있었다.

터펜스는 솜씨 좋게 손을 놀려 회색 가루 약간을 편지와 반들반들하게 옻칠된 상자 위로 흩뿌렸다.

어디에도 지문은 없었다.

터펜스는 그럼 그렇지 하고 만족스레 고개를 끄덕였다.

지문은 있어야만 했다. 최소한 그녀 자신의 지문은 말이다.

별로 가능성은 없지만, 가정부가 호기심에서 편지를 읽어 봤을 수도 있었다. 하지만 상자의 자물쇠에 들어맞는 열쇠를 찾는 수고를 했을 가능성은 매우 낮았다.

또 가정부라면 지문을 지워 버릴 생각은 안 했을 것이다.

페레나 부인? 실라? 다른 사람? 적어도 누군가 영국군의 이동에 관심이 많은 사람이 있다는 사실은 확실했다.

IV

이번 임무에서 터펜스의 계획은 매우 단순했다. 우선 각각의 확률과 가능성을 따져 보는 것이 그 첫 번째였다. 둘째는 상수시 손님 중에 군 부대의 움직임에 관심이 있지만 그 사실을 숨기려고 하는 사람이 있는지 실험해 보는 것이었다. 그리고 세 번째는 그 사람이 누구일까 하는 것이었다.

다음 날 아침 침대에 누운 터펜스가 곰곰이 생각한 것은 바로 세 번째 질문이었다. 하지만 이른 시간부터 '모닝 티'라고 불리는 새까맣고 미적지근한 액체 한 컵을 앞세우고 껑충거리며 들어온 베티 스프롯 때문에 그 생각은 방해를 받았다.

그 아기는 터펜스를 아주 좋아하는 눈치로, 매우 활동적이고 말이 많았다. 베티는 침대로 기어올라 너덜너덜해진 그림책을 터펜스의 코앞에 펼쳐 놓고 간단명료한 명령을 내렸다.

"이거저여."

터펜스는 순순히 읽어 주었다.

"바보 같은 암거위, 수거위야, 어디로 가는 거니? 위층, 아래층, 우리 주인님 방으로."

베티는 까르르 웃으며 침대 위를 굴렀다. 잔뜩 들떠서 터펜스가 읽어 준 부분을 따라 했다.

"위층, 위층, 위층!"

그러다 갑자기 "아래······." 하고 빽 소리를 지르더니 침대에서 굴러내려 바닥에 쾅 하고 내려섰다.

이 과정을 몇 번이나 반복한 뒤에야 베티는 흥미를 잃었다. 그런 다음에는 바닥을 기어 다니기 시작했다. 터펜스의 신발을 가지고 놀면서 으레 하는 옹알이를 부지런히 해 댔다.

"아그 도······ 바 핏······ 쑤······ 쑤다······ 풋치······."

터펜스는 베티에게서 풀려나 혼자만의 골치 아픈 문제에 골몰하느라 잠시 주위를 잊었다. 동요 속 단어들이 자신을 놀리는 것 같았다.

"바보 같은 암거위, 수거위야, 어디로 가는 거니?"

간다? 암거위는 터펜스, 수거위는 토미였다. 적어도 표면상으로 두 사람의 모습은 그랬다! 터펜스는 블렌킨솝 부인이라는 인물을 진심으로 경멸했다. 메도스 씨는 오히려 약간 나은 편이었다. 둔감하고, 영국적이고, 상상력이 없는 그들은 어떻게 보면 매우 바보 같았다. 그녀는 두 사람 모두 상수시의 배경에 잘 섞여 들길 원했다. 두 사람 모두 이런 곳에 있을 법한 사람이었다.

그렇다 하더라도 긴장을 늦추어선 안 된다. 실수는 한순간에 일어나니까. 며칠 전에도 터펜스는 깜박 잊었다. 중요한 것은 아니지만 스스로 조심하자는 경고로 삼기엔 충분했다. 친해지기 위한 쉬운 접근법이었다. 뜨개질에 서툰 문외한이 숙련자에게 도움을 청하는 것. 하지만 그날 저녁 그녀는 실수를 저질렀다. 손가락이 무의식적으로 움직여 뜨개질에 능숙한 사람들이나 가능한 리드미컬한 바늘 소리를 내 버린 것이다. 오로크 부인은 눈치를 챈 기색이었다. 그 이후로 그녀는 중간 수준의 솜씨로 보이도록 각별한 주의를 기울였다. 전처럼 서툴지는 않지만 실력을 제대로 발휘한 속도도 아니었다.

"아그 부 베이트?"

베티가 질문을 던졌다. 그러더니 다시 한번 물었다.

"아그 부 베이트?"

터펜스가 멍하니 말했다.

"예쁘다, 아가. 예쁘구나."

기분이 좋아진 베티는 다시 혼자 옹알거리는 일에 열중했다.

터펜스는 다음 단계도 역시 쉽게 실행할 수 있을 거라고 생각했다. 토미가 협력한다는 것을 가정할 경우였다. 그녀는 앞으로 할 일을 정확히 알고 있었다.

누워서 계획을 세우는 동안 시간은 쉼 없이 흘러갔다. 스프롯 부인이 숨을 몰아쉬며 베티를 찾아 방 안으로 들어왔다.

"아, 여기 있었구나. 어디로 갔는지 도무지 알 수가 있어야지. 베티! 요 나쁜 녀석! 아, 이런. 블렌킨솝 부인, 너무너무 죄송해요."

터펜스는 침대에 일어나 앉았다. 베티는 천사 같은 얼굴로 자신이 완성한 작품을 뚫어져라 바라보고 있었다.

베티는 터펜스의 신발에서 끈을 모두 빼내어 양칫물이 든 컵에

담가 놓은 참이었다. 이제는 신이 나서 손가락으로 신발 끈을 푹푹 눌러 보고 있었다.

터펜스는 웃음을 터뜨리면서 스프롯 부인의 사과를 중간에 끊었다.

"정말 재미있네요. 걱정 마세요, 스프롯 부인, 금방 다시 마를 거예요. 제 잘못이죠. 베티가 뭘 하고 있는지 살폈어야 했어요. 조용할 때부터 알아봤어야 하는데."

스프롯 부인이 한숨을 쉬었다.

"맞아요, 아이들이 조용해지면 그건 좋지 않은 징조예요. 오전 중에 제가 신발 끈을 구해 드릴게요, 블렌킨솝 부인."

"괜찮아요. 그래 봤자 마를 건데요."

터펜스가 말했다.

스프롯 부인이 베티를 데리고 나가자 터펜스는 계획을 실행에 옮기기 위해 일어났다.

6장

토미는 터펜스가 내민 꾸러미를 조심스럽게 바라보았다.
"이게 그거야?"
"그래요. 조심해요. 기절하진 말고요."
토미는 조심스럽게 냄새를 맡아 보더니 절로 목소리가 커졌다.
"이런! 이 무시무시한 물건은 뭐야?"
"아위(악취가 나는 미나리과의 약용 식물 — 옮긴이)예요. 손가락으로 한번 살짝 집기만 해도 남자 친구가 저 멀리 도망간다는 물건이죠. 광고에서 하는 말이 맞는다면요."
"미묘하게 체취와도 비슷하군."
토미가 낮은 소리로 웅얼거렸다.
곧이어 다양한 사건들이 일어났다.
첫 번째는 메도스 씨 방에서 나는 냄새였다.

메도스 씨는 원래 불평을 입에 담는 성격이 아니어서, 처음에는 완곡하게 냄새가 조금 난다는 정도의 반응이었으나 점점 강경해졌다.

페레나 부인은 하숙인 회의에 불려 나왔다. 한사코 부정하려던 그녀도 결국 냄새가 난다는 사실을 인정할 수밖에 없었다. 매우 뚜렷하고 불쾌한 냄새였다. 부인은 혹시 조리실에서 쓰는 가스가 새는 게 아닐까 하는 의견을 내놓았다.

몸을 구부리고 의심스러운 듯 킁킁거리던 토미는 냄새가 그곳에서 나는 것 같지는 않다고 말했다. 그렇다고 마루 밑에서 올라오는 냄새도 아니었다. 어딘가 죽은 쥐가 있는 것이 틀림없다는 생각이었다.

페레나 부인은 비슷한 이야기를 들은 적이 있다고 말했지만 상수시에는 쥐가 없다고 못을 박았다. 아주 작은 생쥐 정도라면 혹시 모르겠지만. 어쨌든 쥐는 결코 본 적이 없다는 것이었다.

메도스 씨는 매우 강경했다. 그런 냄새는 죽은 쥐에게서 나는 것이 분명하다는 것이었다. 덧붙여 더욱 완강하게, 문제가 해결되기 전까지는 그 방에서 하루도 더 잘 수 없다고 했다. 방의 교체를 요구한다는 말이었다.

페레나 부인은 대답했다.

"물론이에요. 저도 그렇게 하시라고 말씀드리려 했어요. 하지만 지금 빈방은 좀 작고 바다가 보이지 않는 곳인데, 메도스 씨가 상관없으시다면……."

메도스 씨는 상관하지 않았다. 냄새로부터 한시라도 빨리 벗어나기만을 바랐다. 그리하여 페레나 부인은 메도스 씨를 작은 침실로 안내했는데, 공교롭게도 그 방은 블렌킨숍 부인 방 맞은편이었다. 페레나 부인은 입을 헤벌리고 있어 좀 모자라 보이는 가정부 비어트리스를 불러 메도스 씨의 물건들을 옮기라는 지시를 내렸다. 그러고는 일꾼을 시켜서 마루를 뒤져 냄새의 원인이 무엇인지 찾아내겠다고 약속했다.

그리하여 이 문제는 모두가 만족할 수 있는 방향으로 해결되었다.

II

두 번째 사건은 메도스 씨의 열병이었다. 적어도 처음에는 그렇게 불렸다. 나중에야 그도 자신이 걸린 건 감기였을지도 모른다고 인정했다. 그는 재채기를 몹시 많이 하며 눈물을 줄줄 흘렸다. 메도스 씨의 커다란 비단 손수건 근처에서 희미한 생양파 냄새가 떠도는 것도 같았지만 아무도 눈치채지 못했고, 더구나 짙은 향수 냄새가 자극적인 냄새를 가려 버렸다.

결국 끊임없는 재채기와 코풀기에 지쳐 버린 메도스 씨는 일찍 잠자리에 들었다.

다음 날 아침 블렌킨숍 부인은 아들 더글러스에게 편지를 받았다. 블렌킨숍 부인이 너무 흥분해서 호들갑을 떠는 바람에 상수시의 모든 사람들이 그 소식을 알게 되었다. 그녀의 말에 의하면 이번 편지는 검열을 받지 않았다는 것이다. 휴가를 나가는 더글러스의 친구들이 편지를 부쳐 주기로 해서, 그 덕에 더글러스는 매우 자세하게 편지를 쓸 수 있었다.

블렌킨숍 부인이 자신은 이미 다 알고 있었다는 듯 고개를 까닥이며 외쳤다.

"보시는 대로예요. 실제로 일어나는 일 중에 우리가 모르는 게 얼마나 많은지 보시라고요!"

아침 식사 이후 그녀는 위층에 있는 자기 방으로 가서 옻칠된 상자를 열고 편지를 넣어 두었다. 이번에는 접어 둔 편지 사이로 눈에 띄지 않는 쌀가루를 뿌린 채였다. 그러고서 그녀는 뚜껑을 덮은 상자의 표면을 손가락으로 지그시 눌렀다.

그녀가 방을 나서면서 기침을 하자 반대편 방에서 화답하듯 매우 부자연스러운 재채기 소리가 들려왔다.

터펜스는 미소를 짓고 아래층으로 내려갔다.

그녀는 이미 사람들에게 오늘 런던에 올라갈 거라고, 런던에 가서 변호사를 만나 볼일을 보고 약간의 쇼핑을 할 거라고 알려 두었다.

터펜스는 모여든 손님들에게 배웅과 함께 여러 가지 부탁을 받으면서 집을 나섰다. 부탁에는 모두 "물론, 시간이 있으시면 말이죠."라는 단서 조항이 붙어 있긴 했다.

블레츨리 소령은 여성들의 수다에서 멀찌감치 떨어져 있었다. 그는 신문을 읽으며 기사에 대한 자신의 의견을 큰 소리로 말했다.

"비열한 독일 놈들. 길거리에서 도망가는 난민들을 향해 기관총을 난사해! 짐승만도 못한 것들. 내가 만일 우리 나라……."

자신이 책임자였으면 어떻게 하겠다는 구상을 쏟아 내는 블레츨리를 뒤로하고 터펜스는 집을 나섰다.

그녀는 베티 스프롯에게 받고 싶은 선물이 뭐냐고 물어보려고 정원에 들렀다.

베티는 뜨뜻한 손으로 달팽이 한 마리를 붙잡고 숨넘어갈 듯 웃으며 즐겁게 옹알거리고 있었다. 터펜스는 물었다.

"고양이? 그림책? 그림 그리는 색분필?"

베티는 결정을 내린 듯 "베티 그임."이라고 말했다. 터펜스는 색분필을 목록에 넣었다.

정원 끝 오솔길을 지나 진입로로 나가려던 터펜스는 예상치 못하게 칼 본 데님과 마주쳤다. 그는 벽에 기대서서 주먹을 꽉 쥐고 있다가 터펜스가 다가오자 그녀 쪽으로 돌아섰다. 평소 무표정하던 얼굴이 감정으로 얼룩져 있는 것이 보였다.

터펜스는 저도 모르게 발길을 멈추고 물었다.

"무슨 문제가 있나요?"

"아하. 예. 모든 게 문제입니다."

그의 목소리는 거칠고 부자연스러웠다.

"영국에는 '물고기도 살코기도 닭고기도, 그렇다고 질 좋은 청어도 아니다(이도 저도 아니라는 영국 속담 — 옮긴이).'라는 말이 있죠? 그렇죠?"

터펜스가 고개를 끄덕였다.

칼이 씁쓸하게 말을 이었다.

"제가 바로 그렇습니다. 이대로 계속할 수는 없어요. 그래요. 못 하겠어요. 모든 걸 끝내는 게 제일 좋을 것 같아요."

"무슨 말이죠?"

젊은 남자가 대답했다.

"부인께선 친절히 말씀해 주셨죠. 부인은 이해해 주실 것 같아요. 저는 불의와 폭정을 피해 조국을 떠나왔습니다. 자유를 찾아 이곳으로 온 거지요. 저는 나치 독일이 너무 싫었어요. 하지만 저도 결국 독일인일 뿐입니다. 그건 어떻게 해도 바뀌지 않아요."

터펜스가 웅얼거렸다.

"쉽지 않겠죠, 다 알아요……."

"그런 게 아닙니다. 저는 독일인이라고요. 변할 수 없는 사실이죠. 저의 가슴도, 마음도 독일인이에요. 아직도 제 조국은 독일이란 말입니다. 독일의 도시가 공습을 받고 독일 군인이 죽고 독일 비행기가 추락하는 이야기를 읽게 돼요. 제 동포들이 겪는 일들 말입니다. 저 호전적인 소령이 신문을 읽어 줄 때마다, 또 '비열'하다느니 뭐니 하는 말을 할 때마다 분노가 치밀어 참을 수가 없어요."

그러고는 조용히 덧붙였다.

"그래서 모든 것을 끝내는 게 좋다는 생각이 든 거죠. 그래요, 끝내야 해요."

터펜스는 그의 팔을 꽉 붙잡고 결연히 말했다.

"바보 같은 소리. 그런 감정은 당연한 거야. 누구라도 그렇지. 하지만 참아 내야 해."

"차라리 저를 감금했으면 좋겠어요. 그러면 훨씬 더 쉬울 텐데요."

"그래, 어쩌면 그럴지도 모르지. 하지만 당신은 여기서 유익한 일을 하고 있잖아. 그렇다고 들었어. 영국뿐만이 아니라 인류를 위해 유익한 일이라고. 오염 정화 문제를 연구하고 있다면서, 안 그래?"

청년의 얼굴이 조금 밝아졌다.

"그래요. 그리고 연구는 꽤 잘되고 있어요. 과정이 매우 간단하고 쉽게 만들어져서 현실에 간단히 적용할 수 있을 것 같아요."

"그거 봐, 그건 가치 있는 일이야. 고통을 해소하는 일은 그게 무엇이든 가치가 있지. 파괴적인 일이 아니고 창조적인 일이라면 무엇이든. 우리는 적을 욕할 수밖에 없어. 독일에서도 똑같지 않겠어? 독일에서도 수백 명의 블레츨리 소령이 입에 거품을 물고 있지 않겠냐고. 나도 독일인들이 싫어. '독일인'이라고 말하는 것만으로도 증오가 솟는 게 느껴진다고. 하지만 개인을 생각하면…… 아들 소식을 손꼽아 기다리는 어머니들, 그리고 싸우기 위해 집을 떠나는 소년들, 그리고 추수를 준비하는 농민, 작은 가게 주인, 내가 아는 몇몇 친절한 독일 사람들을 생각하면 다른 느낌이 들지. 그 사람들도 그저 사람들일 뿐이고 우리와 같은 감정을 가진 사람들이라는 걸 나도 잘 알아. 그게 진짜라고. 적이라는 건 그저 전쟁 때문에 쓰게 되는 가면인 거야. 전쟁의 일부인 거지. 어쩌면 필요한 부분일지도 몰라. 덧없는 것이긴 하지만."

터펜스는 토미가 얼마 전에 언급한 캐벌 간호사의 말을 들려주었다.

"애국심만으로는 충분치 않다. 마음속에 증오가 없어야 한다."

애국심의 표상이라고 할 캐벌 간호사의 그 말은 두 사람에게 마치 희생 정신의 정점처럼 느껴졌다.

칼 본 데님은 터펜스의 손을 붙잡고 손등에 입을 맞췄다. 그가 말했다.

"고맙습니다. 부인 말씀이 진정 옳습니다. 제가 좀 더 견뎌 보도록 하죠."

터펜스는 시내로 향하는 길을 걸어가면서 생각했다.

'어머, 이런. 내가 이 집에서 제일 좋아하게 된 사람이 독일인이라니 지지리 복도 없지. 모든 것이 거꾸로 된 기분이야.'

III

터펜스는 항상 철저했다. 런던으로 갈 마음이 전혀 없었지만 이미 말해 둔 대로 실행하는 것이 좋겠다고 판단했다. 그저 하루 동안 다른 곳에 다녀오는 것으로는 누군가에게 들킬 위험도 있고 그러면 언젠가는 상수시에도 소문이 퍼질 것이다.

그건 안 될 일이지. 블렌킨솝 부인이 런던으로 간다고 했으니 런던으로 가야만 해.

돌아오는 3등 칸 차표까지 구입해서 매표소 창구를 떠나려는 순간 터펜스는 실라 페레나와 맞닥뜨렸다.

실라가 말했다.

"안녕하세요. 어디 가세요? 전 분실된 소포를 찾으러 왔는데."

터펜스는 자신의 계획을 설명했다.

실라가 별 관심 없다는 투로 말했다.

"아, 예. 그러시군요. 그런 말씀 하신 거 기억나요. 하지만 그게 오늘인 줄은 몰랐네요. 기차까지 바래다 드릴게요."

실라는 평소보다 활발했다. 화가 나거나 부루퉁한 기색은 없었다. 상수시의 일상에 대해 기분 좋게 수다를 떨었고, 기차가 떠날 때까지 계속 입을 쉬지 않았다.

창밖 실라에게 손을 흔들어 주고 멀어져 가는 뒷모습을 지켜본 다음, 터펜스는 한쪽 구석 자리에 앉아 심각한 고민에 들어갔다.

바로 그 시간에 실라가 기차역에 나타난 것이 우연이었을까를 생각한 것이다. 적들이 그만큼 철저하다는 증거일까? 수다스러운 블렌킨솝 부인이 진짜로 런던으로 가는지 페레나 부인이 확인하려고 했던 것일까?

그럴 확률이 매우 높은 것 같았다.

IV

다음 날이 되어서야 터펜스는 토미와 이야기를 나눌 수 있었다.

두 사람은 상수시 지붕 아래에서는 대화하려는 시도도 하지 말자는 데 뜻을 같이 했다.

메도스 씨는 열이 좀 내리자 천천히 바닷가로 산책을 나섰고, 걷는 중에 블렌킨솝 부인과 만났다. 두 사람은 산책로에 있는 벤치에 앉았다.

"그래서요?"

터펜스가 운을 뗐다.

토미는 천천히 고개를 끄덕였다. 뭔가 만족스럽지 못한 표정이었다.

"그래, 뭔가 잡긴 잡았지. 하지만 아, 정말 힘든 하루였어. 문틈에다가 종일 눈을 대고 있었더니 목이 다 뻣뻣하네."

터펜스가 냉정하게 대답했다.

"그런 건 잊어버리세요. 자, 말해 봐요."

"당연하겠지만 우선, 하녀들이 당신 방으로 청소와 침대 정리를 하러 들어가더군. 그리고 페레나 부인이 들어갔어. 하지만 그건 하녀들이 방 안에 있을 때였고, 무슨 이유에선지 하녀들을 야단치는 것 같던데. 그리고 꼬마가 들어가서 털실 개를 들고 나왔지."

"그래요, 다른 사람은?"

토미가 천천히 말했다.

"한 사람뿐이었어."

"누구요?"

"칼 본 데님."

"아!"

터펜스의 마음 한구석이 즉시 아파 왔다. 그래, 결국은…….

"언제요?"

"점심시간에. 그가 식당에서 일찍 나와서 자기 방으로 올라오더니, 복도를 슬쩍 지나 당신 방으로 가더라고. 한 15분 동안 거기 있었어."

토미가 말을 멈추었다.

"그럼 결정 난 건가?"

터펜스가 고개를 끄덕였다.

그랬다. 모든 것이 명확해졌다. 칼 본 데님이 블렌킨숍 부인의 침실에 15분이나 있을 이유가 없었다. 그가 연루되어 있음이 증명된 것이다. 터펜스가 보기에 칼은 연기력이 무척 뛰어난 사람임에 틀림없었다…….

전날 아침 그의 말은 진실인 것처럼 들렸다. 물론 어느 정도는 진실일지도 모른다. 다만 진실을 언제 활용하는가가 남을 속이는 데 가장 중요한 부분인 법이다. 칼 본 데님은 분명 애국자다. 조국을 위해 일하는 적국 요원이니 말이다. 그런 점에서 그는 존중받을 만하다. 존중한다. 하지만 그를 잡아야만 한다.

그녀가 천천히 말했다.

"유감이네요."

토미가 말했다.

"나도 그렇게 생각해. 정말 좋은 친구인데."

"독일에서라면 당신과 나도 똑같은 입장에 놓일 수도 있어요."

토미가 고개를 끄덕였고 터펜스는 계속 말했다.

"우리는 적어도 우리가 어디에 있는지 알고 있어요. 칼 폰 데님이 실라와 그 애 엄마랑 같이 일하고 있는 거죠. 어쩌면 페레나 부인이 적의 실세인지도 몰라요. 그렇다면 어제 칼과 이야기를 나누던 낯선 여인도 연루되어 있을 거예요."

"이제 우린 어떻게 하지?"

"페레나 부인의 방을 언제 한번 뒤져 봐야죠. 뭔가 단서가 될 만한 게 있을 거예요. 이제 그녀의 뒤를 밟아 보자고요. 어딜 가는지 누구를 만나는지 알아내야 하니까. 토미, 앨버트를 이리로 부르자고요."

토미는 잠시 생각해 보았다.

앨버트는 오래전 호텔의 심부름꾼으로 일하다가 젊은 베레스퍼드 부부를 따라 모험에 나섰다. 이후 부부의 유일한 민간인 조력자로 일해 왔다. 6년쯤 전에 결혼해서, 지금은 남런던의 '오리와 개'라는 선술집의 주인이었다.

터펜스가 빠르게 계속 말했다.

"앨버트는 좋아할 거예요. 우리가 데리고 와요. 기차역 근처에 있는 선술집에 묵으면서 페레나 일가나 다른 사람을 미행하라고 시키자고요."

"하지만 앨버트의 부인은?"

"지난 월요일에 아이들을 데리고 웨일스에 있는 친정집으로 갔댔어요. 공습 때문에 말이죠. 마침 딱 좋네요."

"그래. 좋은 생각이야, 터펜스. 우리가 직접 그 여자를 미행하면 의심을 받을 테니까 앨버트가 적격이지. 그리고 별도로, 이 근처를 돌아다니다가 칼과 이야기를 나눴다는 그 폴란드 여자라는 사람을 조심해야겠어. 그 여자가 이 일의 다른 쪽 끝에 있는 것 같아. 사실 저쪽 진영에 대해 알아내는 게 더 중요하잖아."

"그럼요. 나도 동의해요. 그 여잔 지령을 내리러 오는 거거나 아니면 메시지를 전달받으러 오는 걸 테죠. 다음에 그 여자를 만나게 되면 우리 둘 중 하나가 뒤를 밟아서 좀 더 파헤쳐 보는 게 좋겠어요."

"페레나 부인의 방을 뒤지는 것은 어떻게 할 거야? 그리고 칼의 방은?"

"아마 칼의 방에서는 아무것도 찾을 수 없을 거예요. 어쨌든 칼도 독일 사람이니 경찰의 수색을 받을 여지가 있잖아요. 의심받을 만한 물건은 두지 않도록 신경 썼겠죠. 페레나는 좀 힘들 거예요. 부인이 외출 중일 때면 실라가 그 방에 자주 가 있고, 게다가 온 건물을 휘젓고 다니는 베티와 스프롯 부인이 있어요. 그리고 오로크 부인도 페레나 부인 방에서 시간을 많이 보내거든요."

터펜스가 잠시 멈추었다가 말했다.

"점심시간이 제일 좋겠네요."

"칼 본 데님의 방 쪽은?"

"말할 참이었어요. 내가 머리가 아프다고 하고 방으로 갈 수도 있지만 그건 무리죠. 누가 불시에 올라올 수도 있고 나를 돌보겠다고 나서는 사람이 있을 수도 있어요. 저, 그보다는 점심시간 전에 조용히 다녀온 후 내 방으로 돌아오는 게 낫겠네요. 점심을 먹은 뒤에 머리가 아파서 그랬다고 둘러대면 되고요."

"내가 하는 게 낫지 않을까? 내일 열병이 또 도졌다고 하면 되잖아."

"내가 하는 게 나을 거예요. 잡히게 되면 아스피린을 찾는다거나 하면서 핑계를 댈 수 있으니까요. 페레나 부인의 방에 남자 하숙생이 들어가는 게 훨씬 의심스러운 일이에요."

토미는 씩 웃었다.

"이를테면 악역이 되자는 거지."

그 미소는 곧 사라졌다. 그는 아주 심각하고 초조해 보였다.

"여보, 가능한 빨리 해야 해. 오늘 뉴스도 매우 안 좋아. 빨리 뭔가를 해야 한다고."

V

토미는 계속 걸어서 이윽고 우체국에 도착했다. 그랜트 씨에게 전화를 걸어 '최근 작전은 매우 성공적이었고 우리의 친구 C가 분명히 연관되어 있다.'라는 보고를 했다.

그런 다음에는 편지를 써서 부쳤다. 편지의 수신인은 케닝턴 글래모건가(街)에 있는 '오리와 개'의 앨버트 뱃 씨였다.

그리고 영국에 무슨 일이 일어날지 알려 주겠다고 단언하는 주간지를 하나 사고는 아무 일 없다는 듯이 상수시 방향으로 걸었다.

곧이어 헤이독 중령의 온화한 목소리가 들려왔다. 헤이독은 2인승 자동차에 앉아서 외쳤다.

"이봐, 메도스! 태워 줄까?"

토미는 제안을 감사히 받아들여 차에 올라탔다.

"그 쓰레기를 읽는 거야?"

헤이독이 《인사이드 위클리 뉴스》의 자주색 표지를 흘깃 보고 물었다.

메도스 씨는 문제의 주간지를 읽는 독자들이 그런 질문을 받으면 대부분 그렇듯 약간 혼란스러운 기색이었다.

"형편없는 쓰레기죠. 하지만 가끔은 이 사람들이야말로 세상 뒤편에서 일어나는 일을 제대로 알고 있는 것 같다는 느낌이 들어서요."

"그리고 또 가끔은 틀리지."

"아, 그건 그렇죠."

"진실을 알려 줄까?"

헤이독 중령은 일방통행 길에서 갑작스럽게 차를 돌리다가 커다란 밴과 충돌할 뻔했다.

"거지들의 말이 맞으면 우린 그걸 기억한다네. 하지만 틀렸을 땐 그냥 잊어버리지."

"스탈린이 우리에게 접근해 오고 있다는 소문이 사실이라고 생각하세요?"

"희망 사항이야, 희망 사항. 러시아 놈들은 믿을 수가 없어. 늘 그렇잖아. 확실한 건 놈들을 믿어선 안 된다는 거야. 그동안 아팠다면서?"

"예. 열이 좀 났죠. 이맘때쯤엔 잘 그래요."

"그럴 만도 하지. 난 그런 병을 앓아 본 적이 없지만 내 친구 중에 그런 놈이 하나 있어. 매년 6월만 되면 일어나질 못하더라니까. 어때, 골프 한 게임 할 만큼은 좋아졌나?"

토미는 골프를 치고 싶다고 말했다.

"좋아. 내일은 어때? 나는 낙하병 문제 때문에 회의가 있어서 가야 하네. 지역 자원봉사자들을 모아서 단체를 꾸리려고. 내가 보기엔 아주 좋은 취지인 것 같아. 우리도 뭔가 해야 할 때가 오지 않았겠어. 그러니까 6시쯤에 한 게임 치도록 하세."

"감사합니다. 그거 정말 재미있겠네요."

"좋아, 그럼 결정한 거야."

중령은 상수시 정문 앞에 불쑥 차를 세우고 물었다.

"예쁜이 실라는 어때?"

"잘 지내는 것 같아요. 별로 마주칠 일이 없네요."

헤이독은 껄껄거리면서 큰 소리로 웃었다.

"보고 싶은 만큼 자주 못 보는 걸 거야! 정말 예쁜 애긴 한데, 어찌나 무례한지. 그런데 걘 그 독일 놈이랑 너무 자주 만나는 거 같아. 전혀 애국심이 없다니깐. 자네나 나처럼 늙은 영감들이야 해당 사항이 없지만, 우리 군인 중에도 좋은 청년들이 얼마나 많은데 하필이면 빌어먹을 독일 놈이람? 그런 것 때문에도 짜증이 나."

"조심하세요. 그 사람이 우리 바로 뒤에서 언덕을 올라오고 있습니다."

"듣는다고 해도 상관 안 해! 오히려 좀 들었으면 좋겠군. 그 칼이라는 작자를 위해서라도 엉덩이를 한 대 걷어차 주고 싶은 심정이야. 괜찮은 독일인이라면 당연히 자기 조국을 위해 싸우고 있지 않겠어? 전쟁이 무서워서 슬그머니 빠져나온 거지 뭐야!"

"글쎄요. 어쨌거나 영국으로 침략해 올 독일인이 하나 줄어든 거잖아요."

"이미 여기 와 있으니까 말인가? 하하! 그거 정말 웃기는데, 메도스! 독일인이 침략해 올까 봐 걱정하는 건 아니겠지? 우리는 역사상 한 번도 침략을 당한 적이 없고, 앞으로도 그런 일이 없을 테니깐. 우리에겐 해군이 있잖아!"

애국적인 발언을 마지막으로 중령이 클러치를 확 밟았고, 차는 쏜살같이 밀수꾼의 쉼터를 향해 언덕을 달려 올라갔다.

VI

터펜스는 1시 40분이 되기 전 상수시의 정문에 도착했다. 진입로에서 빠져나와 정원을 가로질러 열린 응접실 창문을 통해 집 안으로 들어왔다. 아일랜드식 스튜 냄새와 접시 부딪히는 소리, 그리고 웅얼거리는 소리가 멀리서부터 느껴졌다.

터펜스는 응접실 문 앞에서 하녀 마사가 현관 복도를 가로질러 식당으로 들어가길 기다리고 있다가 신발을 벗고 재빨리 계단으로 올라갔다.

그녀는 자기 방으로 들어가서 부드러운 펠트로 된 침실 슬리퍼를 신었다. 그런 다음 층계참을 따라 페레나 부인의 방으로 들어갔다.

일단 안으로 들어가 주변을 둘러보자 혐오감이 온몸을 휩쓸고 지나갔다. 이건 정말 옳은 일이 아니었다. 페레나 부인이 정말 단순히 평범한 여인에 불과하다면 스스로를 용서할 수 없을 것이다. 다른 사람들의 개인적인 물건을 뒤적거리다니······.

터펜스는 얼른 몸을 흔들며 생각을 떨쳐 냈다. 어린 시절 기르던 성격 급한 테리어 강아지가 몸에서 물을 털 때 그랬던 것처럼. 지금은 전쟁 중이잖아!

그녀는 화장대로 다가가 재빠르고 능숙한 손놀림으로 서랍 속 물건을 뒤졌다. 키 큰 서랍장의 서랍 하나가 잠겨 있었다. 느낌이 심상치 않았다.

토미는 임무에 필요한 몇 가지 도구를 지급받았고 그걸 이용하는 방법에 대해서도 간단한 교육을 받았다. 그 내용은 그대로 터펜스에게도 전달되었다.

솜씨 좋게 손목을 한두 번 돌리자 서랍이 열렸다.

지폐 20파운드와 은화가 잔뜩 들어 있는 현금 상자가 보였다. 보석 상자도 함께였다. 종이도 한 뭉치가 있었는데, 터펜스는 그 서류 뭉치에 관심이 가장 많이 갔다. 그녀는 즉시 서류를 훑어보았다. 자세히 살펴볼 수는 없었다. 그 정도로 시간이 많지는 않았다.

상수시 대출금 관련 서류, 은행 계좌, 편지······. 시간은 빨리 지나갔다. 터펜스는 정신없이 서류를 넘겼다. 중의적인 단어가 있는지 집중력을 총동원했다. 이탈리아에 있는 친구에게서 온 편지 두 통이 있었지만 산만하고 두서없는 내용이라 별 문제가 없어 보였다. 하지만 어쩌면 눈에 보이는 것만큼 무해한 것이 아닐 수도 있었다. 그리고 런던에 사는 사이먼 모티머라는 사람에게서 온 편지가 있었다. 매우 사무적이고 내용도 거의 없어서 왜 그 편지를 가지고 있는지가 궁금했다. 모티머 씨는 보이는 것처럼 아무 문제 없는 사람일까? 서류 뭉치 맨 밑에 팻이라고 서명이 된, 잉크가 바랜 편지가 있었다. 편지는 이렇게 시작했다. '사랑하는 에일린, 이 편지는 내가 쓰는 마지막 편지야……'

아니야, 이건 아니야! 이 편지를 읽는 건 영 내키지 않았다! 편지를 다시 접고 그 위에 놓여 있던 편지를 모아서 정리했다. 그 순간 갑자기 경계심이 들어 서랍을 닫았다. 다시 잠글 시간은 없었다. 막연히 세면대에 놓인 병들을 뒤적이고 있는데 문이 열리고 페레나 부인이 들어섰다.

블렌킨숍 부인은 바보 같은 표정으로 허둥대며 하숙집 주인을 돌아보았다.

"페레나 부인. 용서해 주세요. 머리가 너무 아파서 아스피린을 먹고 누워 있으려는데, 제 것은 어디 있는지 알 수가 없어서요. 부인이 전에 민턴 양에게 아스피린을 줬던 걸 기억하고 찾으러 온 거지요. 괜찮다고 하실 것 같아서요."

페레나 부인은 방 안을 훑어보고는 날카로운 목소리로 말했다.

"물론이죠, 블렌킨숍 부인. 하지만 왜 먼저 저한테 물어보지 않으셨어요?"

"예, 정말 먼저 여쭤봤어야 하는데. 하지만 점심 준비로 바쁘실 것 같은 데다, 너무 소란을 떨고 싶지 않아서……."

페레나 부인은 터펜스 옆을 지나쳐서 세면대에 놓인 아스피린 병을 집어 들었다.

"몇 개를 드릴까요?"

쏘아붙이듯 그녀가 물었다.

블렌킨솝 부인은 세 개를 받았다. 페레나 부인의 호위를 받으면서 자신의 방으로 돌아온 블렌킨솝 부인은 뜨거운 물병을 갖다 주겠다는 제안을 허둥대며 거절했다.

페레나 부인은 방을 나가면서 한마디 쏘아붙였다.

"하지만 블렌킨솝 부인, 전 부인도 아스피린을 가지고 있는 걸 봤어요."

터펜스가 재빠르게 외쳤다.

"예, 저도 알아요. 어딘가에 있는 건 알고 있는데 정말 바보 같지 뭐예요. 도무지 찾을 수가 있어야지요."

페레나 부인은 하얗고 커다란 이를 드러내면서 말했다.

"그러면 차 마시는 시간까지 푹 쉬세요."

그녀는 나가면서 문을 닫았다. 터펜스는 페레나 부인이 다시 올까 싶어 긴장을 풀지 않고 침대에 누운 채로 깊게 한숨을 쉬었다.

페레나 부인이 눈치챘을까? 하얗고 커다란 치아……. 너를 먹어 치우기 위해서란다, 아가. 터펜스는 그녀의 치아를 볼 때마다 그런 말이 떠올랐다. 페레나 부인은 손도 무척이나 크고 무자비해 보였다.

보기에는 자기 방에 터펜스가 들어온 이유를 그런대로 수긍하는 것 같았다. 하지만 좀 있으면 장롱 서랍이 잠기지 않은 것을 알게 될 것이다. 그러면 의심을 할까? 아니면 자기가 실수로 서랍을 잠그지 않았다고 생각할까? 사람들은 가끔 그런 걸 깜빡하니까. 과연 서류 뭉치는 티 안 나게 제자리에 잘 놓아뒀을까?

만일 페레나 부인이 뭔가 이상하다고 생각했더라도 '블렌킨솝 부인'보다는 하녀들을 의심할 것이다. 그리고 만일 터펜스를 의심한다 하더라도 그녀가 호기심이 좀 강한 모양이라는 정도로 생각하지 않을까? 터펜스가 아는 사람 중에도 참견하고 뒤적거리는 걸 좋아하는 사람들이 있다.

하지만 만일 페레나 부인이 이름 있는 독일 요원 M이라면 스파이의 존재를 의심할 것이다.

페레나 부인이 너무 과한 경계심을 드러낸 부분은 없었던가?

페레나 부인은 사실 매우 자연스럽게 행동했다. 아스피린에 대해 쏘아붙인 것을 제외하면 말이다.

갑자기 터펜스는 침대에 일어나 앉았다. 예전에 아스피린과 요오드제를 소다 민트 한 병과 함께 책상 서랍 안쪽에 놓아두었다는 사실이 기억났다. 짐을 풀 때 같이 집어넣어 둔 것이다.

보아하니 남의 방을 뒤지고 다니는 것은 자신만이 아니었다. 페레나 부인이 선수를 쳤던 것이다.

7장

다음 날 스프롯 부인은 런던으로 떠났다.

그녀가 머뭇거리며 외출 얘기를 꺼내자마자 상수시 손님들은 베티를 돌봐 주겠다며 여러 가지 제안을 쏟아 내었다.

스프롯 부인은 베티에게 착하게 말 잘 듣고 있으라는 당부를 거듭하고서야 떠났다. 베티는 아침 담당으로 뽑힌 터펜스에게 딱 달라붙어 있었다.

"노아죠. 숨바꼬찔 노아죠."

베티는 매일매일 말이 늘어 갔고, 이제는 고개를 한쪽으로 기울이고 상대방을 똑바로 쳐다보며 홀리는 듯한 미소와 함께 "부타케요."라고 말하는 귀여운 버릇까지 생겼다.

터펜스는 베티를 데리고 산책을 가려고 했지만 비가 많이 왔기 때문에 두 사람은 스프롯 부인의 방으로 돌아갈 수밖에 없었다. 베티는 장난감이 들어 있는 서랍장 맨 아래 칸으로 터펜스를 데리고 갔다.

"본조를 숨기지 않을래?"

터펜스가 말했다.

하지만 베티는 마음이 바뀌었는지 다른 것을 요구했다.

"책 이거져요."

터펜스가 닳아 빠진 책 한 권을 벽장 끝에서 뽑아 들자 베티가 꺅꺅거리면서 막았다.

"아냐, 아냐. 모땐…… 나빠……."

터펜스는 놀라서 아이와 책을 번갈아 쳐다보았다. 책은 채색되어 있는 『꼬마 잭 호너』였다.

"잭이 나쁜 아이니? 자두를 땄기 때문에?"

베티는 다시 한번 힘주어 말했다.

"나아아아빠!"

그러고는 기를 쓰고 덧붙였다.

"지지!"

그녀는 터펜스에게서 책을 뺏어 들고 다시 벽장에 꽂았다. 그러더니 똑같은 책을 반대편 벽장에서 뽑아낸 다음 크게 미소를 지으면서 말했다.

"깨끄탄 재코너!"

터펜스는 지저분하고 오래된 책이 깨끗한 새 책으로 교체되었다는 것을 알아차리고 재미있어했다. 스프롯 부인은 터펜스가 '위생적인 엄마'라고 부르는 부류였다. 항상 세균이나 음식에 들어 있는 불순물에 신경을 곤두세우고, 아이가 흙 묻은 장난감을 빨까 봐 두려워하는 엄마들 말이다.

터펜스는 매우 자유롭고 편한 사제관에서 자랐기 때문에 위생에 과도하게 민감한 사람들이 늘 못마땅했다. 그녀의 아이들 역시 '적당한 양'의 먼지를 먹으면서 자라도록 한 것은 물론이다. 어쨌든 터펜스는 베티가 시키는 대로 깨끗한 『꼬마 잭 호너』를 펼쳐 들고 사건마다 적절한 설명을 곁들이며 책을 읽어 주었다. 베티는 흥미로운 그림이 나올 때마다 "잭이에요! 자두! 파이에!"라고 웅얼거리면서 끈적거리는 손가락으로 책을 짚었다. 새 책도 머지않아 지저분하게 될 것이 분명했다. 그렇게 두 사람은 『거위야, 거위야, 어디 갔다 왔니?』부터 『신발 안에 사는 할머니』까지 여러 권의 책을 읽었다. 그러다 베티가 책을 숨기는 바람에 터펜스는 책을 찾느라 한참을 허비해야 했다. 베티는 그걸 보며 무척 즐거워하는 모습이었다. 그렇게 오전 시간은 눈 깜짝할 사이에 흘러갔다.

점심 이후에 베티는 지쳤는지 잠이 들었고, 그때 오로크 부인이 터펜스를 자신의 방으로 초대했다.

오로크 부인의 방은 매우 지저분했고 상한 케이크 냄새와 박하 냄새가 섞인 묘한 냄새가 났다. 좀약 냄새도 흐릿하게 풍겼다. 탁자마다 오로크 부인의 아이들과 손자 손녀, 조카, 조카의 아이들 사진이 놓여 있었다. 사진이 너무 많아서 터펜스는 마치 빅토리아 시대 후기를 배경으로 한 사실주의 연극을 보고 있는 것 같았다.

"블렌킨솝 부인은 정말 아이들을 잘 다루시는 것 같아요."

오로크 부인이 친근하게 말을 붙였다.
"아, 예. 아이 둘을……."
터펜스가 대답하는데 오로크 부인이 재빨리 끼어들었다.
"둘이요? 아들이 셋이라고 하지 않으셨어요?"
"예, 그래요. 셋이에요. 하지만 두 녀석이 터울이 아주 적은데, 그 녀석들이랑 지낼 때를 생각하고 있었어요."
"아! 그렇군요. 앉으세요, 블렌킨숍 부인. 편하게 앉으세요."
터펜스는 시키는 대로 의자에 앉으며 이곳이 썩 불편한 자리가 되지 않았으면 하고 마음속으로 빌었다. 마치 마녀의 초대를 받은 헨젤과 그레텔이 된 기분이었다.
오로크 부인이 말했다.
"말씀해 주세요. 상수시를 어떻게 생각하세요?"
터펜스가 찬양의 연설을 쏟아 내려고 하는 순간, 오로크 부인이 불쑥 끼어들었다.
"제가 질문하고 싶은 건 이곳이 왠지 이상하지 않느냐는 거예요."
"이상하다고요? 저는 그렇게 생각하지 않는데요."
"페레나 부인에 대해서도요? 부인도 페레나 부인에게 관심이 있죠? 인정하셔야 해요. 계속 시선을 못 떼고 있는 걸 봤어요."
터펜스가 얼굴을 붉혔다.
"그녀는…… 흥미로운 사람이니까요."
"그렇지 않아요. 아주 평범한 사람이에요. 밖으로 드러나는 대로라면 말이죠. 하지만 실상은 그렇지 않을지도 몰라요. 혹시 뭔가 아시는 게 있나요?"

"정말이지 오로크 부인, 무슨 말씀이신지 모르겠네요."

"한 번도 그런 생각 해 본 적 없으세요? 여기 손님들이 실제로는 겉으로 드러나는 모습과 다를지 모른다는 생각 말이에요. 메도스 씨를 봐요. 좀 당황스러운 종류의 사람이에요. 어쩌면 전형적인 영국인이라고 말할 수 있겠죠. 뼛속까지 멍청하니까요. 하지만 가끔 전혀 멍청하지 않은 표정을 짓는다거나 전혀 멍청하지 않은 말을 하는 걸 들은 적이 있어요. 이상하지 않아요?"

터펜스가 단호하게 말했다.

"저는 메도스 씨는 정말로 특색 없는 사람이라고 생각하는데요."

"다른 사람들도 있어요. 제가 누구를 말하는 건지 부인은 아실지도 모르겠네요."

터펜스는 고개를 저었다.

"그 사람 이름은 S로 시작해요······."

오로크 부인은 잘 생각해 보라는 듯이 말했다.

그러고는 고개를 몇 번 끄덕거렸다.

터펜스는 갑자기 부아가 치밀면서 젊고 약한 존재를 지켜 주고 싶은 설명하기 어려운 충동을 느꼈다. 그래서 날카롭게 쏘아붙였다.

"실라는 그저 반항아일 뿐이에요. 그 나이 때는 다들 그렇죠."

오로크 부인은 마치 그레이시 이모의 벽난로에 놓여 있던 뚱뚱한 중국 인형처럼 고개를 몇 번 끄덕였다. 그녀가 크게 미소를 짓자 입꼬리가 바짝 올라갔다. 그녀는 부드럽게 말했다.

"모르실 수도 있지만, 민턴 양 세례명이 소피아예요."

터펜스는 당황했다.

"아, 민턴 양을 말씀하신 거예요?"

"그건 아니에요."

터펜스는 창문 쪽을 바라보았다. 이 노파가 자신에게 영향을 주고 있다는 사실이 이상했다. 그녀는 불안함과 두려움으로 가득한 분위기를 조성하고 있었다.

'고양이의 앞발 사이에 있는 쥐 같은…… 그런 느낌이야.'

활짝 미소를 짓고 있는 우람한 체격의 늙은 여인이 저기 앉아서 기분 좋은 고양이처럼 갸르릉 거리고 있었다. 마치 뭔가를 도망가지 못하게 앞발로 잡고 톡톡 치면서 놀고 있는…….

'말도 안 돼. 말도 안 돼! 이건 나의 상상일 뿐이야.'

터펜스는 창문 너머로 정원을 바라보면서 생각했다. 비가 그쳤다. 나뭇가지에서 빗방울이 부드럽게 떨어지고 있었다.

'내 상상만은 아니야. 나는 별로 상상을 즐기지 않으니까. 뭔가가 있어, 음모의 중심이 있어. 그걸 꿰뚫어 볼 수만 있다면…….'

갑자기 생각이 끊겼다.

정원 맨 밑에 있는 관목 덤불이 살짝 갈라졌다. 그 사이로 얼굴이 나타나더니 조용히 집을 올려다보았다. 그건 칼 본 데님과 길에서 이야기를 나누던 외국 여인의 얼굴이었다.

얼굴은 전혀 움직이지 않았다. 눈도 깜빡이지 않았다. 마치 사람 얼굴이 아닌 듯이 느껴졌다. 상수시의 창문을 계속해서 올려다보는 그 얼굴은 아무런 표정이 나타나 있지 않았지만 그럼에도 위협적인 데가 있었다. 그랬다, 의심의 여지가 없었다. 확고부동하고 무자비한 무엇. 그것은 상수시같이 흔해 빠진 영국 하숙집의 일상에서 찾아볼 수 없는 어떤 정신이나 힘을 상징하는 것 같았다.

'그렇군. 야엘(적장을 살해한 가나안 시대 이스라엘의 여걸 — 옮긴이)이 저런 모습이었을까. 잠자는 시스라의 이마에 못을 박기 위해 기다리고 있는 것 같아.'

일이 초 동안 이런 생각이 뇌리를 스치고 지나가자, 터펜스는 창문에서 갑자기 돌아서서 오로크 부인에게 뭐라뭐라 웅얼대고는 서둘러 방을 빠져나왔다. 서둘러 아래층으로 내려가 정문 밖으로 나갔다.

오른쪽으로 돌아 옆 정원의 오솔길을 따라 그 여자가 얼굴을 드러낸 곳으로 달려갔지만 거기엔 아무도 없었다. 터펜스는 무성한 관목을 뚫고 길로 빠져나와 언덕 아래위를 살폈다. 역시 아무도 보이지 않았다. 여인은 어디로 간 것일까?

터펜스는 혼란스러워져서 몸을 돌려 상수시 정원으로 다시 들어왔다. 모든 게 그녀의 상상이었을까? 아니다, 여인은 그곳에 있었다.

그녀는 집요하게 정원을 돌아다니면서 덤불 속을 살펴보았다. 옷이 다 젖었지만 낯선 여인의 흔적은 보이지 않아 집으로 다시 돌아갈 수밖에 없었다. 왠지 불길한 예감이 들었다. 무슨 일이 일어날 것만 같은 뭔지 모를 두려움이 있었다.

그녀는 앞으로 무슨 일이 일어날 것인지 전혀 짐작도 할 수가 없었다.

II

날씨가 맑아져서 민턴 양은 베티를 데리고 산책을 나가기 위해 옷을 갈아입히고 있었다. 마을로 내려가 베티가 목욕할 때 목욕탕에 띄울 고무 오리를 산다고 했다.

베티가 너무 흥분해서 신나게 뛰어다녀 스웨터에 팔을 넣기가 힘들었다. 두 사람이 길을 나설 때까지 베티는 신나서 재잘거렸다.

"오리 사져, 오리 사져, 베티 모욕탕, 베티 모욕탕."

이 중요한 사실을 끊임없이 재잘거리는 것에서 대단히 즐거움을 느끼는 것 같았다.

현관에 있는 대리석 탁자 위에 아무렇게나 놓인 성냥 두 개비가 보였다. 오늘 오후 메도스 씨가 페레나 부인을 추적하고 있다는 것을 알리는 신호였다. 터펜스는 응접실로 들어가서 케일리 부부와 합류했다.

케일리 씨는 언짢은 듯 보였다. 자기가 리햄턴에 온 건 절대 안정과 휴식을 위해서였다며, 집 안에 아이가 있는데 어떻게 조용할 수가 있겠냐며 불평했다. 하루 종일 소리 지르고 뛰어다니며 마루에서 폴짝거리는데 말이다.

그의 부인도 베티가 정말 귀여운 아기라고 웅얼거렸지만 별로 아이를 좋아하는 눈치는 아니었다.

케일리 씨가 긴 목을 돌리며 맞장구쳤다.

"바로 그거야. 그렇고말고. 엄마가 아이를 조용히 시켜야지. 다른 사람들 생각도 해야 하거늘, 병약해서 조용하게 쉬어야 하는 사람들도 있다는 걸 모르고."

터펜스가 말했다.

"그 나이 또래 아이를 조용히 시키는 건 쉬운 일이 아니에요. 조용하다면 아이다운 게 아니죠. 그렇다면 뭔가 잘못된 거예요."

케일리 씨가 화가 나서 숨넘어가는 소리로 말했다.

"말도 안 돼! 말도 안 된다고! 요즘 사람들은 하나같이 정신머리가 바보 같다니까. 아이들이 하고 싶은 대로 내버려 두는 게 특히 문제야! 애들은 조용히 앉아 있도록 가르쳐야지, 인형을 가지고 논다든가, 책을 읽는다든가 뭐 그런 거 말이야."

터펜스가 미소를 지으면서 말했다.

"아직 세 살도 안 됐어요. 그렇게 어린 애가 책을 읽을 수 있을 리 없잖아요."

"그렇지만 뭔가 수를 내야 해요. 페레나 부인과 이야기를 해 봐야겠어. 아이가 종일 노래를 부르더니, 오늘 아침엔 7시도 되기 전에 침대에서 노래를 하더구먼. 밤새 제대로 못 자다가 아침 무렵에야 겨우 잠들었는데, 노랫소리 때문에 깼단 말이에요."

케일리 부인이 불안한 기색으로 거들었다.

"우리 남편은 잠을 많이 자는 게 매우 중요해요. 의사가 그렇게 말했어요."

"요양원으로 가셔야 하지 않나요?"

터펜스가 말했다.

"부인, 그런 곳은 입회비가 어마어마하게 비싼 데다가 분위기도 좋지 않다고요. 병자들 특유의 그런 분위기는 내 정신 건강에 좋지 않아요."

케일리 부인이 옆에서 또 거들었다.

"의사 말로는 명랑한 환경이 좋대요. 평범한 삶 말이죠. 가구가 달린 집을 빌리는 것보다는 하숙집이 더 좋다고 했어요. 우리 남편은 혼자 생각에 빠지는 걸 좋아하지 않기 때문에 여러 사람들과 교류하는 쪽이 건강한 자극이 될 거라는 말이었어요."

터펜스가 보기에 케일리 씨의 교류 방법이란 자신의 병이나 증상에 대해 상세히 설명하고 사람들의 동정적이거나 냉담한 반응을 받아들이는 것뿐이었다.

터펜스는 노련하게 화제를 바꾸었다.

"저한테 이야기 좀 해 주세요. 독일에서는 어땠는지 말이에요. 최근에 독일을 자주 여행했다고 하셨잖아요. 케일리 씨처럼 세상 경험이 풍부하신 분의 의견을 듣고 싶네요. 케일리 씨는 편견 없이 그곳이 어떤 곳인지 진실한 의견을 들려주실 수 있을 테니까요."

터펜스는 남자들에겐 언제나 지나치다 싶게 추켜세우는 것이 만사형통이라고 믿었다. 케일리 씨도 즉시 미끼를 물었다.

"나야 부인 말씀대로 편견 없이 명확한 시각을 가지고 있지요. 내 의견을 말씀드리자면……."

그 이후에는 일방적인 독백이 이어졌다. 터펜스는 가끔씩 "그거 정말 흥미로운데요."라거나 "정말 대단한 관찰력이세요." 정도의 대꾸를 던지면서 실제로 관심을 가지고 들었다. 케일리 씨가 공감해 주는 청중에 감명을 받은 나머지 나치 체제를 칭찬하는 말을 거듭했기 때문이다. 드러내 놓고 표현하진 않았지만 영국과 독일이 손을 잡고 온 유럽을 상대한다면 얼마나 좋겠냐는 투였다.

민턴 양과 베티가 목적을 달성하여 고무 오리 인형을 가지고 돌아온 뒤에야 두 시간 동안 끊임없이 이어지던 독백이 끊겼다. 터펜스가 고개를 들어 보니 케일리 부인이 기묘한 표정을 짓고 있었다. 왜 그런 표정을 짓는지 알 수가 없었다. 남편의 관심을 다른 여자가 독차지해서 부인이 질투하는 것이라면 이해할 수 있었다. 또는 케일리 씨가 정치적 견해를 너무 많이 드러내서 놀랐을 수도 있었다. 뭐든지 간에 불만스러운 감정이 담긴 것만은 분명했다.

차 마실 시간이 돌아왔다. 바로 뒤이어 런던에서 돌아온 스프롯 부인이 외쳤다.

"베티가 말을 잘 듣고 문제를 일으키지 않았어야 할 텐데. 베티, 말 잘 들었어?"

그에 대해 베티는 단 한 마디로 간단히 대답했다.

"댐!"

사람들은 그걸 엄마가 돌아온 게 싫다는 표현으로 생각하지 않았다. 그저 블랙베리 잼을 달라는 요구라고만 여겼다.

오로크 부인이 낮은 목소리로 킬킬 웃음을 터뜨렸고, 젊은 엄마는 나무라듯 말했다.

"이런, 베티 아가."

그러더니 스프롯 부인은 자리에 앉아 차를 여러 잔 마시며 신나게 떠들어 댔다. 런던에서 뭐뭐를 샀다, 기차에 사람이 많더라, 최근에 프랑스에서 돌아온 병사가 같은 기차간에 탄 사람들에게 이런저런 이야기를 하더라, 스타킹 판매원이 스타킹이 동날 거라고 하더라 등등.

사실 이야기들은 매우 평범한 것이었다. 바깥 테라스에서의 대화는 이후로도 계속되었다. 이제는 해가 쨍쨍해서 비 오던 오전은 아주 오래된 일처럼 느껴졌다.

베티는 이리저리 행복하게 뛰어다니면서 덤불 속으로 탐험을 떠났다가 월계수 잎이나 조약돌 더미를 가지고 와서 어른들 무릎에 올려놓고 혼란스럽고 이해하기 어려운 설명을 늘어놓았다. 다행히 베티는 자기가 하는 게임에 어른들이 참여하거나 말거나 개의치 않는 눈치였다. 가끔씩 "정말 예쁘다, 아가. 이게 진짜니?"정도의 말을 들은 것만으로도 즐거워했다.

그날 상수시의 저녁은 어느 때보다도 평화롭고 평범했다. 수다, 세상 이야기, 전쟁 진행 상황에 대한 예상……. 프랑스가 다시 일어날 수 있을까? 베강(제2차 세계 대전 초기에 연합군 총사령관을 지낸 프랑스 군인 — 옮긴이) 장군이 상황을 수습할 수 있을 것인가? 러시아는 어떻게 나올까? 히틀러는 과연 마음만 먹으면 영국을 침략할 수 있을까? 서부 전선에서 독일군을 물리치지 못하면 파리는 함락될 것인가? 정말 사실인가……? 사람들 말로는 이렇다던데, 소문은 저렇다던데…….

사람들은 즐겁게 정치나 군사와 관련된 추문을 주고받고 있었다.

터펜스는 혼자 생각했다.

'이 수다쟁이들이 위험하다고 볼 수 있을까? 말도 안 돼, 수다쟁이들은 안전밸브 같은 존재야. 사람들은 이런 소문을 떠드는 걸 즐기지. 소문은 개인적인 걱정과 불안함을 견뎌 낼 힘을 주니까.'

그녀도 "우리 아들이 말했는데 말이죠, 이건 물론 일반에 알려지면 안 되는 거예요, 이해하시죠?"라고 운을 떼며 참전했다.

갑자기 스프롯 부인이 놀라서 손목시계를 보았다.

"어머나, 이런 벌써 7시네. 아이를 벌써 재웠어야 하는데. 베티…… 베티!"

베티가 테라스에 다녀간 지 한참이 지났는데, 그동안 아무도 그 사실을 느끼지 못하고 있었다.

스프롯 부인은 조급해져서 외쳤다.

"베티! 이 아이가 어딜 갔담?"

오로크 부인이 굵은 목소리로 껄껄 웃으면서 말했다.

"뭔가 사고를 치고 있는 게 틀림없어요. 아이들이 조용할 때는 뭔가 꿍꿍이가 있는 법이라고요."

"베티! 빨리 이리로 와."

대답이 없자 스프롯 부인이 다급하게 자리에서 일어났다.

"제가 가서 찾아봐야겠어요. 도대체 어딜 간 걸까?"

민턴 양은 어딘가에 숨어 있을 거라는 의견을 내놓았고, 자신의 어린 시절을 떠올린 터펜스는 부엌에 있지 않겠냐고 했다. 하지만 베티는 집 안에서도 집 밖에서도 보이지 않았다. 일행은 베티의 이름을 부르면서 정원을 돌아다녔는가 하면, 침실을 모조리 뒤지기도 했다. 베티는 어디에도 없었다.

스프롯 부인은 화를 내기 시작했다.

"아주 못된 아이야. 정말 못됐어! 혹시 베티가 집 밖으로 나가서 큰길로 갔을 가능성이 있을까요?"

스프롯 부인과 터펜스는 대문을 나가서 언덕을 아래위로 살펴보았다. 반대편에 있는 세인트루시안 대문에 자전거를 세운 채 그 집 하녀와 이야기를 나누고 있는 가게 심부름꾼 소년 외에는 아무도 보이지 않았다.

터펜스의 제안에 두 사람은 길을 건넜고, 스프롯 부인이 혹시 조그만 여자아이를 본 적이 있는지 물어보았다. 소년과 하녀 모두 고개를 저었다. 하녀가 갑자기 생각이 난 듯 물었다.

"녹색 깅엄 체크 무늬 원피스를 입은 작은 여자아이 말씀이신가요?"

스프롯 부인이 냉큼 대답했다.

"맞아요."

"30분쯤 전에 봤어요. 어떤 여자랑 길을 내려가던걸요."

스프롯 부인이 놀라서 말했다.

"여자라고요? 어떤 여자인가요?"

하녀는 약간 당황한 듯했다.

"글쎄요. 조금 이상하게 생긴 여자였어요. 외국인인 것 같았죠. 이상한 옷을 입었던데. 숄 같은 걸 걸치고선 모자는 쓰지 않았고요. 얼굴이 이상해 보였어요. 최근 들어 한두 번 본 적이 있는 여자였는데 솔직히 말해 뭐랄까…… 좀 모자라는 사람 같더라고요. 무슨 말씀인지 아시려나?"

그녀는 친절하게 설명해 주었다.

그 순간 터펜스는 오늘 오후 덤불 사이로 들여다보던 얼굴을, 그리고 막연히 불길한 예감에 사로잡혔던 것을 떠올렸다.

하지만 한 번도 그 여인을 아이와 관련해서 생각해 본 적이 없어서 지금의 상황이 이해가 가지 않았다.

어쨌든 지금은 생각하고 있을 겨를이 없었다. 스프롯 부인이 그녀에게 기대며 주저앉았다.

"아 베티! 내 아가. 납치된 거야. 그 여자, 당신이 봤다는 그 여자! 혹시 집시예요?"

터펜스는 힘차게 고개를 저었다.

"아니에요, 얼굴이 하얗던데요. 금발이고요. 넓은 얼굴에 광대뼈가 튀어나온 데다가 파란 눈동자에 미간이 멀었어요."

자신을 바라보는 스프롯 부인의 시선을 느끼고 터펜스는 서둘러 설명했다.

"오늘 오후에 그 여자를 봤어요. 정원 안쪽 덤불 사이로 훔쳐보고 있었더랬죠. 그리고 근처에서 서성이기까지 했고요. 언젠가 칼 본 데님 씨가 그녀와 얘기를 하는 걸 봤는데, 바로 그 여자였어요."

하녀가 참견했다.

"맞아요. 금발 여자였어요. 어딘지 좀 모자라 보이는. 다른 사람들이 하는 말을 알아듣지 못하더라고요."

스프롯 부인이 우는소리를 했다.

"아, 이런……. 어떻게 하면 좋아?"

터펜스는 그녀의 어깨를 감쌌다.

"집으로 들어가요. 브랜디를 조금 마시고 경찰에 연락해요. 괜찮을 거예요. 베티는 꼭 돌아올 거라고요."

스프롯 부인은 순순히 터펜스를 따르면서 멍하니 웅얼거렸다.

"베티가 낯선 사람을 따라가다니 믿을 수가 없어요."

터펜스가 말했다.

"아직 어리잖아요. 낯가림을 할 나이가 안 되어서 그래요."

스프롯 부인은 힘없이 흐느꼈다.

"분명 괴물 같은 독일 여자일 거예요. 베티를 죽일 거라고요."

터펜스가 단호하게 말했다.

"말도 안 돼요. 괜찮을 거예요. 살짝 정신이 특이한 사람일 뿐이겠죠."

하지만 터펜스 자신도 그 말을 믿지 않았다. 그 침착한 금발 여인은 무책임한 행동을 할 미치광이로 보이지 않았다.

칼! 칼은 알고 있을까? 칼이 이 일과 상관이 있을까?

몇 분 뒤 그녀는 의심을 거두었다. 칼 본 데님도 나머지 사람들과 마찬가지로 놀라서 믿을 수 없다는 표정이었다.

모든 사실이 드러나자 블레츨리 소령이 상황을 장악했다. 그가 스프롯 부인에게 말했다.

"그러면 부인, 여기 앉으시지요. 이 브랜디 몇 모금이라도 드세요.

독하진 않을 겁니다. 제가 당장 경찰에 연락하지요."

스프롯 부인이 응얼거렸다.

"잠시만요……. 뭔가 있을지도 몰라요……."

그녀는 위층으로 올라가서 베티와 자신이 쓰는 방으로 들어갔다. 몇 분 뒤에 쿵쾅거리면서 계단을 뛰어내려오는 스프롯 부인의 발소리가 들렸다. 그녀는 미친 듯이 계단을 뛰어 내려와서 막 전화 수화기를 드는 블레츨리 소령의 손을 붙잡았다.

그녀는 헐떡거리면서 말했다.

"안 돼요! 그러면 안 돼요…… 안 돼……."

그러고는 요란하게 훌쩍거리면서 의자에 쓰러졌다.

일행은 그녀를 에워쌌다. 잠시 후 그녀는 정신을 차렸다. 케일리 부인의 부축으로 의자에 몸을 일으켜 앉은 그녀가 뭔가를 내보였다.

"이게 제 방 바닥에 놓여 있었어요. 돌에 감아서 창문으로 던져 넣은 것 같아요. 읽어 보세요."

토미가 쪽지를 받아서 펼쳤다.

짧은 쪽지였다. 대문자로 큼직하게 쓴 걸로 봐서는 영어가 익숙하지 않은 듯했다.

아이는 안전하게 데리고 있다. 다음에 무슨 일을 해야 하는지 알려주겠다. 만일 경찰에 신고하면 아이는 죽는다. 아무 말도 하지 말고 지시를 기다려라. 만일 그렇지 않으면…….

맨 밑에는 해골과 뼈로 X 자가 그려져 있었다.

스프롯 부인은 작은 소리로 울먹였다.

"베티…… 베티……."

모든 사람들이 한마디씩 했다. 오로크 부인은 "더럽고 잔인한 악당."이라고 했고 실라 페레나는 "짐승 같은 것들."이라고 했다. "멋지군, 멋져. 그런 말은 한마디도 못 믿겠어. 장난이잖아."는 케일리 씨의 말이었고 "아, 세상에 그 조그만 아기를……."은 민턴 양의 말이었다. "이해할 수가 없어요. 믿을 수가 없네요." 이것은 칼 본 데님이었다. 그 위로 블레츨리 소령의 커다란 목소리가 울렸다.

"빌어먹을 헛소리야! 실없는 수작이라고. 즉시 경찰에 알려야 해. 경찰이 곧 끝까지 파헤칠 거야."

그는 다시 한번 전화기로 갔다. 이번에도 자식에게 피해가 갈까 봐 격분한 스프롯 부인이 소리를 질러 그를 막았다.

소령이 목소리를 높였다.

"하지만 부인. 그렇게 해야만 합니다. 악당들의 음모를 저지할 유일한 방법이에요."

"아이를 죽일 거예요."

"헛소리입니다. 감히 그렇게 못 할 겁니다."

"그래도 안 돼요. 제가 엄마예요. 그건 제가 결정할 거예요."

"압니다, 알아. 놈들이 노리는 것도 그거지요. 부인이 그렇게 느끼게끔 말입니다. 자연스러운 겁니다. 하지만 제 말씀을 믿으셔야 합니다. 저는 군인이고 그런 일에 경험이 많은 사람입니다. 우리에게 필요한 건 경찰입니다."

"안 돼요!"

블레츨리는 동조하는 사람을 찾으려고 주변을 둘러보았다.

"메도스, 내 말에 동의하나?"

토미가 천천히 고개를 끄덕였다.

"케일리는? 보세요, 스프롯 부인. 메도스와 케일리 모두 제 말에 동의하잖습니까."

스프롯 부인은 갑자기 힘을 내서 말했다.

"남자들! 당신들은 모두 남자들이에요! 여자들한테 물어보세요!"

토미는 터펜스를 찾았다. 터펜스는 낮고 떨리는 목소리로 말했다.

"저는…… 저는 스프롯 부인 말에 동의해요."

그녀는 마음속으로 생각했다.

'데버러! 데릭! 만일 그 아이들에게 이런 일이 일어났다면 나도 그녀와 같았을 거야. 의심의 여지 없이 토미와 다른 사람들이 옳아. 그래도 나는 허락하지 못할 거야. 너무 위험하니까.'

오로크 부인이 말했다.

"어떤 엄마도 그런 위험을 감수하진 못할 거예요. 그건 사실이죠."

케일리 부인은 뭐라 우물거리다 말끝을 흐렸다.

"제 생각에는, 아시잖아요, 그게…… 그러니까……."

민턴 양이 떨리는 목소리로 말했다.

"이런 끔찍한 일이 일어나다니. 만일 사랑스러운 베티에게 무슨 일이 일어나면 우리 자신을 용서할 수 없을 거예요."

터펜스가 날카롭게 말했다.

"본 데님 씨는 아무 말도 안 했네요?"

칼의 파란 눈동자가 밝게 빛났다. 얼굴에는 표정이 없었다. 그는 천천히 뻣뻣하게 말했다.

"저는 외국인입니다. 저는 영국 경찰을 잘 모릅니다. 얼마나 유능한지, 얼마나 빠른지."

누군가가 현관으로 들어왔다. 페레나 부인이었다. 볼이 빨갛게 상기되어 있었다. 언덕을 뛰어 올라온 것이다.

"이게 무슨 일이에요?"

고압적이고 위엄 있는 목소리였다. 공손한 하숙집 주인 아주머니가 아닌, 권력을 지닌 여성의 모습이었다.

일행은 그녀에게 상황을 설명했다. 너무 많은 사람들이 한꺼번에 이야기를 해서 좌중은 혼란스러웠지만 그녀는 재빠르게 알아들었.

페레나 부인이 상황을 파악하고 나자, 그녀가 결정을 내려야 할 것 같은 분위기가 조성되었다. 그녀가 대법원이었다.

페레나 부인은 급하게 휘갈겨 쓴 협박 쪽지를 잠시 들고 있다가 도로 돌려주었다. 그리고 날카로운 명령조로 말했다.

"경찰? 경찰은 아무 도움 안 돼요. 경찰이 일을 그르칠 수도 있으니 너무 위험해요. 이럴 땐 직접 해야 해요. 아이를 직접 찾아야 해요."

블레츨리는 어깨를 으쓱하면서 말했다.

"어쩔 수 없지. 경찰을 부르지 않을 거면 그게 제일 좋은 방법이오."

토미가 말했다.

"멀리 가진 못했을 겁니다."

터펜스도 한마디 했다.

"하녀 말이 30분 전이랬어요."

블레츨리가 말했다.

"헤이독, 헤이독이 차를 가지고 있으니 우리를 도와줄 거요. 그 여자가 이상한 외모를 하고 있다고 했소? 게다가 외국인이라고? 그러면 추적할 실마리가 있을 거요. 자, 이러고 있을 시간이 없소. 메도스, 같이 가겠나?"

스프롯 부인이 일어났다.

"저도 가겠어요."

"부인, 우리에게 맡겨 주시오."

"저도 가겠어요."

"뭐 그렇다면······."

소령이 포기했다. 그는 여자들이 남자보다 더 무서운 종족이라고 중얼거렸다.

III

헤이독 중령은 해군답게 매우 빨리 상황을 받아들였다. 그는 토미를 옆에, 블레츨리 소령과 스프롯 부인, 터펜스를 뒤에 태우고 차를 몰았다. 스프롯 부인이 터펜스에게 같이 가 달라고 부탁하기도 했지만, 정체불명의 유괴범을 눈으로 본 것은 (칼 본 데님을 제외하고는) 터펜스밖에 없었다.

중령은 매우 빠르고 체계적으로 움직였다. 그는 즉시 차에 기름을 채우고 행정 구역 지도와 리햄턴의 대축척 지도를 블레츨리에게 던져 주더니 바로 출발할 준비를 마쳤다.

스프롯 부인이 위층으로 다시 뛰어 올라가는 모습이 보였다. 자기 방에서 코트를 가져오는 것이겠거니 했지만, 차가 출발해 언덕을 내려갈 때 그녀가 핸드백을 열어 터펜스에게 보여 주었다. 그것은 작은 총이었다.

그녀는 조용히 말했다.

"블레츨리 소령 방에서 가져왔어요. 언젠가 총을 가지고 있다고 하신 말씀이 기억나서요."

터펜스는 약간 반신반의했다.

"혹시 그걸……?"

"필요할지도 몰라요."

스프롯 부인은 입을 일자로 다물었다.

터펜스는 자동차 뒷좌석에 앉아 평범한 젊은 엄마가 발휘하고 있는 놀라운 모성의 힘에 감탄했다. 평상시였다면 스프롯 부인은 권총을 보기만 해도 놀라서 난리를 칠 사람 같았지만, 지금 그녀는 아이를 해친 사람은 누구든 눈 하나 깜짝하지 않고 쏠 수 있을 것 같았다.

일행은 중령의 제안에 따라 기차역으로 갔다. 20분 전에 리햄턴에서 기차가 떠났다고 하니 유괴범이 그 기차를 타고 있을 가능성이 컸다.

기차역에서 일행은 흩어져 중령은 검표원을, 토미는 매표소를, 그리고 블레츨리는 짐꾼을 맡았다. 터펜스와 스프롯 부인은 유괴범이 기차에 오르기 전에 변장을 했을지도 모르는 여자 화장실로 달려갔다.

모든 일이 허사였다. 이제 어떻게 도망갔는지 추적하기가 더욱 힘들어졌다. 헤이독은 유괴범이 차를 준비해 두었을 가능성을 지적했다. 여인은 베티를 꼬드겨 내자마자 차를 타고 도망갔을지도 모른다. 이 시점에서 블레츨리는 경찰 신고가 필수적이라고 재차 주장했다. 경찰 조직의 힘을 빌려야 전국에 연락을 취해 고속도로에서 국도까지 추적할 수 있다는 것이었다.

그러나 스프롯 부인은 입을 굳게 다물고 고개를 저을 뿐이었다.

터펜스가 말했다.

"유괴범 입장에서 생각해 봐야 해요. 차를 어디에 대기시켜 놓았을까요? 물론 상수시 근처겠죠. 하지만 어디에 둬야 아무도 눈치채지 못할까요? 자, 생각해 보자고요. 여인과 베티가 언덕을 걸어 내려가요. 언덕 아래에는 산책로가 있죠. 차는 거기에 있었을 수도 있어요. 차에 일행이 남아 있다면 한동안 세워 두는 게 가능하니까요. 그 외에는 제임스 스퀘어에 있는 주차장밖에 없어요. 거기도 가깝긴 하죠. 어쩌면 산책로에서 갈라져 나오는 작은 길에 세워 뒀을 수도 있고요."

그 순간 코안경을 낀 작은 남자가 수줍게 다가와 약간 더듬거리면서 말했다.

"실례합니다…… 제가 방해가 안 되었으면 좋겠네요…… 하지만…… 방금 짐꾼에게 물어보신 질문이 들려서요……."

(그러고는 블레츨리 소령을 보고 말했다.)

"일부러 들으려고 했던 건 아닌데……. 전 그저 소포를 언제쯤 받을 수 있나 알아보러 온 거랍니다. 요즘은 정말 모든 게 너무 느려져서 말이죠. 군대 이동이나…… 뭐 그런 거 때문에요. 정말 난감하게도 이게 상할 수 있는 물건이라…… 아, 제 말씀은…… 제가 엿들은 셈이라는 건데, 그게 너무나 신기한 우연이라서……."

스프롯 부인이 그에게 달려들어 팔을 꽉 잡았다.

"걔를 본 거죠? 우리 딸아이를 본 거죠?"

"정말이요? 부인 딸이라고요? 그렇다면……."

"말해 줘요!"

부인이 팔을 너무 꽉 잡는 바람에 남자는 얼굴을 찡그렸다.

터펜스가 재빨리 말했다.

"뭘 봤는지 저희에게 말해 주겠어요? 되도록 빠르게요. 그래 주면 정말 고맙겠어요."

"아, 뭐. 실은, 물론 그게 아무것도 아닐 수도 있죠. 하지만 말씀하신 거랑 너무 잘 맞아떨어져서……."

터펜스는 옆에 선 부인이 떨고 있는 걸 느낄 수 있었다. 하지만 자신만은 침착함을 유지하려고 애썼다. 그녀는 지금 앞에 있는 사내 같은 부류를 잘 알았다. 산만하고 멍청하고 소심해서, 좀처럼 요점을 말하지 못하며, 닦달을 당하면 더 갈팡질팡하는 부류였다. 터펜스가 말했다.

"말해 주세요."

"사실 별게 아니에요…… 그나저나 제 이름은 로빈스입니다, 에드워드 로빈스."

"예, 로빈스 씨."

"저는 언스 클리프로(路)에 있는 화이트웨이에 삽니다. 새로 닦은 길에 새로 지은 집 중 하나죠. 아주 편해요, 시설도 잘 갖춰져 있고요. 전망도 아주 아름답고 다운스까지 가깝지요."

터펜스는 폭발하기 직전의 블레츨리 소령을 눈빛으로 진정시키고 말했다.

"그리고 당신이 우리가 찾는 여자아이를 보셨단 말씀이신가요?"

"예. 틀림없는 것 같습니다. 작은 여자아이와 외국인 같은 여자, 그렇게 말씀하셨죠? 제 눈에 띈 건 그 여자였습니다. 왜냐하면 요즘은 모든 사람들이 5열의 활동을 경계하고 있잖습니까? 주변을 잘 살피라고 하잖아요. 그래서 저도 항상 그러려고 노력합니다. 그런데 그 여자가 눈에 들어온 거예요. 처음엔 간호사 내지는 하녀일 거라고 생각했죠. 많은 스파이들이 그런 식으로 들어오니까요. 그런데 그 여자는 정말 특이하게 생겼더란 말입니다. 다운스로 향하는 길을 올라가는 걸 봤습니다…… 작은 아이를 데리고요…… 여자아이 피곤해서 걸음이 느려지는 듯 보였습니다만 7시 반이니 아기들은 침대에 들었을 시간이지요. 그래서 제가 그 여자를 자세히 살펴보았습니다. 저 때문에 당황한 기색이던데요. 여자는 아이를 잡아당기면서 가던 길을 서둘렀지요. 그러더니 결국 아이를 안아 들고 절벽 방향으로 갔습니다. 이상했습니다. 그쪽에는 집이 없는데 말이죠. 다운스 너머로는 화이트헤븐까지 8킬로미터 내내 아무것도 없습니다. 하이킹하는 사람들이 좋아하는 길이지만 그 둘에겐 어울리지 않는다 싶었지요. 어쩌면 그 여자는 어디론가 신호를 보내려는 것인지도 모른다고 생각했습니다. 간첩들이 그런 행동을 한다고들 하잖아요. 게다가 제가 쳐다보는 눈길을 매우 불편해했습니다."

헤이독 중령은 벌써 차에 올라 시동을 걸고 있었다.

"언스 클리프로라고 했나? 그건 마을 정반대편이잖소?"

"예, 산책로를 따라서 쭉 가서 옛 마을을 지나고, 또……."

일행은 모두 로빈스 씨의 말을 더 듣지 않고 차에 올라탔다.

터펜스가 외쳤다.

"감사합니다, 로빈스 씨."

그리고 입을 벌리고 일행을 바라보는 로빈스를 뒤에 남겨 둔 채 차를 몰았다.

일행은 매우 빠르게 시내를 통과했다. 사고가 안 난 것이 운전 솜씨가 좋아서라기보다는 순전히 운이 좋아서였다. 다행히 운은 계속 좋았다. 일행은 마침내 거대한 공사장에 다다랐다. 여기저기 파헤치고 건물을 올리고 있어서 마치 가스 채굴지처럼 보였다. 여러 작은 길이 다운스로 이어졌는데, 언덕을 조금 올라가다가 난데없이 끊겨 있었다. 언스 클리프로는 그중 세 번째 길이었다.

헤이독 중령은 재빨리 차를 돌려 그 길로 올라갔다. 길 끝에서부터 펼쳐진 헐벗은 언덕에는 사람들이 걸어 오르면서 생긴 길이 구불구불 나 있었다.

"여기서부터는 내려서 걸어가는 게 좋겠어."

블레츨리가 말했다.

헤이독은 의심스러운 듯 말했다.

"차로도 갈 만할 것 같은데. 땅이 제법 굳어 있어. 좀 울퉁불퉁하긴 하지만 가능할 것 같네."

스프롯 부인이 울부짖었다.

"예, 제발, 제발…… 빨리 가야 해요."

중령이 낮은 소리로 웅얼거렸다.

"우리가 제대로 쫓아가고 있길 빌어야지. 아까 그 변변치 못한 놈이 엉뚱한 여자와 애를 착각했을 수도 있잖아."

차는 거친 길을 헤치고 올라가느라 힘겹게 부르릉거렸다. 경사가 가팔랐지만 풀은 짧고 탄력이 있었다. 일행은 별 탈 없이 언덕 꼭대기에 다다랐다. 그곳에서는 저 멀리 구부러진 화이트헤븐 만까지 막힘없이 다 보였다.

블레츨리가 말했다.

"나쁜 생각은 아니야. 그 여자는 필요한 경우 여기로 올라와 밤을 보내고 내일 아침 화이트헤븐으로 내려가 거기서 기차를 탈 거야."

헤이독이 말했다.

"내 눈엔 두 사람의 기척이 안 보이는데."

그는 용의주도하게 가져온 망원경으로 살피고 있었다. 그러던 그가 갑자기 긴장하더니 움직이는 작은 두 점에 초점을 맞추었다.

"찾았어. 이런 세상에……."

그는 다시금 운전석에 털썩 내려앉았고 차는 덜컹거리면서 앞으로 나갔다. 이제 조금만 더 쫓아가면 된다. 가끔씩 공중에 던져지기도 하고 양옆으로 흔들렸지만 차는 두 작은 점을 빠르게 따라잡았다. 그들은 이제 맨눈으로도 볼 수 있을 만큼 가까워졌다. 길쭉한 형상과 짧은 형상. 다가가자 아이 손을 잡고 있는 여인이 보였다. 더 가까이 가자 녹색 깅엄 원피스를 입은 아이가 보였다. 베티였다.

스프롯 부인은 소리를 지르려다 억지로 참았다.

"괜찮아요. 이제 찾았소."

블레즐리 소령이 친절하게 그녀를 다독이면서 말했다.

일행은 계속 나아갔다. 갑자기 여인이 몸을 돌려 자신을 향해 돌진해 오는 차를 보았다.

그녀는 비명을 지르더니 아이를 들어 올려 달리기 시작했다.

앞으로가 아니라 절벽을 향해 옆쪽으로.

몇 미터 더 가서는 차로 따라갈 수가 없었다. 땅이 너무 울퉁불퉁하고 거대한 바윗돌이 길을 막고 있었다. 차를 세우고 모두 서둘러 내렸다.

스프롯 부인은 도망치는 일행을 향해 가장 먼저 정신없이 달려 나갔다.

다른 사람들이 그 뒤를 따랐다.

20미터 정도 거리에 있을 때 도망가던 여인이 바다 쪽으로 몸을 돌렸다. 그녀는 이제 절벽의 끝에 서 있었다. 여자가 쉰 목소리로 소리를 지르면서 아이를 바짝 끌어안았다.

헤이독이 외쳤다.

"저런! 아이를 절벽 너머로 던질 생각이야……."

여인은 그 자리에 서서 베티를 꼭 껴안았다. 미친 듯한 증오로 일그러진 얼굴이었다. 그녀는 쉰 목소리로 아무도 알아들을 수가 없는 긴 문장을 내뱉었다. 그녀는 아이를 안은 채로 가끔씩 바닥까지의 거리를 확인했다. 그녀가 서 있는 곳에서 겨우 1미터 안쪽이었다.

분명 아이를 절벽 너머로 던져 버리겠다고 협박하는 상황이었다.

모두들 멍하고, 겁에 질린 채로 최악의 상황을 떠올리며 얼어붙었다.

헤이독은 주머니에 손을 넣어 보급받은 리볼버를 꺼내며 외쳤다.

"아이를 내려놔. 그렇지 않으면 쏘겠어."

외국 여인은 웃음을 터뜨렸다. 그녀가 아이를 가슴 가까이 끌어안자, 두 형체가 하나로 합쳐졌다.

헤이독이 투덜거렸다.

"쏘는 건 무리야. 아이가 맞을지도 모르니."

토미가 말했다.

"저 여자 미쳤나 봐요. 여차하면 아이를 끌어안고 뛰어내릴 심산이야."

헤이독은 다시금 어쩔 수 없다는 듯 말했다.

"쏠 수가 없어······."

하지만 그 순간 총성이 울렸다. 여인은 아이를 끌어안은 채로 흔들리다가 쓰러졌다.

남자들이 달려갔다. 스프롯 부인은 연기가 흐르는 총을 손에 든 채 휘청거리며 서 있었고, 동공이 확대되어 있었다.

그녀는 뻣뻣하게 몇 걸음 앞으로 걸어갔다.

토미는 쓰러진 여인 옆에 무릎을 꿇고 여자의 몸을 살살 돌려 얼굴이 드러나도록 했다. 이국적인 아름다움이 눈에 확 띄는 얼굴이었다. 여인이 눈을 뜨고 토미를 바라보았다. 하지만 곧 눈에서 빛이 사라졌다. 한숨과 함께 여인은 숨을 거두었다. 머리에 총을 맞은 것이다.

작은 베티는 무사히 꿈지럭거리며 빠져나와 마치 동상처럼 서 있는 여인을 향해 달려갔다.

그제야 스프롯 부인이 주저앉았다. 권총을 던져 버리고 쓰러지더니 아이를 끌어안았다.

그녀가 울부짖었다.

"안전하구나······ 안 다쳤어······. 베티······ 베티."

그러면서 겁에 질린 듯 작게 속삭였다.

"제가······ 제가 죽였나요?"

터펜스가 단호하게 말했다.

"그건 생각하지 말아요. 생각하지 말아요. 베티만 생각해요. 그냥 베티만."

스프롯 부인은 훌쩍거리면서 다시 베티를 끌어안았다.

터펜스는 걸어서 남자들이 서 있는 곳으로 갔다.

헤이독이 중얼거렸다.

"이건 기적이야. 나라도 그렇게 쏘진 못했을 거야. 저 여자는 총을 한 번 만져 본 적도 없는 것 같은데. 완전히 본능이지. 이건 기적이야."

터펜스가 말했다.

"정말 고마운 일이죠! 정말 큰일 날 뻔했잖아요!"

그녀는 깎아지른 듯한 절벽 아래 바다를 내려다보고 몸을 떨었다.

8장

　며칠 뒤 죽은 여인에 대한 조사가 이루어졌다. 경찰은 얼마간 시간을 들인 후에 그녀가 반다 폴론스카라는 폴란드 망명자라는 사실을 밝혀냈다.

　절벽에서의 드라마틱한 사건 이후, 사람들은 쓰러지기 직전 상태의 스프롯 부인을 베티와 함께 차에 태워 상수시로 데려갔다. 뜨거운 물병, 맛있는 차, 난무하는 호기심, 그리고 약간의 브랜디가 반쯤 기절한 그날 밤의 주인공을 기다리고 있었다.

　헤이독 중령은 즉시 경찰에 연락을 했고 그의 도움을 받아 경찰은 비극의 현장인 절벽 위로 안내되었다.

　충격적인 전쟁 뉴스만 아니었다면 이 일은 신문에 대문짝만 하게 실렸을 것이다. 하지만 이 사건 관련해서는 짧은 문단 하나짜리 기사뿐이었다.

터펜스와 토미 두 사람은 심리에 나가 증언해야 했다. 혹시 기자들이 중요하지 않은 증인들 사진도 찍겠다고 할까 봐 메도스 씨는 뭔가가 눈에 들어갔다며 보기 흉한 눈가리개를 썼고, 블렌킨솝 부인은 얼굴을 거의 다 가리는 모자를 쓴 채였다.

그러나 모든 기자의 관심은 스프롯 부인과 헤이독 중령에게 쏠렸다. 부인의 남편 스프롯 씨는 빗발치는 전보를 받고 부인 곁으로 달려왔지만 하루도 묵지 못하고 돌아가야만 했다. 그는 아주 착하고 매우 평범한 사람인 듯 보였다.

심리는 망명자 구호를 위해 수 개월간 일해 왔다는 칼폰트 부인이라는 여자(입술이 얇고 시선이 날카로웠다.)가 사망자의 신원을 공식 확인하는 것으로 시작되었다.

칼 폰트 부인의 증언에 따르면, 폴론스카는 유일한 친척인 사촌 부부와 함께 영국으로 건너왔다. 약한 정신병을 앓고 있었는데, 폴란드에서 끔찍한 일을 겪고 어린아이들을 포함한 가족 전부가 살해되었다고 했다. 여인은 영국이 자신에게 베푼 호의에 전혀 고마워할 줄 몰랐으며, 매우 말이 없고 의심이 많았다고 한다. 혼잣말을 자주 해서 정상으로 보이지 않았다. 영국에 거처가 마련되었지만 그녀는 아무런 말도 없이 몇 주 전에 몰래 빠져나갔으며 경찰에 알리지도 않았다.

검시관이 그녀의 친척들은 왜 심리에 나타나지 않는가를 물었다. 거기서부터 브래시 경위가 발언권을 이어받았다.

문제의 친척 부부는 해군 조선소와 관련해 위법 행위를 일으켜

국토 방위령에 따라 억류되어 있다는 말이었다. 그 두 명 또한 망명자로 가장하고 영국으로 들어와 곧장 해군 기지 근처에서 직업을 구하려 했다. 그 가족 전체에 의심의 눈길이 쏠린 것은 당연했다. 더구나 그들은 출처가 불분명한 거액의 돈을 가지고 있었다. 하지만 죽은 여인 폴론스카는 대체로 반영국적인 성향을 가졌다는 사실을 제외하고는 아무런 혐의점이 없었다. 물론 그녀가 바보 흉내를 내는 적국의 요원일 가능성도 무시할 수는 없었지만.

스프롯 부인은 이름이 호명되자 대뜸 눈물을 보였다. 검시관은 그녀에게 동정적이었고, 그녀가 사건의 윤곽을 설명할 수 있도록 적절하게 질문을 던졌다.

스프롯 부인은 숨을 몰아쉬었다.

"너무 무서워요. 제가 누군가를 죽였다니 생각만으로도 끔찍해요. 그럴 의도는 아니었는데…… 이런 일이 생길 줄은 꿈에도 몰랐는걸요. 하지만 베티를, 그 여자는 아이를 절벽 아래로 던져 버리려고 했어요. 막아야만 했죠. 세상에. 제가 어떻게 그런 일을 했는지 저도 모르겠어요."

"총기류를 다루는 데 익숙하신가요?"

"아니요! 레가타(지역 축제의 일환으로 열리는 조정 경기 — 옮긴이)에서요…… 장터에서…… 보는 라이플총밖에는 쏴 본 적이 없어요. 사격 부스에서 하는 거 말이에요. 하지만 그런 데서도 저는 한 번도 뭘 맞혀 본 적이 없답니다. 오, 이런…… 제가 누군가를 의도적으로 살해한 것 같군요."

검시관은 그녀를 달래면서 죽은 여인과 안면이 있었는지 물었다.

"아니요, 절대 없어요. 일생에 한 번도 본 적이 없는 사람이에요. 그 여잔 정말로 미친 사람 같았지요. 저와 베티 모두 전혀 모르는 사람이에요."

그 이상의 질문에 대해서 스프롯 부인은 자신은 폴란드 망명자들을 위로하기 위한 뜨개질 파티에 나간 적이 있었지만 영국에 사는 폴란드 사람들과 맺은 인연은 그게 전부라고 말했다.

그다음 증인은 헤이독이었는데, 그는 유괴범을 쫓기 위해 어떻게 했는지, 그 결과로 어떤 일들이 일어났는지를 설명하였다.

"정말로 그 여인이 절벽 아래로 뛰어내리려 했던 게 확실합니까?"

"예, 아니면 아이를 던져 버릴 기세였습니다. 증오로 제정신이 아니었죠. 그 여자는 논리적으로 설득하는 게 불가능했습니다. 즉시 행동을 취해야 할 시점이었어요. 저도 총을 쏴서 그녀를 막아야 한다고 느꼈지만 그 여자가 아이를 방패 삼더군요. 총에 아이가 다칠까 봐 두려웠습니다. 스프롯 부인은 그 모험을 감행했고, 딸아이의 목숨을 구하는 데 성공한 겁니다."

스프롯 부인은 다시 울기 시작했다.

블렌킨숍 부인의 증언은 매우 짧았고, 내용도 중령의 이야기를 확인하는 데 지나지 않았다.

메도스 씨의 차례가 되었다.

"무슨 일이 있었는지에 관한 헤이독 중령님과 블렌킨숍 부인의 말씀에 동의하시나요?"

"예. 그 여자는 정말로 제정신이 아니어서 가까이 다가가기가 불가능했습니다. 스스로 뛰어내리고 아이도 절벽 아래로 던지려고 했습니다."

이후로 몇 명이 더 증언했다. 이윽고 검시관이 배심원들에게 설명을 시작했다. 요는 반다 폴론스카를 죽인 건 스프롯 부인이지만, 법적으로 스프롯 부인을 비난할 순 없다는 내용이었다. 죽은 여자의 정신 상태를 증명할 증거는 없다. 영국에 대한 증오 때문에 일을 저질렀을 것으로 추측할 뿐이다. 폴란드 망명자들에게 나눠 준 '위로 선물'에는 그 선물을 보낸 사람의 이름이 적혀 있는 경우도 있었다. 그 여자도 거기서 스프롯 부인의 이름과 주소를 알아냈을지 모른다. 다만 아이를 납치한 이유에 대해서는 설명할 길이 없었다. 아마도 보통 사람들이 이해할 수 없는 비정상적인 동기 때문일 것이다. 폴론스카는 그녀 스스로 말했듯이 모국에서 가족들을 잃었으며, 그 때문에 정신이 이상했던 것으로 보인다. 다른 한편으로는 적국의 요원일 가능성도 있다.

판결은 검시관의 요약문과 일치했다.

II

심리 다음 날 블렌킨솝 부인과 메도스 씨가 여태 수집한 정보를 비교해 보기 위해 만났다.

"반다 폴론스카는 빼야겠고…… 그러면 또 막다른 벽이로군."

토미가 우울하게 말했다.

터펜스도 고개를 끄덕였다.

"그래요. 더 들쑤실 틈이 없어요. 그녀와 사촌들의 돈이 어디에서 났는지 아무런 실마리도, 서류도 없는 데다, 그들이 누구와 관련되어 있는지 기록도 전혀 없고요."

"젠장, 너무 편리하잖아."

토미가 이렇게 내뱉고는 덧붙였다.

"터펜스, 나는 일이 진행되는 모양새가 아주 마음에 안 들어."

터펜스도 동의했다. 들려오는 소식도 불안감을 더해 주었다.

프랑스 군대는 철수하고 있었고, 전세를 역전할 수 있다고 보기는 힘들었다. 됭케르크(제2차 세계 대전에서 연합군이 후퇴한 프랑스 북부의 항구 도시 — 옮긴이)에서는 철수가 진행 중에 있었다. 며칠만 있으면 파리까지 무너질 것이 자명했다. 실망스럽게도 만반의 준비를 갖춘 독일군에 대항하기에는 장비와 물자가 턱없이 부족하다는 것이 드러났다.

토미가 말했다.

"이게 다 우리 편이 평소처럼 멍청하고 느린 탓일까? 아니면 우리 뒤에 의도적인 공작이 있는 것일까?"

"후자라고 생각돼요. 하지만 그걸 잡아내질 못하는 거죠."

"그래. 그러기엔 적들이 너무 똑똑하지."

"그래도 이제는 기생충들을 좀 잡아내고 있어요."

"맞아. 척 봐도 수상한 잔챙이들 말이지. 하지만 우린 그 뒤에 있는 몸통을 찾지 못하고 있어. 적의 수뇌부, 조직 체계, 용의주도하게 전체를 살핀 계획…… 자신들의 목표를 위해 영국인의 미적거리는 버릇과 사소한 반목 그리고 느긋함을 활용하는 계획 말이야."

"그래서 우리가 여기 있는 거잖아요. 그리고 아직 우리는 성과를 내지 못했어요."

"우리도 뭔가 했잖아."

토미가 상기시켜 주었다.

"칼 본 데님과 반다 폴론스카 말이죠? 그래요. 작은 미끼죠."

"그 둘이 협력하고 있었다고 생각해?"

"그랬다고 생각해요. 둘이 이야기를 나누는 걸 봤다니까요."

터펜스가 생각에 잠겨서 말했다.

"그럼 칼 본 데님이 납치를 구상해 낸 건가?"

"그렇겠죠."

"하지만 왜?"

"알아요, 나도 그 점을 계속해서 생각해 보고 있어요. 그런데 도무지 말이 안 돼요."

"왜 하필이면 그 아이를 납치했을까? 스프롯 집안에 뭔가가 있어서? 그들은 빈털터리인데. 그러니까 몸값을 원한 건 아니야. 또 스프롯 집안사람들 중에 정부 관련 일을 했다거나 한 사람은 없어."

"알아요, 토미. 그래서 말이 안 된다는 거죠."

"스프롯 부인은 뭔가 알지 않을까?"

"그 여자가요? 닭보다도 뇌가 작을걸요. 생각이란 걸 할 줄 몰라요. 그저 사악한 독일인들이 할 만한 짓이라는 말뿐이던데요."

터펜스는 경멸하는 투였다.

"바보 같으니. 독일 놈들은 아주 효율적이야. 만일 놈들이 요원을 보내서 아이를 납치했다면 뭔가 이유가 있는 거지."

"있잖아요, 이건 제 느낌인데 말이죠, 스프롯 부인이 제대로 생각만 한다면 이유를 밝혀낼 수 있을 것도 같아요. 뭔가 있는 게 틀림없는데…… 스프롯 부인이 무심코 알게 된 정보라든가 그런 거 말이죠. 아마 그게 정확히 뭔지는 본인도 모르겠지요."

"아무 말 말고 지시를 기다려라."

토미가 스프롯 부인의 침실 바닥에서 발견한 쪽지의 한 구절을 읊고는 불쑥 말했다.

"젠장, 이거 뭔가 있다는 건데."

"물론이죠. 분명히 그럴 거예요. 지금 생각해 볼 수 있는 유일한 가설은 스프롯 부인이나 그 남편이 누군가에게 뭘 받았다는 거예요. 그 사람들이 너무나 평범한 사람들이기 때문에 선택된 것인지도 몰라요. 그래야 아무도 의심하지 않을 테니까. 그게 뭔지는 모르겠지만요."

"그거 그럴듯하군."

"그렇죠? 하지만 너무 스파이 소설 같아요. 좀 비현실적이네요."

"스프롯 부인에게 머리를 좀 쥐어짜 보라고 말해 봤어?"

"예, 하지만 문제는 그녀가 별 흥미가 없다는 거예요. 그녀에게 가장 중요한 건 베티를 되찾는 일이었어요. 그리고 그 와중에 누군가를 쏘아 죽였다는 것에 히스테리를 부리고 있죠."

토미는 생각에 잠겨 말했다.

"여자들이란 웃기는 존재들이야. 그날 저녁만 해도 되갚아 주겠다며 분노에 차서 나갔던 여자잖아. 아이를 되찾을 수만 있다면 눈 하나 깜짝하지 않고 1개 연대도 쏴 죽일 것 같았는데 말이지. 그러고는 믿을 수 없을 정도의 요행으로 납치범을 명중시켰네? 그다음엔 완전히 무너져서 파르르 떨고 있다니……."

"검시관이 제대로 무혐의 처분을 내려 준 거죠."

"당연하지. 맙소사, 나는 그 상황이면 절대 총을 쏠 엄두를 내지 못했을 거야."

"그녀도 마찬가지였을걸요. 뭘 좀 더 알았더라면 말이죠. 그렇게 쏘는 게 얼마나 어려운 건지 몰랐기 때문에 쏠 수 있었던 거예요."

토미가 고개를 끄덕였다.

"성서에 나오는 이야기 같잖아. 다윗과 골리앗 말이야."

"아, 맞다!"

"여보, 무슨 생각이 난 거야?"

"나도 정확히는 모르겠어요. 방금 당신이 말했을 때 뭔가 머릿속에 번쩍하고 생각난 게 있는데, 어느새 다시 사라져 버렸어요!"

"편리한 변명일세."

"비꼬지 말아요. 가끔 그런 일이 있다고요."

"모험심에 경의를 표하는 신사. 그런 거였어?"

"아니요. 그건…… 잠깐만요…… 그건 솔로몬 왕에 관련된 거였어요."

"백향목? 신전? 엄청 많은 부인과 첩?"

"그만, 전혀 도움이 안 되잖아요."

터펜스가 손으로 귀를 덮으면서 말했다.

"유대인? 이스라엘 민족?"

토미는 희망을 잃지 않고 계속 물었다.

하지만 터펜스는 고개를 저었다. 잠시 후에 그녀가 말했다.

"그 여자가 상기시키는 게 누구였는지 기억해 낼 수 있다면 좋겠는데."

"죽은 반다 폴론스카 말인가?"

"예. 처음 봤을 때 얼굴이 어딘지 낯익다 생각했어요."

"어딘가에서 그녀를 봤던 건 아니고?"

"그건 아니에요. 확실해요."

"페레나 부인과 실라는 완전히 다른 부류이지."

"그래요. 그 사람들이 아니었어요. 있잖아요, 토미, 그 두 사람에 대해서도 생각해 봤는데요."

"뭐 좀 성과가 있어?"

"잘 모르겠어요. 그 쪽지 때문이에요. 스프롯 부인이 자기 방 바닥에서 찾았던 쪽지요. 베티가 납치당했을 때."

"그게 뭐?"

"종이로 돌멩이를 싸서 창문으로 던져 넣었다니, 말도 안 돼요. 스프롯 부인이 찾을 수 있도록 누군가가 거기에 놓고 간 거죠. 그리고 나는 그 종이를 갖다 둔 게 페레나 부인이라고 생각해요."

"페레나 부인, 칼, 반다 폴론스카. 모두가 한패란 말이지."

"그래요. 페레나 부인이 결정적인 순간에 들어와서 분위기를 장악한 거 기억나요? 경찰을 부르지 말자고 한 거요. 한순간에 모두를 휘어잡았어요."

"그럼 당신은 아직도 M이 페레나 부인이라 생각한단 말이지?"

"예. 당신은 아니에요?"

"뭐, 반대하지는 않아."

토미가 천천히 말했다.

"토미, 뭐 다른 생각이 있어요?"

"전혀 쓸모없는 생각일지도 몰라."

"말해 봐요."

"아니야. 말하지 않는 게 좋겠어. 뒷받침할 근거가 아무것도 없으니까. 정말 하나도 없어. 하지만 내 생각이 옳다면 우리가 상대하고 있는 건 M이 아니고 N이야."

그는 골똘히 생각하는 눈치였다.

"블레츨리. 블레츨리는 괜찮은 것 같아. 왜 아니겠어? 진실한 편인 것 같아. 너무 진실하다고 할 수도 있겠지. 어쨌든 경찰을 부르고 싶어 했던 것도 그 사람이야. 그렇고말고, 하지만 그는 아이 엄마가 그걸 절대 용납하지 않을 거란 사실을 너무 잘 알았을 거야. 협박 쪽지에서도 그 점을 확실히 했고. 그래서 블레츨리가 반대 의견을 주장할 수 있었던 걸지도…….."

토미는 답을 찾을 수 없는 골치 아픈 문제로 되돌아왔다.

왜 베티 스프롯을 납치했을까?

III

상수시 밖에 '경찰'이라고 쓰인 자동차가 한 대 서 있었다.

터펜스는 생각에 잠겨서 걸어가느라 경찰차가 서 있는 것을 보지 못했다. 그녀는 진입로로 들어서서 현관으로 들어가 곧장 2층에 있는 자기 방으로 향했다.

문지방을 넘다가 깜짝 놀라 발걸음을 멈추었다. 키가 큰 사람이 창문 앞에 서 있다가 그녀를 향해 돌아선 것이다.

"아, 놀래라…… 실라?"

실라가 곧바로 그녀에게 다가왔다. 이제 터펜스는 그녀를 제대로 볼 수 있었다. 슬픔으로 하얗게 질린 얼굴에 두 눈만이 이글거리고 있었다.

실라가 말했다.

"돌아오셔서 다행이에요. 기다리고 있었어요."

"무슨 일이지?"

실라의 목소리는 차분했고 감정이 담겨 있지 않았다.

"칼이 체포됐어요!"

"경찰에?"

"예."

"이런……."

터펜스에게는 어색한 상황이었다. 실라의 목소리가 워낙 차분해서 터펜스는 그 이면에 도사린 걱정을 전혀 눈치채지 못했다.

두 사람이 공모했든 아니든 이 아가씨는 칼 본 데님을 사랑하고 있었던 것이다. 비극적 운명에 처한 실라의 슬픔이 전해져 오는 것 같아 터펜스는 가슴이 아팠다.

"어떻게 하면 좋아요?"

간단하지만 허망한 실라의 질문에 터펜스는 표정을 찡그렸다. 대답할 수 있는 게 별로 없었다.

"어쩌면 좋겠니."

실라는 마치 슬픈 음악을 연주하는 하프 같은 목소리로 말했다.

"놈들이 그를 데리고 갔어요. 다시는 만날 수 없을 거예요."

그녀는 울부짖기 시작했다.

"어떻게 하면 좋아요? 어떻게 해요?"

실라는 침대 옆에 무릎을 꿇고 앉아 엉엉 울었.

터펜스는 실라의 짙은 색 머리카락을 쓰다듬었다. 이윽고 나지막이 말했다.

"음…… 어쩌면 진짜로 잡아간 게 아닐지도 몰라. 잠깐 가둬만 두는 걸 수도 있어. 어쨌든 칼은 적국 출신이다 보니 어쩔 수 없잖아."

"경찰은 그렇게 말하지 않았어요. 그의 방을 지금 뒤지고 있다고요."

터펜스가 천천히 말했다.

"글쎄, 아무것도 찾아내지 못한다면……."

"아무것도 못 찾을 거예요. 당연하죠! 그들이 찾을 수 있는 게 뭐가 있겠어요?"

"나도 몰라. 실라는 혹시 알까 싶었는데."

"제가요?"

실라가 어떻게 그런 말을 할 수 있냐며 놀라는 모습은 도저히 꾸며 낸 것으로 보기 어려웠다. 그 순간 터펜스는 실라 페레나가 연관되어 있지 않을까 하는 의심을 거두었다. 그 아이는 아무것도 모르고 있고, 과거에도 아무것도 몰랐다.

터펜스가 말했다.

"만일 그가 죄가 없다면……."

실라가 말을 가로막았다.

"그게 무슨 소용이에요? 경찰은 그에게 불리하게 사건을 만들어 갈걸요."

터펜스가 날카롭게 말했다.

"말도 안 돼, 실라. 지나친 생각이야."

"영국 경찰은 무엇이라도 할 수 있어요. 엄마가 그랬어요."

"너희 어머니가 그렇게 말했을 수도 있지만 그건 틀린 거야. 그런 일은 없다고 내가 확실히 말할 수 있어."

실라는 한동안 의심스러운 눈초리로 터펜스를 바라보다 말했다.

"알겠어요. 그렇게 말씀하시면 믿겠어요."

심기가 불편해진 터펜스가 날카롭게 한마디 했다.

"실라, 너는 사람을 너무 잘 믿는 게 탈이야. 칼을 믿은 것은 현명하지 못한 처사였어."

"부인도 칼을 의심하시나요? 전 부인이 그를 좋아하는 줄 알았어요. 칼도 그렇게 믿고 있어요."

젊은이들이란 남들이 자신을 좋아한다고 믿는다. 그리고 그것은 사실이었다. 터펜스도 칼을 좋아했다. 정말로 좋아했다.

터펜스는 피곤한 목소리로 말했다.

"잘 들어, 실라. 좋아하고 안 좋아하고는 눈앞에 놓인 사실과 아무런 상관이 없어. 영국과 독일은 전쟁 중이야. 조국을 위해 일하는 데에는 여러 가지 방법이 있지. 그중 하나가 정보를 수집하는 일이고, 또 적국에서 일하는 방법도 있어. 그것은 매우 용기가 필요한 일이야. 만약 붙잡히게 되면……."

터펜스의 목소리가 갈라졌다.

"……끝이기 때문이란다."

"부인이 생각하기엔 칼이……."

"조국을 위해 그런 일을 하고 있었을지도 모르잖니? 가능성은 있어. 그렇잖아?"

"아니에요."

"여기로 건너와 나치에 격렬히 반대하는 망명자 행세를 하면서 정보를 모으는 게 그의 일일지도 몰라."

실라가 차분히 말했다.

"그건 사실이 아니에요. 저는 칼을 잘 알아요. 그의 마음도, 생각도요. 그는 과학을 가장 사랑해요. 자신의 일을 사랑하고, 그 속의 진실과 지식을 사랑하죠. 그 사람은 영국이 그를 받아들여 일할 수 있게 해 준 것을 고마워하고 있어요. 가끔씩 사람들이 잔인한 말을 할 때 자신이 독일인임을 느끼고 씁쓸해하지만요. 그래도 그는 항상 나치를 증오해 왔고, 자유를 부정하는 나치의 속성 역시 증오해요."
"물론 그렇다고 말했겠지."
실라는 비난하는 눈으로 터펜스를 바라보았다.
"그러면 그가 스파이라고 생각하세요?"
터펜스는 망설이다 말했다.
"내 생각엔…… 가능성은 있다고 생각해."
실라는 문으로 걸어갔다.
"그렇군요. 우리를 도와 달라고 찾아와서 죄송해요."
"내가 뭘 할 수 있다고 생각했구나, 아가씨?"
"사람들을 아시잖아요. 육군, 해군에 있는 아드님들이 영향력 있는 사람들을 알고 있다고 말씀하시는 걸 여러 번 들었어요. 어쩌면 부인께서 그 사람들을 좀…… 움직여 줄 수 있지 않을까 생각했어요."
터펜스는 더글러스, 레이먼드와 시릴이라는 가상의 존재들을 생각했다.
"미안하지만…… 그 아이들은 해 줄 수 있는 게 없어."
실라가 고개를 빳빳이 쳐들더니 격분해서 말했다.
"그러면 이제 우리에게 희망은 없군요. 칼은 끌려가서 감금될 거고. 어느 날 아침 일찍 사람들이 칼을 벽에 대고 세운 다음 총을 쏘겠죠. 그게 끝일 거예요."

실라는 문을 쾅 닫고 나가 버렸다.

터펜스는 여러 가지 감정이 한꺼번에 솟아오르는 것을 느꼈다.

'젠장, 젠장할 아일랜드인! 어째서 아일랜드 사람들은 상황을 제대로 파악하기도 전에 모든 일을 망치려 드는 거지? 만일 칼 본 데님이 스파이라면 총에 맞아도 싸잖아. 그 사실은 인정해야지. 아일랜드 여자애 하나가 사정한다고 해서 그걸 영웅적인 애국자의 비극으로 떠받들 순 없는 거라고!'

유명한 여배우가「바다로 가는 기수들」에서 읊조리던 대사가 떠올랐다.

'그들은 조용하고 즐거운 시간을 보내게 될 거예요……'

통렬한…… 감정의 물결에 휩쓸려…….

터펜스는 생각했다.

'그게 사실이 아니라면, 사실이 아니라면 얼마나 좋을까…….'

하지만 여태까지 밝혀낸 사실들을 놓고 어떻게 아니라고 생각할 수 있겠는가?

IV

옛 부두 끄트머리에서 낚시꾼이 낚싯줄을 드리웠다가 조심스럽게 다시 감아 들이며 말했다.

"유감이지만, 전혀 의심의 여지가 없어요."

그가 말했다.

"하지만 그게 참 유감이에요. 그는…… 그러니까, 정말 괜찮은 젊은이거든요."

"이봐, 그들은 대부분 괜찮은 젊은이들이지. 적국에 숨어들겠다고 자원하는 젊은이들은 악당이나 건달이 아니란 말이야. 용기 있는 젊은이들이지. 우리도 그쯤은 잘 알고 있어요. 하지만 도리가 있나, 이미 결론이 난 사건인데."

"전혀 재고의 가능성이 없단 말씀이시죠?"

"전혀 없어요. 그의 화학 실험 자료 중에는 공장에서 접근해야 할 사람들의 목록이 있었는데, 바로 잠재적인 파시스트 동조자들이었지. 게다가 매우 치밀한 태업 계획이 실려 있던 데다 비료에 적용하면 막대한 농지를 망가뜨릴 수 있는 화학 처리법도 있었어요. 모두 거물 간첩 칼의 솜씨였던 거지."

토미는 내키지 않는다는 듯이 입을 열었다. 이 말을 하게 만든 터펜스를 마음속으로 저주하면서.

"칼이 누명을 썼을 가능성은 생각해 보지 않았습니까?"

그랜트 씨는 미소 지었다. 상당히 사악한 미소였다.

"아, 그건 틀림없이 당신 부인의 생각이겠지."

"예, 뭐…… 사실을 말씀드리면 그렇습니다."

"그 청년이 매우 매력적인 젊은이긴 하지."

그랜트 씨가 관대하게 말했다. 그는 말을 이었다.

"진지하게 대답하자면 '아니요'예요. 사실 그 가능성은 전혀 고려해 볼 가치도 없었어요. 그는 첩자들이 쓰는 비밀 잉크를 산더미만큼 가지고 있더군. 매우 결정적인 증거지요. 만일 누명을 쓴 거라면 좀 더 노골적으로 위장하지 않았겠어요. 세면대 위에 있는 병에 '필요 시 사용하는 혼합물'이라는 라벨을 다는 식으로 말이에요. 사실, 기발한 수법이더군. 이런 건 예전에 딱 한 번밖에 보지 못했는데, 그때는 조끼 단추였지요. 평소 옷에 비밀 잉크 농축액을 함유한 단추를 달아 두었다가, 필요할 때가 오면 물에다가 넣는 거지요. 칼 본데님의 경우에는 단추가 아니라 신발 끈이었지. 제법 영리하지 않나요."

"아!"

뭔가 토미의 머릿속을 복잡하게 만드는 것이 있었다. 매우 희미하고, 전체적으로 뿌연 어떤 것이었다.

터펜스가 더 빨랐다. 그 말을 전해 들은 터펜스는 금세 중요한 포인트를 알아차렸다.

"신발 끈? 토미, 그러면 모든 게 설명이 돼요!"

"뭔데?"

"베티를 생각해 봐요, 이 바보 같은 양반! 그 아이가 내 방에서 하던 웃긴 행동들 말이에요. 개는 내 신발 끈을 빼내서 물에 적셨더랬죠. 당시에는 참 웃기는 장난도 다 있구나 싶었어요. 그런데 사실은 칼이 하는 행동을 보고 따라 한 것이겠네요. 아이가 언젠가 그 사실을 말할 수도 있으니까 그게 두려워 그 여인에게 아이를 납치하라고 시킨 거예요."

"그러면 설명이 되는군."

"그래요. 이렇게 맞아떨어지면 기분이 참 좋죠. 지난 일은 잊어버리고 앞으로 나아갈 수 있으니까."

"우리도 앞으로 나아가야 해."

터펜스가 고개를 끄덕였다.

상황은 점점 더 암울해졌다. 프랑스가 갑자기 항복을 선언한 건 정말 충격이었다. 프랑스 국민들도 당혹과 경악에 사로잡혀 있을 것이다.

프랑스 해군의 운명이 위태로웠다.

이제 프랑스 해안은 완전히 독일군 수중에 떨어졌다. 영국 침공도 더 이상 먼 나라 이야기가 아니었다.

토미가 말했다.

"칼 본 데님은 사슬의 중간 고리에 지나지 않아. 페레나 부인이 배후에 있어."

"그래요. 하지만 그걸 입증할 증거를 찾아야만 해요. 쉽지 않을걸요."

"그래. 어쨌든 그녀가 모든 일의 배후 조종자라면 쉬우리라 예상할 수 없지."

"그러면 M이 페레나 부인이란 말이죠?"

토미도 그 점은 의심의 여지가 없다고 생각했다. 천천히 입을 열었다.

"당신은 페레나 부인의 딸은 전혀 관련 없다고 생각하는 거야?"

"확실해요."

토미가 한숨을 쉬었다.

"그게, 알아 둬야 할 게 있는데, 만일 그렇다면 정말이지 그녀에겐 안된 일이야. 처음엔 사랑하는 남자, 그다음엔 엄마. 그 애에게 별로 남은 게 없잖아, 안 그래?"

"그건 우리도 어쩔 수 없는 일이죠."

"그래, 하지만 만일 우리가 틀렸다면…… 만일 M이나 N이 다른 사람이라면?"

터펜스는 매우 차갑게 말했다.

"아직도 그러고 있는 거예요? 당신이 그러길 바라고 있는 게 아니고요?"

"무슨 얘기를 하고 있는 거야?"

"실라 페레나 얘기를 하고 있는 거죠."

"터펜스, 당신 말도 안 되는 소리 하고 있는 거 알아?"

"전혀요. 당신은 실라에게 넘어갔어요, 토미. 다른 남자들이랑 똑같이……."

토미는 화를 내며 대답했다.

"아니라고 말하잖아. 그저 내 나름대로 생각이 있을 뿐이야."

"그게 뭐죠?"

"잠깐 나 혼자서 생각 좀 해 봐야겠어. 우리 둘 중 누가 옳은지 보자고."

"내 생각엔 우리 둘 다 페레나 부인을 감시하는 데 총력을 기울여야 한다고 봐요. 페레나 부인이 어딜 가고 누굴 만나는지 빠짐없이 감시하면서요. 어딘가에 연결 고리가 있을 거예요. 오늘 오후부터 앨버트를 그녀에게 붙여 놓도록 해요."

"그건 당신이 할 수 있잖아. 난 바빠."

"왜요? 뭐 할 건데요?"

"골프를 칠 거야."

9장

"옛날이랑 똑같죠, 안 그래요, 부인?"

앨버트는 즐거운 듯이 눈을 반짝거렸다. 이제는 앨버트도 중년이 되어 아랫배가 나오고 있었지만, 아직도 소년 같은 낭만적인 심성을 지니고 있었다. 모험심 넘치는 소년 시절 애초에 그런 낭만적인 기질 덕에 토미와 터펜스와의 인연을 맺게 되었던 것이다.

앨버트가 계속 말했다.

"처음에 저와 만났을 때 기억나세요? 저는 그 잘나가는 아파트에서 놋쇠 장식물을 닦고 있었죠. 그곳 현관 짐꾼이 엄청 못된 사람이었잖아요? 항상 저만 못살게 굴었죠. 그런데 그날 부인이 다가와서 재미난 이야기를 들려주셨지요. 당연히 거짓말이었지만. 레디 리타라는 사기꾼에 대한 이야기였던가요? 일부 사실이 아닌 걸로 밝혀진 부분도 있었잖아요. 하지만 그때 이후로 전 한 번도 뒤돌아본 적이 없습니다. 말하자면, 우리는 많은 모험을 겪은 후에 비로소 정착하게 된 거지요."

앨버트는 한숨을 쉬었다. 자연스럽게 터펜스는 앨버트 부인의 건강에 대해 물어보았다.

"아, 마누라는 잘 지내요. 하지만 웨일스 사투리에 적응을 잘 못하고 있는 것 같네요. 웨일스 사람들도 영어를 제대로 배워야 한다며 불평이에요. 그리고 공습에 대해서는…… 벌써 두 번이나 독일군의 공습이 있었다죠. 그래서 들판에 구멍을 파고 거기에 차를 넣어 둔다고 하는 것 같던데, 그러면 안전할까요? 케닝턴에 있는 게 낫겠다고 해요, 케닝턴에 있으면 우울한 나무들을 안 봐도 되고, 병에 든 신선한 우유나마 구할 수 있지 않겠냐고 하더라고요."

터펜스는 갑자기 움츠러들며 말했다.

"난 모르겠어. 너를 끌어들이는 게 잘하는 짓인지 말이야, 앨버트."

"그런 말씀 마세요. 부인. 저도 전쟁에 끼어들어 보려고 노력했는데요, 다들 어찌나 콧대가 높은지 저를 쳐다보지도 않더라고요. 제 나이 또래 사람들을 소집할 때까지 기다리라나요. 하지만 저는 건강이 너무 좋아서 말이죠, 망할 독일 놈들을 때려 죽이고 싶은 마음뿐이에요. 저속한 단어를 써서 죄송하네요. 제가 놈들의 계획을 망칠 수 있는 방법이 있다면 알려만 주세요. 바로 달려갈 테니까. 5열이 우리가 상대해야 하는 놈들이라면서요? 신문에서 그러대요. 다른 네 줄은 어떻게 되고 있는지 언급도 없으면서 말이죠. 어쨌거나 저는 부인과 베레스퍼드 대위님을 도울 만반의 준비가 되어 있으니 말씀만 하시면 돼요."
"좋아. 그럼 이제 뭘 하면 되는지 알려 줄게."

II

"블레츨리는 언제부터 아신 겁니까?"
토미는 타석에서 내려오면서 페어웨이 중앙으로 날아가는 공을 흡족하게 바라보았다.
헤이독 중령도 좋은 드라이브 샷을 날린 후인지라 웃음 띤 얼굴로 클럽을 어깨에 메며 대답했다.
"블레츨리? 가만있자. 아! 한 9개월 정도 됐어. 지난가을에 여기에 왔으니까."
"한 다리 건너 친구시라면서요?"
토미가 거짓말이 아니냐는 뉘앙스로 물어서, 중령은 약간 놀란 것처럼 보였다.
"내가 그렇게 말했나? 아닌데. 그렇게 말하진 않았는데. 내 생각엔 이곳 골프 클럽에서 만났던 것 같아."
"좀 수수께끼가 많은 사람인가 봐요."
중령은 이번에는 놀란 기색을 감추지 못했다.
"수수께끼? 블레츨리가?"
솔직히 믿을 수 없다는 목소리였다.

토미는 내심 한숨을 내쉬었다. 아마도 자신이 상상이 지나친 것이 아닌가 하는 생각이 들었다.

토미는 다음 샷도 훌륭하게 해냈다. 헤이독도 제법 좋은 아이언 샷을 날렸고 공은 퍼팅그린에 약간 못 미쳐서 멈추었다. 토미와 합류하면서 그가 말했다.

"도대체 왜 블레츨리가 수수께끼의 인물이라고 생각하게 된 거지? 내가 보기에 그 친구는 지루할 정도로 평범한 편인데 말이야…… 전형적인 군인 아닌가. 자기 생각에 좀 빠져 있는 편이고…… 편협하고, 군인의 삶이 그렇지…… 그런데 수수께끼라니?"

토미가 애매하게 말했다.

"뭐 그냥, 저는 누군가 하는 말을 듣고서……."

두 사람은 퍼팅에 집중했다. 이번 홀은 중령이 이겼다.

"세 홀을 지나왔고 두 홀 더 치면 돼."

그가 만족스러운 듯 말했다.

그러고 나서 헤이독은 잠깐 경기에서 관심을 잠깐 돌리고 아까 했던 말에 관심을 보였다. 토미의 바람대로였다.

"어떤 수수께끼를 말하는 건가?"

토미가 어깨를 으쓱했다.

"그냥, 아무도 그분에 대해 잘 아는 것 같지 않아서요."

"전에는 럭비샤이어에 있었잖아."

"확실하세요?"

"글쎄……. 흠. 확실하진 않아. 나도 잘 모르겠네. 이봐, 메도스, 무슨 생각을 하고 있는 거야? 블레츨리는 잘못한 거 없잖아, 안 그래?"

"아니에요. 그런 건 당연히 아니죠."

토미는 급히 부인했다. 토미는 미끼를 던진 것이다. 이제 물러나 앉아서 중령이 머릿속으로 열심히 미끼를 쫓아 달리는 것을 보기만 하면 된다.

"항상 터무니없을 정도로 전형적인 사람이라고 봤지."

"그렇죠, 그렇죠."

"아, 그래. 자네 말이 뭔지 알겠네. 너무 전형적이란 말이지?"

토미는 속으로 생각했다.

'나는 증인에게 유도 신문을 하고 있는 거야. 그래도 저 노인네 머릿속에서 뭔가가 튀어나올지도 모르는 거 아니겠어.'

중령은 생각에 잠겨서 말을 이었다.

"그래. 이제 무슨 말인지 알겠다. 지금 생각해 보니 블레츨리가 여기 오기 전에 알던 사람을 만나 본 적이 없군. 옛 친구가 놀러 와서 묵는다든지 하는 일이 전혀 없었단 말이지."

"그렇군요!"

토미가 맞장구를 치고는 덧붙였다.

"남은 홀을 마저 칠까요? 승패는 가려졌지만요. 운동을 좀 더 하는 게 좋을 것 같은데요. 오늘 저녁 날씨가 그만이잖아요."

두 사람은 드라이브샷을 친 후 다음 샷을 위해 따로 걸었다. 두 사람이 다시 그린에서 만났을 때 헤이독이 불쑥 말했다.

"그에 대해서 무슨 말을 들었는지 말해 주게나."

"아닙니다…… 아무것도 못 들었습니다."

"나한테는 조심할 필요 없네, 메도스. 나는 여러 가지 소문을 듣지. 무슨 말인지 알겠나? 모두들 나를 찾아온단 말이야. 그런 문제는 내가 빠삭하거든. 무슨 얘기인가? 블레츨리가 겉보기와는 다른 사람 같다는 말 아닌가?"

"그저 추측에 지나지 않습니다."

"사람들이 그가 뭐라고 생각하던가? 독일 놈? 말도 안 돼, 그 친구는 나나 자네처럼 영국인일 뿐이야."

"예. 저도 블레츨리 소령은 문제 될 게 없다고 생각합니다."

"글쎄, 그 친구는 항상 외국인들을 더 억류해야 한다고 성화잖나. 그 젊은 독일인에게 얼마나 과격했나 보란 말이야. 보아하니 결국 그가 옳았고. 경찰서장에게 비공식적으로 들은 얘긴데 말이야, 본 데님을 열두 번도 더 처형할 만큼의 증거를 찾았다네. 전국의 식수에 독을 풀 계획이었다고 하더군. 그 외에 실제로도 신형 독가스를 만들고 있었다네. 그것도 우리 공장에서 말이야. 맙소사, 우리 나라 사람들이 얼마나 장님인가 보게나! 그 친구를 그런 장소에 들어가게 하다니. 우리 정부는 뭐든지 믿는단 말이야! 젊은 친구가 전쟁이 시작하기 전에 우리 나라로 와서 박해받았다고 징징거리기만 한 정도로 흔쾌히 우리의 기밀에 접근할 수 있게 해 주다니. 그 한이라는 작자를 처리할 때도 흐리멍덩했어……."

토미는 중령이 이미 여러 번 언급했던 이야기를 계속 늘어놓게 놔둘 생각이 없었다. 그래서 일부러 퍼팅에 실수를 했다.

"운이 나빴군, 자네."

헤이독이 외쳤다. 그가 조심스럽게 퍼팅한 공은 홀 안으로 굴러 들어갔다.

"내가 이겼어. 오늘 자네는 게임이 좀 안 풀리는데. 우리가 무슨 얘기를 하고 있었지?"

토미가 단호하게 말했다.

"블레츨리 소령은 전혀 혐의가 없다는 이야기요."

"그래. 물론이지. 지금 생각해 보니…… 나도 그에 대해서 좀 웃기는 이야기를 들은 적이 있긴 해…… 그때는 별거 아니라고 생각했는데……."

바로 그때, 토미에게는 짜증스럽게도 다른 두 명이 손을 흔들어 인사를 해 왔다. 네 사람은 같이 클럽하우스로 들어가서 술을 마셨다. 얼마간 시간이 흐른 후 중령은 손목시계를 보더니 메도스와 자기는 일어나겠다고 양해를 구했다. 토미는 중령의 초대에 응해 함께 저녁 식사를 하러 갔다.

밀수꾼의 쉼터는 언제나처럼 애플도어가 질서정연하게 정리해 둔 상태였다. 키가 큰 중년의 하인이 전문 웨이터처럼 능숙하게 그들의 시중을 들었다. 런던도 아닌 곳의 식당에서 그런 완벽한 서비스를 받는 것은 매우 드문 일이었다.

하인이 방을 나가자 토미가 애플도어를 칭찬했다.

"자네 말이 맞아, 애플도어를 채용할 수 있었던 건 아주 행운이었어."

"어떻게 애플도어를 만났습니까?"

"사실은 내가 낸 광고를 보고 애플도어가 연락을 해 왔지. 추천서도 완벽하고 지원했던 다른 사람들보다 월등히 나아 보였는데 희망 보수가 무척 낮지 뭐야. 그래서 즉시 고용했지."

토미는 껄껄거리면서 말했다.

"전쟁 때문에 저희는 레스토랑에서 변변한 서비스조차 받지 못하게 되어 버렸습니다. 괜찮은 웨이터들은 거의 대부분 외국인이지요. 그런 건 영국인들이 태생적으로 잘 못하는 분야인가 봅니다."

"웨이터라는 일이 너무 비굴하기 때문이야. 허리 숙여 절하고 굽실거리는 건 영국인의 무뚝뚝한 기질과는 어울리지 않으니까."

바깥에 앉아 커피를 마시면서 토미가 부드럽게 물었다.

"골프 링크에서 하시려던 이야기가 뭐죠? 웃기는 이야기라면서 말씀 꺼내신 거요. 블레츨리 소령에 대해 말입니다."

"방금 뭐였지? 이봐, 자네도 봤나? 바다 저쪽에서 비친 불빛 말이야. 내 망원경이 어디 있더라?"

토미는 한숨을 쉬었다. 하늘의 별들이 그를 방해하는 것만 같았다. 중령은 호들갑을 떨며 집으로 들어갔다 다시 나와 망원경으로 수평선을 훑어보더니 적들이 신호를 보내는 방식을 쭉 읊었다. 가능성 있는 해안의 지점도 지목했지만 대부분 아무 수상한 점이 없는 장소였다. 그러고서 그는 가까운 미래에 있을 침략이 성공하면 일어날 우울한 상황에 대해 묘사하기 시작했다.

"조직도 없고, 내부에서도 제대로 협력하지 않아. 자네도 지역 방위군(제2차 세계 대전 때 영국에서 조직된 자원병 부대 — 옮긴이)이었 잖나, 메도스. 그게 어떤 꼴로 돌아가는지 자네도 잘 알 거야. 앤드루스 같은 노인네가 통솔하고 있으니…….”

귀에 못이 박히도록 들은 얘기였다. 헤이독 중령이 늘상 불평하는 일이었으니까. 그는 자신이 지휘를 해야만 직성이 풀리는 부류였다. 그래서 기회만 되면 앤드루스 대령을 몰아내려고 안달이었다.

중령이 계속 이야기를 하는 동안, 하인이 위스키와 술을 가지고 나왔다.

“……그리고 우리 중에는 아직도 여기저기 스파이가 섞여 있어…… 생각해 보게. 지난번 전쟁 때도 마찬가지였지…… 미용사, 웨이터…….”

토미는 뒤로 기대면서 능숙한 발걸음으로 걸어가는 애플도어의 옆모습을 바라보았다.

‘웨이터라고? 저 친구에겐 애플도어보다 프리츠라는 이름이 더 잘 어울릴 것 같은데…….’

안 될 것도 없었다. 하인의 영어는 완벽했지만 그 정도 하는 독일인들은 수없이 많았다. 그는 영국 식당에서 오래 일하면서 영어를 완벽하게 습득했을 것이다. 인종적으로 생김새가 다른 것도 아니었다. 금발, 파란 눈……. 하지만 가끔은 두상 형태로 구분이 갈 때가 있다. 그렇다, 두개골의 모양. 최근에 어디에서 저런 머리를 보았더라…….

“이거 뭐 이렇게 채워야 할 칸이 많아. 아무짝에도 쓸모가 없다고,

메도스. 바보 같은 질문이나 죽 늘어놓고 말이야······."

토미는 중령이 하는 말에 맞추어 되는대로 던져 보기로 했다.

"맞습니다. '이름이 무엇인가?' 같은 질문이네요. N인가 M인가 답하라."

의도와는 약간 빗나갔다. 쾅 하는 소리가 났다. 완벽한 하인인 애플도어가 실수를 한 것이다. 크렘 드 망트(박하를 넣은 음료의 한 종류 ― 옮긴이)가 흘러내려 토미의 소매 끝과 손을 적셨다.

하인이 말을 더듬었다.

"죄송합니다."

헤이독은 분노로 폭발했다.

"이 칠칠치 못한 바보 같으니! 도대체 무슨 생각을 한 거야?"

평소에도 붉은 그의 얼굴이 분노로 인해 거의 보랏빛으로 바뀌었다. 토미는 생각했다.

'육군만 성질이 고약한 줄 알았더니, 해군이 훨씬 더하네!'

헤이독은 욕을 계속 퍼부어 댔다. 애플도어는 굽실거리며 연신 사과를 했다.

토미가 불편해하고 있으려니까, 갑자기 마술이라도 부린 것처럼 중령은 한순간에 분노를 누그러뜨리고 다시 선량한 사람으로 돌아왔다.

"이리 와서 좀 씻지. 크렘 드 망트는 좀 끈적거리거든."

토미는 헤이독을 따라 집 안으로 들어가 곧 온갖 장비들이 갖추어진 호화스러운 욕실로 향했다. 끈적끈적한 설탕 얼룩을 조심스럽게 씻어 냈다. 중령이 옆 침실에서 말을 걸어왔다. 어조가 왠지 약간 부끄러워하는 듯했다.

"내가 좀 심하게 군 것 같지? 애플도어한테 미안한걸……. 그도 내가 때때로 과격한 편이라는 걸 안다네."

토미는 세면대에서 돌아서서 손의 물기를 닦으려다가 비누가 바닥에 떨어져 있는 것을 미처 보지 못하고 밟아 버리고 말았다. 설상가상으로 바닥 리놀륨은 무척이나 매끄럽게 닦여 있었다.

다음 순간 토미는 발레리나처럼 한쪽 다리를 번쩍 들어 올리고 있었다. 두 팔을 넓게 벌린 채 화장실을 가로질러, 한 손은 욕조 오른쪽 수도꼭지에 부딪치고, 다른 한 손은 작은 화장실 칸막이 측면을 세게 밀었다. 토미처럼 어처구니없는 상황에 처한 게 아니었다면 그 누구도 절대로 하지 않을 유난스러운 동작이었다.

그의 발 역시 욕조 발치에 세게 긁힌 것은 물론이다.

그러자 마법 같은 일이 벌어졌다. 욕조가 숨겨져 있는 중심점을 기준으로 돌아가면서 벽에서 미끄러져 나온 것이다.

토미는 어두운 벽감을 바라보고 있었다. 그 벽감을 차지하고 있는 물건이 무엇인지는 한눈에 알아볼 수 있었다. 무선 송수신 장치가 분명했다.

중령의 목소리가 멈추었고, 그가 갑자기 화장실 문 앞에 나타났다. 토미의 머릿속에서 뭔가가 번뜩하면서 여러 가지 것들이 맞춰졌다.

나는 여태까지 장님이었던 것일까? 저 명랑하고 발그레한 얼굴,

'선량한 영국인의 얼굴'은 그저 가면일 뿐이었다. 성격 고약하고 권위적인 프러시아 장교의 얼굴을 여태까지 왜 알아보지 못했을까? 조금 전 일어난 작은 소란도 분명 힌트였다. 그건 마치 프러시아 악당이 독일 귀족 특유의 오만함을 내보이며 아랫사람을 들볶는 장면을 상기시켰다. 오늘 저녁 하인의 실수를 나무라던 헤이독 중령의 모습이 바로 그것이었다.

모든 것이 맞아떨어졌다. 마법처럼 딱 맞아떨어졌다. 이중 속임수. 적국의 요원 한이 먼저 파견되어 장소를 준비하고 외국인 인부를 고용하여 주목을 끈다. 그다음 단계로 용감한 헤이독 중령이 그의 정체를 밝힌다. 그 후 영국인인 그가 그 집을 사들이고 주위에 온통 자신의 활약을 끈질기게 자랑하여 사람들을 질리게 하는 것이다. 그렇게 해서 N은 지정된 장소에 매우 안전하게 정착한다. 바다로 신호를 보낼 수도 있고, 몰래 무선 통신을 할 수도 있으며 가까운 상수시에 부하 장교가 있는 그곳에서 중령은 독일의 계획을 실행할 준비를 마친 것이다.

토미는 상대에게 진심으로 감탄할 수밖에 없었다. 모든 것이 너무나 완벽하게 계획되어 있었다. 그 자신도 헤이독을 전혀 의심하지 못했다. 헤이독은 진실한 사람이라고 믿어 왔는데, 예측하지 못한 사고가 발생한 덕분에 진상이 밝혀진 것이다.

불과 몇 초 만에 이 모든 생각들이 토미의 머릿속을 지나갔다. 그는 자신이 위험천만한 상황에 놓였다는 사실을 너무도 잘 알았다. 남의 말을 잘 믿는 바보 영국인 연기를 얼마나 그럴싸하게 해낼 수 있느냐에 그의 목숨이 달려 있었다.

그는 헤이독을 돌아보고 자연스러운 웃음소리를 내려고 노력했다.

"와, 중령님 집에서는 정말 놀라운 게 가득하네요. 저것도 한이 설치한 장비인가요? 지난번에는 왜 보여 주지 않으셨어요?"

헤이독은 가만히 서 있었다. 그의 거대한 몸에 긴장감이 흘렀다. 잠시 그렇게 문을 막고 서 있었다.

'내가 상대하기엔 무리야. 게다가 속을 알 수 없는 하인도 있지.'
토미가 생각했다.

한순간 헤이독은 마치 석상처럼 서 있었다. 다음 순간, 표정을 풀더니 웃음을 터뜨렸다.

"정말 웃기지, 메도스. 자네 정말 발레리나처럼 미끄러져 가더군! 그런 일이 일어날 확률은 1000분의 1도 안 돼. 자, 손을 닦고 이쪽 방으로 나오게나."

토미는 그를 따라 욕실에서 나왔다. 모든 근육이 팽팽히 곤두서 있었다. 어떻게든 머리를 굴려 이 집에서 안전하게 나가야만 한다. 헤이독을 무사히 속여 넘길 수 있을 것인가? 헤이독의 목소리는 제법 자연스러웠다.

헤이독은 토미의 어깨에 자연스럽게 (어쩌면 부자연스럽게) 손을 얹으면서 그를 응접실로 데려갔다. 돌아서서 문을 닫았다.

"이것 봐, 메도스. 해 줄 말이 있어."

그의 목소리는 친근하고 자연스러웠다. 약간 쑥스러운 기색이 묻어났다. 소령은 토미에게 앉으라는 손짓을 했다.

"좀 어색하네. 이거 참, 어색하구먼. 하지만 별건 없어. 자네한테 비밀을 하나 알려 주지. 하지만 입 밖으로 내선 안 돼, 메도스. 알겠나?"

토미는 매우 구미가 당긴다는 표정을 지으려고 노력했다.

헤이독은 비밀스러운 이야기를 하려는 듯이 의자를 가까이 당겨서 앉았다.

"있잖아, 메도스. 이런 얘기야. 남들에겐 절대 알려선 안 되지만 실은 난 정보부 MI42BX 일을 하고 있다네. 그게 내가 속한 부서 이름이지. 들어 본 적 있나?"

토미는 더욱더 흥미롭다는 표정을 지으면서 고개를 저었다.

"뭐, 그건 기밀이니까. 소위 '담장 안쪽'에서 일어나는 일이거든. 무슨 말인지 이해할지 모르겠네. 우리가 여기서 특정 정보를 송신한다는 걸세. 하지만 그 사실이 새어 나가면 정말 치명적이야, 알겠지?"

메도스 씨가 대답했다.

"예, 물론입니다. 정말 흥미진진합니다! 한마디도 발설하지 않을 테니 믿으십시오."

"그래. 그게 정말 중요해. 이 모든 게 극비 사항이야."

"이해할 수 있습니다. 중령님 일은 정말 스릴 넘치는군요. 정말 손에 땀을 쥐게 합니다. 더 듣고 싶긴 하지만…… 물어보면 안 되겠죠?"

"그래. 유감이지만 안 돼. 기밀이거든, 알겠나?"

"예, 물론이죠. 정말 죄송합니다. 아까 그 사고는 정말 상상 초월……."

토미는 속으로 생각했다.

'이걸로 넘어갈 수 있을까? 내가 그런 말을 믿을 거라고 생각하는 걸까?'

도무지 믿을 수가 없었다. 그는 세상엔 허영심 때문에 죽은 사람들이 수없이 많다는 사실을 떠올렸다. 똑똑하고 위대하신 헤이독 중령께서 이 메도스같이 별 볼 일 없는 놈은 무슨 말이든 철석같이 믿는 바보 영국인이라고 생각해야 할 텐데! 헤이독이 계속 그렇게만 생각해 주기를.

토미는 계속 말했다. 강한 흥미와 호기심을 내보이면서. 질문을 하면 안 되는 건 알지만…… 중령님 일은 매우 위험하겠죠? 독일에서 일한 적도 있어요?

헤이독은 매우 상냥하게 대답했다. 그는 이제 완벽한 영국 뱃사람이었다. 프러시아 장교의 모습은 사라지고 없었다. 하지만 이제 그에 대해 새로운 시각을 갖게 된 토미는 그동안 왜 알아차리지 못했는지가 더 의문이었다. 머리 모양, 턱 선, 어디를 봐도 영국적인 모습과는 거리가 멀었다.

이윽고 메도스 씨가 자리에서 일어났다. 이른바 최종 시험이었다. 이대로 무사히 빠져나갈 수 있을 것인가?

"이제 정말 가 봐야겠습니다. 너무 늦었네요. 정말 죄송했습니다. 장담하는데, 아무한테도 말하지 않을 겁니다."

('지금 안 되면 영원히 안 되는 거다. 이 사람이 나를 보내 줄 것인가? 준비를 해야 한다. 턱에다가 한 방 먹이는 것이 제일 좋은…….')

유쾌한 흥분을 섞어 기분 좋게 작별 인사를 건넨 메도스 씨는 문

쪽으로 향했다.
 현관에 들어섰다…… 현관문을 열었다…….
 문이 열리면서 오른쪽으로 내일 아침 식탁을 미리 준비하는 애플도어의 모습이 얼핏 보였다. (이 바보들이 그를 내보내 주려는 참이다!)
 두 남자는 현관에 서서 수다를 떨었다. 다음 주 토요일에 골프를 치자는 약속이 오갔다.
 토미는 냉혹하게 선을 그었다.
 '네놈에게 다음 토요일은 없을걸.'
 바깥 길에서 목소리가 들려왔다. 곶으로 산책 나갔던 두 남자가 돌아오고 있었다. 그들은 토미와 중령과 오가며 인사 정도만 하는 사이였다.
 토미는 그들에게 손을 흔들었다. 두 사람이 걸음을 멈추었다. 헤이독과 토미는 대문에 서서 두 사람과 이야기를 잠시 나누었다. 그러고서 토미는 집주인에게 예의 바르게 안녕을 고하고 두 사람과 같이 길을 나섰다.
 빠져나온 것이다.
 헤이독, 이 바보가 속은 것이다!
 그는 헤이독이 집 안으로 다시 들어가 문을 닫는 소리를 들었다. 토미는 긴장을 늦추지 않은 채로 새로운 두 친구와 함께 언덕길을 터덜터덜 내려갔다.
 날씨가 곧 바뀔 것 같다.
 먼로는 다시 게임을 하러 갔다.

애시비라는 친구는 지역 방위군에 가입하기를 거부했다. 사람이 영 시원찮고 아둔하다. 캐디 보조를 하는 젊은이 마시는 숫제 양심적 병역 거부자란다. 메도스 자네는 그를 위원회에 신고해야 한다고 생각하나? 엊그제 밤에는 사우샘프턴에 대규모 공습이 있었다. 피해가 아주 크다고 한다. 메도스 자네는 스페인에 대해 어떻게 생각하나? 놈들도 적이 되는 걸까? 물론 프랑스가 함락된 이후에는…….

토미는 크게 소리치고 싶었다. 매우 바람직한 일상적인 대화였다. 이 두 사람이 그 순간에 나타나 준 것은 하늘의 도움이었다.

상수시 대문 앞에서 두 사람과 작별 인사를 하고 안으로 들어갔다.

조용히 휘파람을 불면서 걸어 들어갔다.

철쭉 옆 어두운 모퉁이를 도는데 뭔가 무거운 것이 그의 머리를 내리쳤다. 토미는 앞으로 쓰러져 어둠과 망각 속에 떨어졌다.

10장

"3스페이드라고 했나요, 블렌킨솝 부인?"

(네 사람은 브리지 게임을 하고 있으며, 패를 나눠 준 다음 공격자를 정하는 중이다 — 옮긴이)

그렇다, 블렌킨솝 부인은 3스페이드를 부른 게 맞았다. 스프롯 부인이 전화 통화를 끝내고 헐레벌떡 자리로 돌아오며 물은 말이었다.

"공습 대비 훈련 시간을 또 바꾸었다네요. 유감이에요."

스프롯 부인은 이렇게 덧붙이고는 다시 비딩을 하겠다고 했다.

민턴 양은 언제나처럼 한 말을 하고 또 하면서 질질 끌었다.

"제가 2클럽이라고 했나요? 정말이에요? 1노 트럼프라고 했던 게 아니고요……? 아, 그렇군요. 물론이에요. 이제 기억나네요. 케일리 부인은 1하트라고 했죠? 저는 1노 트럼프라고 말하려 했는데. 어디까지 했나 잘 몰랐지만 말이에요. 그나저나 역시 게임은 대담하게 해야 하는 것 같아요. 그런데 케일리 부인이 1하트라고 해서 저는 2클럽이라고 해야 했어요. 그 두 무늬가 부족하게 있으면 정말 게임이 어려워져요……."

터펜스는 혼자 생각했다.

'가끔은 민턴 양이 그냥 카드를 내려놓고 다 보여 주는 게 시간 절약에 좋을 거라고 생각해. 자기 손에 뭐가 들었는지 숨기질 못한단 말이야.'

"그러면 이제 다들 알겠죠. 1하트, 2클럽."

민턴 양이 승리감에 젖어 말했다.

"2스페이드."

터펜스가 말했다.

"저는 패스한 거죠?"

스프롯 부인이 말했다.

모두 케일리 부인을 바라보았다. 케일리 부인은 몸을 앞으로 기울이고 열심히 듣고 있었다. 민턴 양이 이야기를 시작했다.

"그러면 케일리 부인이 2하트라고 했고 저는 3다이아몬드예요."

"그리고 제가 3스페이드고요."

터펜스가 말했다.

"패스."

스프롯 부인이 말했다.

케일리 부인은 조용히 앉아 있었다. 마침내 그녀는 모두가 자신을 바라보고 있다는 사실을 깨닫고 얼굴을 붉혔다.

"아, 이런. 죄송해요. 남편이 저를 찾는 게 아닐까 생각하고 있었어요. 테라스에서 아무 일 없는 거면 좋겠는데."

그녀는 한 사람씩 번갈아 보았다.

"실례가 안 된다면 나가서 좀 봐야겠어요. 이상한 소리가 들려서요. 어쩌면 남편이 책을 떨어뜨렸는지도 모르죠."

그녀가 허둥대며 창문 쪽으로 나갔다. 터펜스는 과장되게 한숨을 쉬었다.

"아마 서로 손목에 끈이라도 묶어 놓았나 보죠. 필요하면 잡아당기게 말이에요."

"정말 헌신적인 부인이에요. 보기 좋은 광경 아닌가요?"

민턴 양이 말했다.

"그래요?"

기분이 그다지 좋지 않은 터펜스가 말했다.

세 여인은 일이 분 동안 아무 말도 하지 않고 앉아 있었다.

"오늘 밤 실라는 어디 갔죠?"

민턴 양이 물었다.

"영화 보러 갔어요."

스프롯 부인이 대답했다.

"페레나 부인은요?"

터펜스가 물었다.

"방에서 세금 계산을 한다고 들었는데요. 불쌍하죠. 계산하는 건 너무 힘든 일이에요."

민턴 양이 대답했다.

"저녁 내내 하는 것 같진 않던데요. 왜냐하면 제가 현관 복도에서 전화를 받고 있을 때 집에 돌아오시더라고요."

스프롯 부인이 말했다.

"어딜 다녀온 걸까. 영화를 보러 간 건 아닐 텐데. 그렇다면 집에 벌써 올 리가 없죠."

민턴 양이 말했다. 그녀는 항상 그런 작은 호기심으로 가득 차 있었다. 스프롯 부인이 덧붙였다.

"모자도 쓰지 않았던데요. 코트도 입지 않았고요. 머리가 헝클어져 있어서 달리기라도 한 것 같았어요. 숨을 헐떡거리면서 말 한마디 없이 위층으로 달려 올라가더라고요. 그리고 저를 노려보았어요…… 분명히 노려보았다고요…… 나는 아무것도 잘못한 게 없는데."

케일리 부인이 창문을 통해 들어왔다.

"신기한 일이죠. 남편이 혼자서 정원을 걸어 다녔다네요. 저녁 날씨가 푸근해서 즐거웠다는 말까지 하면서요."

그녀는 이렇게 말하며 다시 자리에 앉았다.

"자, 봅시다……. 아, 그럼 다시 비딩을 해야 할까요?"

터펜스는 분노의 한숨을 억눌렀다. 네 사람은 다시 처음부터 비딩을 했고, 터펜스가 결국 3스페이드로 선을 잡았다.

그들이 다음 패를 돌리기 위해 카드를 섞고 있을 때 페레나 부인이 들어왔다.

민턴 양이 질문을 던졌다.

"산책은 즐거웠나요?"

페레나 부인이 민턴 양을 노려보았다. 매우 불쾌한 듯 매서운 눈빛이었다. 그녀가 말했다.

"저는 나갔다 오지 않았어요."

"어머…… 어머…… 스프롯 부인이 그랬어요, 방금 들어오셨다고."

"날씨가 어떤가 보러 밖에 나갔던 것뿐이에요."

잔뜩 화가 난 목소리였다. 페레나 부인은 이미 기가 죽은 스프롯 부인에게 호전적인 시선을 던졌다. 스프롯 부인은 놀라서 얼굴을 붉혔다.

케일리 부인이 새 소식을 전했다.

"정말 신기한 일이에요. 남편이 정원을 혼자 돌았대요."

페레나 부인이 날카롭게 말했다.

"왜 그랬대요?"

"저녁 날씨가 너무 푸근해서요. 머플러도 하나밖에 하지 않았는데 말이죠. 게다가 아직까지도 좀처럼 들어오려고 하지 않아요. 감기라도 걸리지 않았으면 정말 좋겠는데."

"감기보다 더 심한 것들이 있어요. 당장에라도 폭탄이 날아와 우리 모두를 날려 버릴 수도 있다고요!"

"어머나. 그러면 안 되는데."

"그래요? 난 차라리 그랬으면 좋겠는데."

그렇게 말하고 페레나 부인은 창문을 빠져나갔다. 네 사람은 브리지 게임을 하다 말고 그녀의 뒷모습을 바라보았다.

"오늘 저녁엔 부인이 아주 이상한데요."

스프롯 부인이 말했다.

민턴 양이 몸을 앞으로 기울였다.

"설마 그런 건……."

그러고는 좌우로 둘러보았다. 모두들 몸을 가까이 기울였다. 민턴 양이 속닥이는 목소리로 물었다.

"설마 페레나 부인이 술을 마시는 건 아니겠죠?"

"어머나. 지금 취해 있다는 말인가요? 그러면 설명이 되네요…… 가끔씩 보면 정말 이해가 안 될 때가 있어요. 블렌킨솝 부인은 어떻게 생각하세요?"

케일리 부인이 말했다.

"그런 것 같진 않아요. 뭔가 걱정이 되나 본데요. 아, 스프롯 부인 차례예요."

"아, 이런. 뭘 부르면 좋지?"

스프롯 부인은 손에 든 카드를 살피면서 말했다.

아무도 나서서 말해 주지 않았지만 민턴 양은 조언을 해 줄 수도 있었다. 부끄러운 줄도 모르고 스프롯 부인의 카드를 유심히 들여다보고 있었으니 말이다.

"방금 그거 베티 아니죠?"

스프롯 부인이 고개를 들면서 말했다.

"아니에요!"

터펜스가 단호하게 말했다.

더 이상 게임이 방해받는다면 소리를 지르고 말 것 같았다.

스프롯 부인은 아이 생각에 정신이 팔린 채로 멍하니 카드를 보더니 말했다.

"에에…… 1다이아몬드라고 생각해요."

모두 비딩을 했고 이번에는 케일리 부인이 선을 잡았다.

"결정을 못 하겠으면 트럼프로 선을 잡으라고들 말하죠."

그녀가 재잘거리면서 다이아몬드 9를 내려놓았다.

친절하고 굵직한 목소리가 들려왔다.

"당신이 스코틀랜드에서 브리지를 배웠다고 했으니, 이건 스코틀랜드의 저주예요!"

오로크 부인이 창문 옆에 서 있었다. 심호흡을 하고 있었으며 눈동자는 반짝거렸다. 매우 악랄하고 간사하게 보였다. 그녀가 방 안으로 들어왔다.

"단란하고 재미있게 게임 중이신가요?"

"손에 든 건 뭐예요?"

스프롯 부인이 흥미를 보이며 물었다.

"망치요. 진입로에 던져져 있더군요. 누군가가 거기에 놔둔 게 분명해요."

오로크 부인이 상냥하게 대답했다.

"망치를 그런 곳에 두다니 좀 웃기네요."

스프롯 부인이 의심스러운 듯 말했다.

"그렇죠."

오로크 부인도 동의했다. 유난히 기분이 좋은지 망치 손잡이를 잡고 흔들면서 현관으로 나갔다.
"자, 보자…… 트럼프가 뭐죠?"
민턴 양이 말했다.
게임이 5분쯤 방해 없이 진행되고 있을 때 블레츨리 소령이 들어왔다. 영화를 보고 왔다며 일행에게 리처드 1세 시절을 배경으로 한 영화 「방랑 음유시인」의 줄거리를 자세하게 이야기해 주었다. 군인인 소령은 십자군 전투 장면을 시시콜콜 트집 잡았다.
브리지는 승부를 내지 못했다. 케일리 부인이 손목시계를 보고 시간이 늦었다는 사실을 깨닫자마자 겁에 질려 작게 날카로운 비명을 지르며 케일리 씨에게 달려가 버렸던 것이다. 잠시 잊혔던 환자 케일리 씨는 숨넘어갈 듯이 기침하고 사시나무 떨듯 하면서 꾀병의 즐거움을 만끽했다. 그 와중에 간간이 이렇게 말했다.
"정말 정말 괜찮아, 여보. 당신이나 게임을 즐겁게 했어야 하는데. 나는 아무 신경 쓰지 말고. 내가 심한 감기에 걸리든 말든 무슨 상관이겠어? 전쟁이 계속되고 있는데."

II

다음 날 아침 식사 때였다. 터펜스는 공기 중에 긴장감이 돌고 있음을 금세 알아챘다.

페레나 부인은 입을 굳게 다물고 있다가 노골적으로 신랄한 말을 툭툭 던졌다. 그러고는 여봐란 듯이 방을 나가 버렸다.

블레츨리 소령은 토스트에 마멀레이드를 두껍게 바르면서 키득거리는 소리를 냈다.

"서릿발 같네. 그래, 뭐! 당연한 거겠지만."

"무슨 일 있었어요?"

민턴 양이 적극적으로 몸을 앞으로 내밀면서 물었다. 그녀의 가는 목이 즐거운 기대로 까딱거렸다.

"내가 비밀을 누설해도 되는지 모르겠네."

소령은 입이 근질거리는 눈치였다.

"어머! 블레츨리 소령님!"

"말해 주세요."

터펜스도 합세했다.

블레츨리 소령은 생각에 잠겨서 청중들을 바라보았다. 민턴 양, 블렌킨숍 부인, 케일리 부인과 오로크 부인. 스프롯 부인과 베티는 방금 방을 나가 자리에 없었다. 그는 털어놓기로 결정을 내렸다.

"메도스 때문이오. 어제 밤새 놀러 나가서 아직도 돌아오지 않았거든."

"뭐라고요?"

터펜스의 목소리가 커졌다.

블레츨리 소령은 즐거운 듯 짓궂은 시선을 그녀에게 보냈다. 꿍꿍이를 품고 있던 미망인이 당황하는 모습을 즐기는 것이었다.

"메도스 그 친구는 좀 바람둥이 같소. 그래서 페레나 부인이 화가 난 거요. 당연하지."

그는 낄낄거렸다.

"어머나."

민턴 양이 당황해하며 얼굴을 붉혔다. 케일리 부인은 충격을 받은 듯했다. 오로크 부인은 키득거릴 뿐이었다.

"저한테는 페레나 부인이 벌써 말해 줬어요. 남자들은 어쩔 수 없다니깐."

오로크 부인의 말에 민턴 양이 적극적으로 변호했다.

"하지만 분명…… 어쩌면 메도스 씨에게 사고가 난 것일지도 모르잖아요. 의식을 잃었다거나 말이에요."

"의식 불명이라…… 그것 때문에 확실히 일이 많이 나죠. 지역 자원군으로 순찰을 돌면서 정말 많이 배웠소. 차를 세우고 검문을 하다 보면 '남편을 집에 데려다준다는' 부인들을 수없이 봤소. 그런데 신분증에 있는 이름은 다르더란 말이야! 그리고 몇 시간 뒤에는 진짜 남편이나 부인이 반대편에서 나타나지. 하하!"

블레츨리 소령은 이렇게 키득거리다가 블렌킨숍 부인의 못마땅한 시선을 느끼고 얼른 정색을 했다.

"인간의 본성이란…… 좀 우습지 않소?"

소령이 표정 풀라는 듯이 말했다.

"하지만 메도스 씨는 정말로 사고를 당했을지도 모른다고요. 차에 치였다든가 말이에요."

민턴 양이 울음 섞인 목소리로 말했다.

"아마도 그런 이야기를 하겠지. 차에 치여 의식을 잃었다가 아침에 정신이 들었다고 말이오."

"병원에 실려 갔을 수도 있어요."

"그렇다면 병원에서 연락이 왔을 거 아니오. 어쨌든 신분증을 가지고 다닐 테니까, 그렇잖소?"

"이런…… 남편은 뭐라고 하려나?"

케일리 부인이 습관적으로 던진 질문에 대답하는 사람은 없었다. 터펜스는 모욕을 당해 분한 척하면서 자리에서 일어났다.

그녀가 나가고 문이 닫힌 후에 블레츨리 소령이 키득거렸다.

"불쌍한 메도스, 아름다운 미망인께서 화가 나신 모양이네. 그를 거의 낚았다고 생각하고 있었던 모양인데."

"블레츨리 소령님!"

민턴 양은 다시 울음 섞인 목소리가 되었다.

블레츨리 소령이 윙크했다.

"디킨스의 이 대목 기억나오? '미망인을 조심해, 새미(『픽윅 클럽 여행기』에 나오는 대사—옮긴이).'"

III

터펜스는 토미가 말도 없이 사라진 것이 좀 화가 났지만 그래도 평정을 유지하려 애를 썼다. 뭔가 중요한 것을 발견하고 그걸 추적하러 갔을 수도 있기 때문이었다. 두 사람 모두 예측하지 못했던 상황에 맞닥뜨릴 수 있는 환경이기 때문에 미처 알릴 틈이 없었을 수도 있다. 그래서 두 사람은 둘 중 하나가 말없이 사라지더라도 지나치게 걱정하지 않기로 이미 합의해 두었다. 긴급 상황에 대비해 미리 양해를 구한 것이다.

스프롯 부인에 따르면, 페레나 부인은 지난밤 외출했다. 페레나 부인이 격분하며 그 사실을 부정한 만큼 그 외출에 대해 좀 조사해 볼 필요가 있었다.

토미가 그녀의 비밀 임무를 추적하다가 파고들 만한 뭔가를 찾았는지도 모른다.

조만간 어떤 방법으로든 터펜스에게 소식을 알리거나 다시 나타날 것이 분명했다.

그럼에도 터펜스는 불안감을 떨칠 수가 없었다. 블렌킨솝 부인의 성격으로는 호기심과 불안을 드러내는 것이 자연스럽게 비칠 것이다. 그래서 시간 낭비를 그만두고 페레나 부인을 찾아 나섰다.

페레나 부인은 그 건에 대해서 말을 아꼈다. 다만 숙박객의 그런 행동은 어물쩍 넘어가거나 눈감아 줄 문제가 아니라는 점은 분명히 했다. 터펜스는 숨도 쉬지 않고 반박했다.

"하지만 사고를 당했을지도 모르잖아요. 확실해요. 전혀 그럴 만한 사람이 아니거든요. 생각도 점잖고, 엇나갈 부류가 아니에요. 분명 차에 치였거나 아니면 그 비슷한 일이 생긴 거예요."

"어떻게든 곧 알게 되겠죠."

하지만 하루가 다 지나가도록 메도스 씨는 흔적도 없었다.

저녁에 되자 페레나 부인은 숙박객들의 요청에 따라 경찰에 연락하는 데 마지못해 동의했다.

경사 한 명이 공책 하나를 들고 찾아와서 세부 사항을 적어 갔다. 그제야 몇몇 사실이 밝혀졌다. 메도스 씨는 헤이독 중령의 집을 10시 30분에 나섰다. 거기서부터 그는 월터스 씨, 커티스 선생과 함께 상수시 대문까지 걸어왔다. 거기서 그는 두 사람에게 인사를 하고 진입로 쪽으로 돌아섰다.

그 직후에 메도스 씨는 연기처럼 사라져 버린 것이다.

터펜스의 뇌리에 두 가지 가능성이 떠올랐다.

토미는 집으로 들어오는 중에 페레나 부인이 자기 쪽으로 오는 것을 보고 덤불 속에 숨어 있다가 그녀를 따라간 것이다. 그러다 그녀가 어떤 인물과 만나는 것을 보고서 그 미지의 인물을 미행했고, 페레나 부인은 상수시로 돌아왔다. 이런 경우라면 토미는 살아 있을 것이고, 부지런히 추적을 하고 있을 것이다. 그렇다면 애써 그를 찾는 경찰들 볼 낯은 조금 없겠지만.

또 다른 가능성은 별로 상상하고 싶지 않았다. 두 가지 장면이 떠올랐다. 페레나 부인이 '단정치 못한 모습으로 헐떡거리면서' 돌아온 것. 그리고 빠뜨릴 수 없는 또 하나의 장면, 오로크 부인이 무거운 망치를 들고 웃으면서 창가에 서 있던 모습이었다.

망치는 끔찍한 가능성을 암시했다.

왜 바깥에 망치가 던져져 있었을까?

누가 그랬는지는 좀 더 까다로운 문제였다. 페레나 부인이 집에 몇 시에 다시 돌아왔는가가 결정적인 단서가 될 것이다. 아마도 10시 30분 정도였다고 짐작은 되지만 브리지 게임을 하던 사람들은 모두 시간에 대해 잊고 있었다. 페레나 부인은 날씨를 보러 나갔을 뿐 외출을 한 게 아니라고 강력하게 부인했다. 하지만 날씨만 보고 왔는데 숨은 헐떡거릴 일이 뭐란 말인가. 스프롯 부인에게 목격당한 것은 그녀에겐 불운이었을 것이다. 원래대로라면 네 여자는 브리지를 하느라 바빴을 테니까.

그런데 그게 정확하게 몇 시였을까?

터펜스는 시간을 확실히 증언할 수 있는 사람은 아무도 없다는 사실을 깨달았다.

물론 시간이 맞는다면 페레나 부인이 가장 가능성이 높은 용의자였다. 하지만 또 다른 가능성도 있었다. 상수시에 사는 사람들 중에 토미가 돌아오던 그 시간에 밖에 있었던 사람은 셋이었다. 블레츨리 소령은 극장에 가 있었다. 하지만 그는 혼자 외출했고 영화 전체를 시시콜콜 자세하게 설명한 모습을 떠올려 보면 일부러 알리바이를 만들려고 애쓴 것 같기도 했다.

건강 노이로제에 걸린 케일리 씨도 있었다. 그는 정원을 걸어 다니고 있었다. 케일리 부인이 남편을 걱정하면서 한 말이 없었다면 모두들 케일리 씨가 산책 나갔다는 걸 몰랐을 것이고, 당연히 테라스 의자에 미라처럼 이불에 둘둘 말린 채 앉아 있으려니 생각했을 것이다. (사실 그렇게 긴 시간 동안 밤바람을 쐬며 감기 걸릴 위험을 무릅쓰다니 케일리 씨답지는 않다.)

그리고 오로크 부인이 있었다. 망치를 휘두르며 웃었던…….

IV

"무슨 문제죠, 데버러? 뭔가 걱정이 있는 것 같은데."

데버러 베레스퍼드는 이 말을 듣고 놀라서 웃음을 터뜨렸다. 앤서니 마스던의 동정 어린 갈색 눈동자가 앞에 있었다. 그녀는 앤서니가 마음에 들었다. 똑똑한 남자인 그는 암호 부서 신입 사원 중에 가장 머리가 좋았다. 아마도 크게 될 사람 같았다.

데버러는 자신의 직업을 좋아했지만 너무 과도한 집중력을 요구하는 일이라는 느낌은 있었다. 매우 피곤했지만 보람도 있었고, 스스로 중요한 사람이 된 듯한 뿌듯함이 있었다. 이런 게 진짜 일이었다. 병원에서 돌아다니면서 간호할 기회를 엿보는 게 아니라.

"아, 아무것도 아니에요. 그냥 집안일이에요!"

"아무래도 가족들 일은 신경이 좀 쓰이기 마련이죠. 데버러의 가족들은 어떻게 지내나요?"

"엄마 때문이에요. 사실 좀 걱정이 되네요."

"왜요? 무슨 일인데요?"

"그게…… 엄마가 아주 아주 나이가 많은 이모랑 같이 있겠다고 콘월로 내려가셨어요. 일흔여덟인데 완전히 노망이 드신 분이에요."
"암울한 얘기로군요."
청년이 안쓰럽다는 투로 말했다.
"그래요. 엄마가 정말 착한 거죠. 하지만 엄마는 전쟁 중에 일자리가 없다고 매우 의기소침한 상태였어요. 지난 전쟁에선 간호사로 일하신 분이죠. 하지만 이젠 많은 것이 달라졌어요. 중년들은 설 곳이 없어요. 다들 젊고 즉각 움직일 수 있는 사람을 원하죠. 그래서 아까 말했듯이 엄마는 매우 우울해하고 있던 차에 그레이시 이모와 같이 있겠다고 콘월로 내려간 거예요. 정원을 좀 돌보면서 가외로 채소를 기르고 그런 일을 한다든가요."
"잘 생각하셨네요."
"예. 엄마가 할 수 있는 일 중엔 최상이죠. 엄마는 아직도 매우 활동적인 사람이거든요."
데버러가 싹싹하게 말했다.
"그럼 괜찮겠네요."
"그런데 그렇지가 않아요. 그런 식으로 엄마에 대해서는 안심하고 있었는데…… 또 엊그제 도착한 엄마의 편지도 아주 쾌활한 내용이었고요."
"그럼 뭐가 문제죠?"
"문제는 고향에 다니러 간 찰스에게 엄마를 찾아보라고 했거든요. 그래서 찰스가 찾아보았더니…… 엄마가 거기 없다는 거예요."
"거기 없어요?"

"예. 그곳에 간 적도 없다네요! 전혀 말이죠!"

앤서니는 약간 당황한 듯 보였다. 그가 웅얼거렸다.

"이상하군요. 그러면…… 음…… 아버진 어디 계시죠?"

"빨강 머리 아빠요? 스코틀랜드 어디엔가 있어요. 모든 문서를 세 벌씩 복사해서 철하는 끔찍한 부서에서 일하세요."

"혹시 아버지가 계신 곳으로 가신 건 아닐까요?"

"그건 아니에요. 아빠가 계신 곳은 아내가 따라갈 수 없는 곳이랬어요."

"어…… 그렇다면, 음…… 어딘가 다른 곳으로 가셨겠죠."

앤서니는 이제 제대로 당황했다. 데버러가 커다란 눈에 근심이 가득한 채로 애원하듯 바라보자 당황하지 않을 수 없었다.

"예, 하지만 왜 그랬을까요? 정말 이상하죠. 엄마의 편지에는 그레이시 이모, 정원 그런 이야기들뿐인데요."

"그래요. 그래요."

앤서니가 급하게 대답했다.

"물론 어머니는 당신이 그렇게 생각하길 바랐겠죠. 제 말씀은 그러니까…… 요새는…… 음…… 사람들이 가끔 사라지곤 하니까 말이에요. 무슨 말인지 알겠어요……?"

애처로움에 젖어 있던 데버러의 눈이 돌연 분노로 이글거리기 시작했다.

"만일 엄마가 누군가 엉뚱한 사람과 주말을 보내려고 사라진 거 아니냐고 말하는 거라면 당신은 틀렸어요. 그것도 아주 심하게요."

엄마와 아빠는 금실이 아주 좋단 말이에요. 서로에게 아주 충실하고요. 우리 집엔 해당 없는 말이에요. 엄마는 절대로……."

앤서니가 얼른 말했다.

"물론 아니겠죠. 미안해요. 제가 정말 하려고 했던 말은……."

분노가 사그라진 데버러는 이마를 찌푸렸다.

"이상한 것은 누군가 엄마를 다른 곳도 아니고 리햄턴에서 봤다는 거예요. 물론 나는 그럴 리가 없다고 했죠, 콘월에 계시니까. 하지만 지금 생각해 보니까……."

담배에 성냥을 대고 있던 앤서니가 갑자기 멈칫하더니 불을 꺼뜨렸다.

그가 날카롭게 물었다.

"리햄턴?"

"그래요. 엄마가 갈 만한 장소라고 절대 생각할 수 없는 곳이죠. 할 일도 없고, 나이 든 대령이나 하녀들 말고는 아무도 없는 곳이잖아요."

"그러게요. 확실히 갈 만한 장소는 아닌 것 같네요."

앤니서니는 담배에 불을 붙이고 아무렇지 않은 척 물었다.

"지난번 전쟁 때 어머니가 뭘 하셨다고 했죠?"

데버러는 별 생각 없이 대답했다.

"간호 활동을 좀 하다가 장군의 기사 노릇도 좀 하고…… 육군에서요, 그러니까, 버스가 아니라요. 뭐 그 당시 할 법한 일들을 하셨죠."

"난 또, 어머니께서 당신처럼…… 정보부에서 일한 줄 알고요."

"엄마는 이런 종류의 일을 할 기회가 전혀 없었을 거예요. 하지만 엄마랑 아빠가 탐정 일은 좀 했어요. 기밀 문서니 거물 스파이니 하는 거요. 물론 엄마 아빠는 과장이 심해서 엄청나게 중요한 일을 했던 것처럼 말씀하시지만요. 하지만 저흰 거기에 대해 별로 얘기한 적이 없어요. 가족끼리 어떤지 아시잖아요…… 같은 옛날이야기를 하고 또 하고 그런 건 좀 싫잖아요."

"그렇죠. 저도 그렇게 생각해요."

앤서니 마스던은 진심으로 대답했다.

다음 날 숙소로 돌아온 데버러는 자기 방이 어딘가 낯설게 느껴졌다.

무엇이 달라졌는지 알아차리는 데에 몇 분이 걸렸다. 그녀는 벨을 울려서 하숙집 주인 라울리 부인에게 화를 내며 서랍장 위에 있던 커다란 사진이 왜 사라졌느냐고 물었다.

라울리 부인 역시 기분이 상해서 맞받아 화를 냈다.

자신은 모르겠다는 것이다. 전혀 손을 댄 적이 없는데, 어쩌면 글래디스가…….

글래디스도 손을 대지 않은 건 마찬가지였다. 글래디스는 가스 때문에 사람이 왔다 갔으니 혹시 모르지 않느냐고 덧붙였다.

하지만 데버러는 가스 검침원이 중년 부인의 사진이 마음에 들어서 가져갔을 것이라고 생각하지는 않았다.

그녀는 글래디스가 액자를 깨뜨리고 서둘러 범죄의 증거물을 쓰레기통에 버린 게 아닐까 의심이 들었다.

하지만 데버러는 별로 호들갑을 떨지 않았다. 언제든 엄마한테 사진을 한 장 더 보내 달라고 하면 될 일이니까.

데버러는 슬슬 걱정이 되어서 혼잣말을 했다.

"엄마는 도대체 뭘 하려는 걸까? 물으면 의외로 순순히 털어놓을지도 몰라. 하지만 앤서니가 말한 것처럼 누구랑 바람이 났냐고 묻는 건 말도 안 되고. 그래도 이건 정말 이상한데……."

11장

 이제 터펜스가 부두 끄트머리에서 낚시꾼이랑 이야기할 차례였다. 그녀는 그랜트 씨가 자신을 안심시켜 줄 정보를 가지고 있기를 바랐다. 하지만 그녀의 희망은 곧 빗나갔다. 그는 토미에게서 아무런 소식도 듣지 못했다고 분명히 말했다.

 터펜스는 목소리가 떨리지 않게, 사무적인 느낌이 들도록 최선을 다했다.

 "그에게 무슨 일이 생겼다고 볼 만한 근거는 없는 겁니까?"

 "없어요. 하지만 그렇다고 합시다."

 "뭐라고요?"

 "내 말은…… 그렇다고 가정을 하자는 겁니다. 부인은 어떻게 생각하는데요?"

 "아. 그렇군요…… 저는…… 그렇지요, 계속 말씀해 보세요."

"바로 그겁니다. 전투가 끝나면 슬퍼할 여유가 올 겁니다. 우리는 지금 한창 전투 중입니다. 그리고 시간이 매우 촉박합니다. 부인이 갖다 준 정보는 정확했음이 판명되었습니다. 부인은 '4번째'에 대한 언급을 들었다고 했지요. 네 번째는 다음 달 4일을 말하는 것이었습니다. 그것이 영국을 공격하기로 결정한 날짜입니다."

"확실하신가요?"

"예. 확실합니다. 놈들은 아주 조직적입니다. 모든 계획을 치밀하게 세우고 실행하지요. 우리도 그런 식으로 일을 하면 얼마나 좋겠냐만은, 기획력은 우리의 강점이 아닙니다. 네, 4일이 바로 그날입니다. 지금의 공습은 사실 진짜 공격이 아닙니다. 그저 정찰하는 정도에 불과합니다. 공습에 대한 우리의 대응과 방어력이 어느 정도인지 보는 거죠. 4일에 진짜 공격이 올 겁니다."

"하지만 만일 그걸 알고 있다면……"

"날짜가 결정되었다는 걸 우린 압니다. 어디로 올 것인가도 알죠, 안다고 봐야겠죠, 대략, 거기가…… (틀릴 수도 있으니까요.) 가능한 모든 준비를 하고 있습니다. 이건 저 옛날에 함락된 트로이 전설과 같은 겁니다. 우리가 놈들을 알듯이 놈들도 우리를 잘 알죠. 하지만 다들 외부의 적에 대해서만 얘기하지요. 우리가 알고 싶은 건 내부의 적입니다. 목마 속에 숨은 병사들 말입니다! 요새의 비밀을 팔아넘기는 건 그들이니까. 높은 지위에 있는 사람들, 명령권을 가진 사람들…… 중요한 위치에 있는 사람들이 열두 명만 있어도 서로 모순된 지시를 내림으로써 전 국가를 혼돈에 빠뜨리고 독일인들의 계획을 성공하게 만들 수 있습니다. 늦기 전에 내부 정보를 꼭 알아내야만 합니다."

터펜스가 절망스럽게 말했다.

"제가 너무 도움이 안 되는 것 같습니다. 경험도 없고요."

"그건 걱정하지 않으셔도 됩니다. 우리에겐 경험이 많은 사람들이 많이 있습니다. 경험과 재능을 가진 사람들 말이죠. 하지만 내부에 배신자가 있다면 누굴 믿어야 할지 모르게 됩니다. 부인과 베레스퍼드는 비정규 전력입니다. 아무도 당신에 대해서 몰라요. 그래서 당신에게 가능성이 있는 겁니다. 그리고 그 점 때문에 여태까지 어느 정도 성공을 해 온 거고요."

"페레나 부인에게 당신 쪽 사람을 좀 붙일 수 없을까요? 전적으로 믿을 만한 사람이 몇 명은 있을 텐데요."

"예. 그렇게 해 보았습니다. '페레나 부인은 IRA 조직원으로, 반영국적 성향을 가진 사람'이라는 정보에서부터 시작했죠. 그건 사실입니다. 하지만 그 이상을 입증할 만한 건 아무것도 없었습니다. 우리가 원하는 그런 중요한 정보는요. 그러니 베레스퍼드 부인, 지금처럼 계속하십시오. 계속 최선을 다해 주세요."

"4일이라면…… 이제 일주일 정도밖에 안 남았잖아요."

"정확하게 일주일입니다."

터펜스가 주먹을 꽉 쥐었다.

'우린 뭔가를 찾아내야만 해! '우리'라고 하는 건 토미가 뭔가 알아냈다고 생각하기 때문이야. 그래서 그가 돌아오지 않은 거지. 토미는 실마리를 쫓고 있을 거야. 나도 뭔가 알아낼 수만 있다면 좋겠는데. 어떻게 해야 할까. 만일 내가…….'
그녀는 울상을 지으면서 새로운 형태의 공격을 계획했다.

II

"그러니까 앨버트. 이건 가능성이란 말이야."
"부인, 물론 무슨 말인지 알아들었지요. 하지만 저는요, 그 아이디어가 마음에 들지 않아요."
"잘될 수도 있어."
"예, 부인. 하지만 그건 스스로를 목표물로 드러내는 거잖아요…… 그게 마음에 들지 않아요…… 어르신도 좋아하지 않을 거고요."
"일반적인 방법은 다 써 보았어. 정체를 숨기면서 할 수 있는 건 다 해 보았단 말이야. 내가 보기에 이제 남은 방법은 정체를 드러내는 것밖에 없어."
"부인, 그렇게 하면 현 상태의 장점을 포기하는 거라는 것도 알고 계시죠?"
"오늘 오후따라 네 말투가 몹시 BBC스러운걸, 앨버트."
터펜스가 약간 화를 내면서 말했다.
앨버트는 살짝 움찔하더니 평소 말투로 되돌아가 설명했다.
"어제저녁에 연못 생태에 대한 재미있는 방송을 들어서요."

"지금은 연못의 생태에 대해 생각할 시간 없어."

"베레스퍼드 대위님은 어디 갔나요? 저도 알고 싶은데요."

"나도 그래."

터펜스는 비통하게 말했다.

"뭔가 이상해요. 말 한마디 없이 사라지다니. 지금쯤이면 벌써 연락이 오거나 나타날 때가 되었는데. 그래서……."

"무슨 소리야, 앨버트?"

"제 말씀은, 만일 대위님의 정체가 드러난 거라면 부인께서는 움직이시지 않는 게 좋겠다고요."

그는 잠시 말을 멈추고 생각을 정리한 다음 말을 이었다.

"그러니까 놈들이 대위님의 속임수를 알아차렸단 말이에요. 하지만 아직 부인에 대해서는 모를지도 몰라요. 그러니까 부인은 정체를 계속 숨기고 있는 게 좋아요."

"마음을 확실히 정해야 하는데."

터펜스가 한숨을 쉬었다.

"어떤 계획이셨던 거예요, 부인?"

터펜스는 생각에 잠겨 웅얼거렸다.

"내가 쓴 편지를 슬쩍 잃어버리려고 그랬어. 난리 법석을 부리면서 화를 많이 내는 거야. 그러고서 그게 현관에서 발견되도록 하면 하녀 비어트리스는 현관 탁자에 그걸 올려놓을 테지. 그러면 미끼를 문 누군가가 그걸 펼쳐 보지 않겠어?"

"편지에 뭐라고 쓰실 거예요?"

"뭐 대충은 목표물의 정체를 성공적으로 알아냈다는 정도. 그리고 내일 개인적으로 자세한 보고서를 올리겠다고 하는 거지. 그러면 말이야, 앨버트. N이나 M은 정체가 탄로 나는 걸 무릅쓰고서라도 나를 제거하려는 시도를 하지 않겠어?"

"예, 그리고 필시 성공할 거고요."

"내가 미리 대비를 하고 있으면 그럴 수는 없어. 아마도 나를 사람이 없는 어딘가로 유인해 내겠지. 그때 네가 나타나는 거야. 놈들은 너에 대해서 모르고 있으니까."

"그러면 제가 놈들을 추적해서, 말하자면, 현행범으로 잡는다는 말씀이시죠?"

터펜스가 고개를 끄덕였다.

"바로 그거야. 신중하게 생각해 둬야겠어. 내일 다시 만나자고."

III

터펜스는 지역 도서관에서 추천받은 책을 옆구리에 끼고 나오다가 자신을 부르는 소리에 깜짝 놀랐다.

"베레스퍼드 부인."

그녀는 홱 몸을 돌려 키가 크고 검은 머리의 젊은 청년이 호의적이지만 약간 쑥스러운 듯한 미소를 띠고 서 있는 모습을 보았다.

"저…… 혹시 절 기억 못 하십니까?"

터펜스는 이런 상황에 매우 익숙했다. 그다음에 나올 말까지도 정확하게 예측할 수 있었다.

"저는…… 아, 일전에 데버러와 함께 댁에 갔던 적이 있습니다."

데버러의 친구! 데버러는 친구가 굉장히 많았으며, 그들은 터펜스 눈에 모두 비슷비슷하게 보였다! 어떤 젊은이는 이 사람처럼 검은 머리, 어떤 젊은이는 금발, 가끔은 붉은 머리도 있었다. 하지만 터펜스가 보기에는, 유쾌하고 매너도 좋고 다 좋지만, 전부 한 틀에서 찍어 내기라도 한 것처럼 머리가 좀 길었다. (이런 말을 하면 데버러는 "엄마도 참. 지금이 1916년인 것처럼 굴지 말아요. 저는 짧은 머리는 너무 싫어요."라고 말하곤 했다.)

하필 지금 데버러의 친구에게 붙들린 것은 좀 불쾌했다. 하지만 그를 곧 떨쳐 버릴 수 있을 것이다.

"저는 앤서니 마스던이라고 합니다."

젊은이가 말했다.

"그래요, 기억이 나요."

터펜스는 거짓말을 하며 악수를 나누었다.

앤서니 마스던이 계속 말했다.

"베레스퍼드 부인, 부인을 찾아서 정말 다행입니다. 실은 제가 데버러와 같은 일을 하고 있는데요, 사실은 좀 난처한 상황이 있었습니다."

"그래요? 그게 뭐죠?"

"데버러가 부인이 뜻밖에도 콘월에 있지 않다는 사실을 알아냈습니다. 그게 부인에게는 좀 난처한 상황이지 않습니까?"

"아, 이런. 어떻게 알아냈대요?"

터펜스는 걱정스럽게 말했다.

앤서니 마스던은 수줍은 듯이 운을 뗐다.

"물론, 데버러는 부인께서 무슨 일을 하고 있는지 전혀 모릅니다."

그러고는 신중하게 말을 끊었다가 다시 이었다.

"아마도 데버러가 모르도록 하는 게 중요할 것 같아서요. 사실 제 일도 그 비슷한 것입니다. 저는 암호 부서의 신입으로 알려져 있습니다만, 제가 받은 지시는 은근히 파시스트적인 시각을 내보이는 것이랍니다. 독일식 체제에 대한 동경, 히틀러와 연합하는 것이 나쁘지 않을 것이라는 의견…… 그런 것들 말이죠. 그러고서 사람들의 대응을 살피는 거지요. 여기저기서 문제가 터지고 있으니 누가 그 중심에 있는지를 알아내기 위함입니다."

'여기저기서 문제라…….'

터펜스는 생각했다.

젊은이는 계속 말했다.

"데버러에게 부인 이야기를 듣자마자. 즉시 이곳으로 달려와서 경고를 드리려고 했습니다. 그래야 그럴싸한 구실을 만들어 내실 수 있으니까요. 실은 부인이 무슨 일을 하고 있는지 제가 알게 되었습니다. 매우 중요한 일이죠. 부인의 정체가 유출된다면 치명적인 게 당연하지 않습니까? 그래서 부인이, 스코틀랜드인지 어디인지는 모르지만, 베레스퍼드 대위가 계신 곳으로 간 것처럼 말을 맞추면 좋을 것이라고 생각했습니다. 남편과 함께 일하게 되었다고 하시면 되겠네요."

"그렇게 하면 되겠죠."

터펜스가 생각에 잠긴 채 말했다.

앤서니 마스턴이 불안해하며 물었다.

"제가 너무 나선 건 아니겠죠?"

"아니요, 아니요. 매우 고마워하고 있어요."

그러더니 앤서니는 뜬금없는 고백을 해 왔다.

"제가 실은…… 전 데버러를 매우 좋아하고 있거든요."

터펜스는 기분이 좋아져서 그를 흘깃 쳐다보았다.

너무나도 먼 과거처럼 느껴졌다. 데버러를 좋아하는 남자들이 그 아이의 쌀쌀맞은 반응에도 굴하지 않고 쫓아다니던 때가. 터펜스가 보기에, 이 젊은이는 매우 매력적이었다.

그녀는 스스로 '평화기의 사고방식'이라 부르는 생각을 접어 두고 현재의 상황에 집중했다.

잠시 후 천천히 말했다.

"남편은 스코틀랜드에 있지 않아요."

"아닙니까?"

"예, 여기에 저랑 같이 있어요. 아니, 저랑 같이 있었지요! 그런데 지금은…… 실종 상태고요."

"저런. 그거 좋지 않은데요…… 아닌가요? 뭔가 찾아내서 쫓고 계신 겁니까?"

터펜스가 고개를 끄덕였다.

"그러리라 생각하고 있어요. 그래서 그렇게 사라진 것을 나쁜 조짐이라고 생각하지 않으려고 해요. 남편은 머지않아 저에게 연락을 해 올 거예요…… 어떻게든요."

그러고는 살짝 미소를 지었다.

앤서니는 약간 당황한 듯했다.

"당연히 일이 어떻게 진행될지 잘 아시겠죠. 그래도 조심하셔야 합니다."

터펜스가 고개를 끄덕였다.

"무슨 말인지 잘 알아요. 책에 나오는 아름다운 여주인공은 쉽게 함정에 빠지죠. 하지만 토미와 저에겐 나름대로 방법이 있답니다. 우리는 슬로건도 있어요. 페니 플레인과 터펜스 컬러드('A penny plain and tuppence coloured.'라는 영국 속담을 응용한 것으로, '색깔 없는 것은 1페니, 색깔이 있는 것은 2펜스'라는 뜻에서 '겉모습이 달라도 실상은 하나(결국은 푼돈)'라는 의미가 되었음 ― 옮긴이)."

그리고 다시 한번 미소 지었다.

"뭐라고요?"

젊은이는 미친 사람을 보는 듯한 눈빛으로 그녀를 쳐다보았다.

"우리 가족들은 저를 터펜스라 부른다고 설명해 드려야겠군요."

"아, 그렇군요. 뭔가…… 기발하네요."

젊은이는 찌푸린 이마를 폈다.

"그러면 좋겠네요."

"참견하고 싶은 생각은 없습니다만…… 제가 도울 일이 없을까요?"
터펜스는 곰곰이 생각하고 입을 열었다.
"음, 어쩌면 있을 것 같군요."

12장

 오랫동안 의식을 잃었던 토미의 눈앞에 우주 공간에 떠다니는 불덩어리가 보였다. 그 중앙에는 고통이 있었다. 점점 우주가 줄어들더니 불덩어리가 점점 느리게 움직였다. 문득 그 중심에 자신의 지끈거리는 머리가 있다는 것을 깨달았다.
 천천히 다른 것을 의식하기 시작했다. 춥고 뻣뻣한 팔다리, 배고픔, 그리고 입술을 움직이지 못한다는 사실.
 불덩어리는 점점 더 느려졌…… 불덩어리는 알고 보니 바로 토머스 베레스퍼드의 머리였고, 이윽고 딱딱한 바닥에 안착했다. 엄청 딱딱했다. 느껴지기로는 돌바닥이 아닌가 싶었다.
 그렇다, 그는 딱딱한 돌바닥에 누워 심한 통증을 느끼고 있었다. 움직일 수 없는 데다 매우 배가 고팠다. 춥고 불편했다.
 페레나 부인의 하숙집 침대도 그다지 푹신하지 않았지만 분명 이 정도는…….

말할 필요도 없이 헤이독이었다! 무선 장비! 독일 출신 하인! 상수시 대문에 들어서다가…….

누군가 뒤에서 몰래 다가와 머리를 내리쳤다. 그래서 머리가 아픈 것이었다.

잘 도망쳤다고 생각했다니! 결국 헤이독은 바보가 아니었다는 뜻일까?

헤이독? 헤이독은 다시 밀수꾼의 쉼터로 돌아가 문을 닫았다. 그런데 그가 어떻게 언덕을 내려와 상수시 마당에서 자신을 기다리고 있었던 걸까?

그건 불가능했다. 그랬다면 토미가 그를 봤을 것이다.

그러면 하인? 하인을 먼저 보내서 대기시켰던 것일까? 하지만 현관 복도를 지나올 때 살짝 열린 부엌 문으로 애플도어를 보지 않았던가? 혹시 그게 상상이었던 건가? 어쩌면 그럴지도 몰랐다.

어쨌든 이제 그런 건 아무런 상관없었다. 지금 해야 할 일은 자신이 어디에 있는지를 알아내는 것이다.

어둠에 익숙해진 눈에 작은 사각형 모양의 희미한 불빛이 보였다. 창문 아니면 작은 창살이었다. 차가운 공기에서 곰팡이 냄새가 났다. 지하실에 누워 있는 모양이었다. 손과 발이 묶여 있었고 입에 물린 재갈은 붕대로 고정되어 있었다.

'내가 제대로 당한 것 같네.'

조심스럽게 몸과 팔다리를 움직이려고 했지만 뜻대로 되지 않았다.

그 순간 뒤쪽 어딘가에 있는 문이 작은 끼익 소리를 내며 열렸다. 촛불을 든 사내가 들어와 초를 바닥에 내려놓았다. 그 사람이 애플도어라는 것을 알 수 있었다. 애플도어는 사라지더니 다시 물병, 잔 그리고 빵과 치즈가 담긴 쟁반을 들고 나타났다.

그는 몸을 구부려서 토미의 팔다리를 묶은 줄을 당겨 보고는 재갈을 만져 보았다.

이윽고 조용히 침착한 목소리로 말했다.

"이걸 벗겨 주겠다. 그러면 먹고 마실 수 있어. 하지만 약간이라도 소리를 낸다면 즉시 다시 묶어 주지."

토미는 고개를 끄덕이려 했지만 불가능했다. 그래서 대신에 여러 번 눈을 껌뻑였다.

애플도어는 이것을 동의라고 받아들이고 조심스럽게 붕대를 풀었다.

입이 자유로워지자 토미는 한참 동안 턱을 풀었다. 애플도어가 물잔을 입술에 갖다 대 주었다. 처음에는 물을 마시는 게 힘들었지만 점점 편해졌다. 물을 마시니 살 것 같았다.

토미가 뻣뻣한 혀로 웅얼거렸다.

"이제 좀 낫군. 나도 예전 같지 않단 말이야. 그러면 이제 먹을 것을, 프리츠…… 아니 프란츠던가?"

사내는 조용히 말했다.

"여기서 내 이름은 애플도어야."

그가 빵과 치즈를 들어 주었고 토미는 게걸스럽게 받아먹었다.

식사 후 물을 마시면서 토미가 물었다.

"자, 이제 다음 예정은 뭐지?"

대답 대신 애플도어는 다시 재갈을 집어 들었다.

토미가 재빨리 말했다.

"헤이독 중령을 만나고 싶어."

애플도어는 고개를 저었다. 그는 재빠르게 재갈을 다시 물리고 나가 버렸다.

토미는 어둠 속에서 생각에 잠겼다. 설핏 잠이 들려 하는 찰나, 문이 다시 열리는 소리에 깼다. 이번에는 헤이독과 애플도어가 같이 들어왔다. 그들이 재갈을 풀어 주고 팔을 묶은 줄을 느슨하게 해 줘서 일어나 앉아 팔을 뻗을 수 있었다.

헤이독은 손에 자동 권총을 들고 있었다.

토미는 그다지 확신을 갖지 못한 채로 연기를 시작했다. 짐짓 화가 난 척 말했다.

"이거 봐요, 헤이독 중령님. 이게 다 무슨 일이죠? 제가 꼭…… 납치당한 것 같잖아요……."

중령은 부드럽게 고개를 저었다.

"애쓰지 마. 가치 없는 일이야."

"당신이 우리 정보부 요원이라는 이유만으로……."

이번에도 상대방은 고개를 저었다.

"아니야, 아니야. 메도스. 자네는 그 이야기를 믿지 않았어. 이제 믿는 척할 필요 없다고."

토미는 낭패한 기색을 보이지 않았다. 상대방에게 그런 확신이 있을 리 없었다. 계속 잡아뗀다면······.

"도대체 당신이 뭐나 된다고 생각하는 거예요? 당신의 권력이 얼마나 되는지 몰라도 이렇게 할 권리는 없어요. 난 어떤 중대한 비밀이라도 지킬 수 있단 말이에요!"

상대방이 차갑게 말했다.

"자네도 맡은 역할을 잘 소화하고 있군. 하지만 자네가 영국 정보부 일원이든 아니든, 혹은 단순히 촐랑거리는 아마추어든 나한테는 중요치 않아."

"이런 저주받을 뻔뻔한······!"

"그만해, 메도스."

"내가 말하지만······."

헤이독이 위협적인 얼굴을 앞으로 내밀었다.

"조용히 해, 이 자식아. 아까까진 네놈이 누구인지, 누가 너를 보냈는지 알아내는 게 중요했지만 이제는 상관없어. 시간이 없다고. 또 네놈은 알아낸 사실을 아무에게도 보고할 겨를이 없었겠지."

"실종 신고가 들어가면 경찰이 나를 찾을 거예요."

헤이독은 갑자기 이를 내보이면서 웃었다.

"오늘 저녁에도 경찰이 왔지. 좋은 경찰들이야······ 둘 다 내 친구들이지. 메도스 씨에 대해 물어보더라고. 실종 사건에 무척 신경 쓰는 눈치더군. 그날 저녁 네놈이 어땠는지, 무슨 말을 했는지 말이야. 하지만 상상도 못 했을걸. 어떻게 그럴 수 있겠어? 자신들이 찾는 사람이 바로 발밑에 있다는 사실을 말이야. 네놈이 그날 이곳을 멀쩡히 걸어 나갔다는 사실은 너무나 분명하다고. 다시 여기서 네놈을 찾을 생각은 전혀 못 하고 있지."

"여기에 나를 영원히 가둬 둘 수는 없을걸."

토미가 격분해서 말했다.

헤이독은 어느새 다시 매우 영국인다운 태도로 돌아가서 말했다.

"이보게, 그럴 필요는 없을 거네. 내일 저녁까지만 가둬 두면 돼. 내 집 앞 작은 만으로 배가 들어오도록 되어 있거든. 그러면 자네 건강을 위해 여행을 보내 줄 거야. 하지만 목적지에 도착했을 때 자네가 살아 있거나 배 위에 있을 거란 생각은 안 드는군."

"왜 당장 내 머리를 날려 버리지 않는 거지?"

"이보게, 날씨가 너무 덥잖나. 가끔씩 해상 통신이 방해를 받기도 하지. 만일 그런 일이 일어났을 때 근처에서 시체가 발견된다면 그건 우리의 존재를 광고하는 셈이 아니겠나?"

"그렇군."

정말 그랬다. 모든 것은 명확했다. 배가 들어올 때까지 자신을 살려 둘 것이다. 그다음엔 죽이거나 약을 먹여서 시체를 바다로 가지고 갈 셈이다. 시체가 발견된다 해도 밀수꾼의 쉼터와 연결 지을 증거는 아무것도 없을 것이다.

헤이독은 짐짓 천연덕스럽게 말을 이었다.

"그냥 내려와 본 거야. 자네를 위해 해 줄 만한 것이 있을까 싶어서…… 일이 다 끝난 다음에 말이야."

토미가 심사숙고 끝에 대답했다.

"고맙군. 하지만 나는 머리카락을 잘라서 세인트존스우드의 여인에게 갖다 달라느니 그런 부탁을 할 생각은 없어. 월급날이 되면 그녀도 나를 그리워할 테지만 어딘가에서 또 다른 친구를 찾겠지."

그는 무슨 일이 있어도 자신이 단독으로 일했다는 인상을 남겨야 한다고 생각했다. 만일 터펜스가 의심받지 않는다면 이번 작전에 승산이 있었다. 더 이상 그가 참여하는 건 무리겠지만.

헤이독이 말했다.

"좋으실 대로. 만일 자네…… 친구한테 메시지를 보내고 싶다고 하면 우리가 확실히 배달해 줄 텐데 말이야."

그랬다. 중령은 미지의 인물 메도스 씨에게서 어떤 정보라도 캐내기 위해 안간힘을 쓰는 중이었다. 잘됐다, 그렇다면 토미는 그가 계속 궁금해하도록 내버려 둘 것이다.

토미는 고개를 저었다.

"아무것도 없어."

"좋아."

짐짓 무심한 표정으로 헤이독은 애플도어에게 고개를 끄덕였다. 애플도어는 다시 토미의 손을 묶고 재갈을 물렸다. 두 남자는 나가면서 문을 잠갔다.

토미는 혼자 남아 생각에 잠겼다. 도저히 기운이 나지 않았다. 그는 곧 죽음을 맞이하게 될 것이고, 자기가 발견한 사실에 대한 단서를 남길 방법도 없었다.

꼼짝할 수가 없었다. 머리도 활동을 멈춘 것만 같았다. 메시지를 전달해 주겠다는 헤이독의 제안을 활용할 수 있을까? 만일 머리가 좀 더 잘 돌아간다면…… 하지만 도무지 신통한 생각이 떠오르지 않았다.

물론 아직 터펜스가 있었다. 하지만 터펜스가 무엇을 할 수 있을까? 헤이독이 말했던 대로 토미의 실종을 두고 그를 의심하지는 않을 것이다. 토미는 살아서 밀수꾼의 쉼터를 걸어 나갔다. 두 증인이 그걸 확인해 줄 것이다. 터펜스가 누구를 의심하든 간에 헤이독은 아닐 것이다. 어쩌면 전혀 의심하지 않을 것이다. 그저 자신이 뭔가 단서를 발견해서 추적 중이라고 생각할 수도 있었다.

젠장. 좀 더 조심했더라면…….

지하실에는 빛이 거의 없었다. 한쪽 구석 높은 곳에 있는 창살을 통해서 들어올 뿐이었다. 재갈만이라도 풀 수 있다면 소리를 질러 도움을 구할 수도 있을 것이다. 가능성은 높지 않았지만 누군가가 그 소리를 들을지도 모른다.

그다음 30분 동안 토미는 몸에 힘을 주어 팔다리를 묶은 줄을 느슨하게 해 보려 했다. 재갈을 이리저리 물어뜯기도 했다. 모든 것이 허사였다. 묶은 솜씨가 제대로였다.

시간은 늦은 오후쯤일 것 같았다. 헤이독은 외출했을 것이다. 위층에서는 아무런 소리도 나지 않았다.

헤이독은 골프를 치고 있거나 클럽하우스에서 메도스에게 무슨 일이 일어났는지를 주제로 수다를 떨고 있을지도 모른다, 빌어먹을!

"엊그제 나랑 저녁을 먹었지. 그때만 해도 아무렇지도 않았는데, 행방 불명이 되었구먼."

토미는 분노가 치밀어 올랐다. 그 친절한 영국식 태도라니! 왜 아무도 헤이독의 둥그런 프러시아식 두상을 알아보지 못한 걸까? 하긴 그 자신도 알아차리지 못했다. 그는 일류 배우였다.

결국 처절하게 실패한 토미는 여기 닭고기처럼 묶여 있었다. 아무도 그가 어디 있는지를 몰랐다.

터펜스가 조금만 추리력을 발휘해 준다면! 그녀가 낌새를 챌지도 모른다. 터펜스는 가끔 초인적인 통찰력을 발휘하기도 했다…….

응? 방금 그게 뭐였지?

멀리서 들려오는 소리에 귀를 귀울였다.

누군가가 노래를 흥얼거리는 소리였다.

하지만 그 와중에도 토미는 아무런 소리를 낼 수도, 주의를 끌 수도 없었다.

흥얼거리는 소리가 점점 가까워졌다. 심한 음치였다.

하지만 무슨 노래인지 알 수 있었다. 지난 전쟁 때의 노래였다. 이번 전쟁을 계기로 다시 유행하는 것 같았다.

"만일 당신이 세상의 유일한 여자라면 나는 유일한 남자이리."

1917년엔 그 노래를 얼마나 자주 흥얼거렸던가.

이 친구는 정말 심했다. 왜 전혀 음정이 맞지 않는 거지?

갑자기 몸이 팽팽하게 긴장되었다. 반복되는 특정한 실수가 이상하게 귀에 익숙했다. 저 부분을 부를 때마다 저런 식으로 틀리는 사람은 딱 한 명밖에 없었다!

'앨버트! 이런 맙소사!'

토미가 생각했다.

앨버트가 밀수꾼의 쉼터 주변을 어슬렁거리고 있었다. 앨버트가 아주 가까이 있는데, 자신은 묶인 채로 손발을 움직이긴커녕 소리조차 낼 수 없다.

잠깐. 정말 그럴까?

딱 한 가지 소리를 낼 순 있었다. 입을 열고 있을 때만큼 쉽진 않지만 가능했다.

절박한 심정으로 토미는 코를 골기 시작했다. 눈을 감았다. 혹시라도 애플도어가 내려오면 잠자고 있었던 걸로 가장할 수 있도록. 그리고 계속해서 코를 골았다…….

짧게, 짧게, 짧게. 잠시 쉬었다가…… 길게, 길게, 길게. 다시 쉬었다가…… 짧게, 짧게, 짧게…….

II

터펜스와 헤어진 앨버트는 크게 상심했다.

세월이 흘러가면서 머리 회전은 점점 느려졌지만 대신 아주 집요해졌다.

전반적으로 일이 돌아가는 상황이 매우 잘못된 것 같았다.

'독일 놈들이란…….'

앨버트는 우울하게 생각에 잠겼다. 딱히 적의는 없었다. 하지만 '하일 히틀러'라고 외치면서 다리 뻗어 행진이나 하고, 세계를 침략하며 폭격과 기관총질을 일삼는 놈들, 세상에 해악을 끼치는 놈들. 놈들을 막아야 했다. 그건 분명했다. 하지만 여태까지 누구도 그들을 막는 데 성공하지 못했다.

그리고 이제 베레스퍼드 부인이, 무척이나 사람 좋은 그 부인이 곤경에 처했고, 앞으로 더 큰 곤경에 처하려 하고 있었다. 어떻게 그녀를 말릴 수 있을 것인가? 그럴 수 있을 것 같지 않았다. 5열 놈들은 무척이나 악질적인 놈들임이 틀림없었다. 게다가 일부는 영국 태생이랬다! 망신이다!

게다가 주인어른은…… 언제나 부인의 무모한 행동을 말려 주었던 주인어른이 사라졌다.

앨버트는 지금 상황이 마음에 들지 않았다. '그 독일 놈들'이 이 일의 배후에 있는 것 같았다.

그렇다. 아무리 봐도 상황이 좋지 않았다. 제대로 꼬인 일을 넘겨받은 것 같았다.

앨버트는 논리적인 추론에 익숙하지 않았다. 대부분의 영국 사람들이 그렇듯이 그는 일단 어떤 감정으로 확 기운 후에 어떻게든 문제가 해결될 때까지 그럭저럭 헤쳐 나가는 유형이었다. 주인어른을 찾아야 한다고 결심한 앨버트는 충직한 개처럼 그를 찾아 나섰다.

그는 계획을 세우고 움직이는 사람이 아니었다. 대신 아내의 잃어버린 가방이나 자신의 안경을 찾았던 방식을 적용해 보기로 했다. 다시 말해, 없어진 물건을 마지막으로 보았다는 장소로 가서 수색을 시작한 것이다.

이번 경우, 토미에 대해 마지막으로 알려진 내용은 헤이독 중령과 함께 밀수꾼의 쉼터에서 식사를 하고, 상수시로 돌아와 대문에 들어섰다는 것이었다.

앨버트는 들은 대로 상수시 대문까지 언덕을 걸어 올라가서 혹시나 하는 기대를 안고 5분쯤 대문을 바라보았다. 그럴듯한 생각이 전혀 떠오르지 않자 한숨을 쉬고 천천히 밀수꾼의 쉼터까지 걸어 올라갔다.

앨버트는 그 주에 오네이트 극장에 영화를 보러 간 일이 있었다. 「방랑 음유시인」이라는 그 영화의 주제곡이 매우 마음에 들었다. 정말 낭만적이었다! 문득 영화 줄거리가 자신이 빠져 있는 상황과 너무 비슷하다는 생각이 들었다. 앨버트는 영화 속 영웅 래리 쿠퍼처럼 갇혀 있는 주인을 찾아 나선 충직한 블롱델이었다. 블롱델이 그랬듯이 그도 왕년에 주인을 도와 같이 싸웠다. 이제 그의 주인은 반역자의 배신으로 곤경에 처했고, 주인을 사랑하는 베렝가리아 여왕의 품으로 돌아가도록 도와줄 사람은 블롱델뿐이었다.

앨버트는 한숨을 쉬다가 「리샤르, 오 몽 로아 ('리처드, 오 나의 왕'이라는 뜻—옮긴이)」을 들으며 긴장이 풀리던 것을 기억했다. 충직한 음유시인이 망루 사이를 헤매며 감정을 실어 읊조리던 노래였다.

음치인 것이 유감이었다.

앨버트는 곡조를 익히기까지 시간이 오래 걸렸다.

입술을 휘파람을 불듯이 모았다.

이건 흘러간 옛 노래를 다시 부른 것이라고 했다.

"만일 당신이 세상에 유일한 여자라면 나는 유일한 남자이리."

앨버트는 멈춰 서서 밀수꾼의 쉼터의 새롭게 칠해진 하얀 대문을 살폈다. 여기였다. 여기서 주인어른이 저녁을 먹은 것이다.

좀 더 언덕을 올라갔다가 다시 내려왔다.

아무것도 없었다. 풀과 양 몇 마리 말고는 아무것도 없었다.

밀수꾼의 쉼터 대문이 열리고 차가 빠져나왔다. 골프 바지 차림의 덩치 큰 남자가 차에 골프채를 싣고 언덕을 내려가기 시작했다.

"저게 헤이독 중령인가 보군. 맞을 거야."

앨버트는 짐작했다.

다시 언덕을 내려가면서 밀수꾼의 쉼터를 노려보았다. 작고 깔끔한 집이었다. 정원이 멋있고. 전망도 좋았다.

별 생각 없이 건물을 바라보며「너에게 멋진 칭찬을 해 줄 텐데」라는 노래를 흥얼거렸다.

그런데 그 순간, 집의 옆문으로 한 사내가 괭이를 들고 나오더니 작은 문을 지나쳐 시야에서 사라졌다.

뒷마당에 한련화(꽃과 잎을 향신료로 쓴다 — 옮긴이)와 약간의 상추를 기르는 앨버트는 즉시 흥미를 느끼고 더 가까이 다가가서 열린 대문으로 들어갔다. 그래, 여긴 정말 작고 깔끔한 집이로군.

천천히 주변을 돌았다. 조금 아래쪽에 계단으로 이어진 평평한

뜰에서 채소가 자라고 있었다. 집에서 나온 사내는 뜰에서 매우 바쁜 모양이었다.

앨버트는 몇 분 동안 그를 흥미롭게 지켜보았다. 그러고는 집을 살피기 위해 몸을 돌렸다.

다시 한번 그 '작고 깔끔한 집'을 둘러보았다. 은퇴한 해군 신사가 가질 만한 집이었다. 그날 저녁 주인어른은 여기서 저녁을 먹었다.

앨버트 천천히 주변을 돌며 상수시의 대문에서 그랬듯 집을 살폈다. 마치 집이 뭔가를 말해 주길 바라는 것처럼.

돌아다니면서 혼자서 흥얼거렸다. 주인을 찾는 20세기의 블롱델.

"즐거운 일들이 많을 거야. 너에게 멋진 칭찬을 해 줄 텐데. 즐거운 일들이 많을 거야……."

어딘가 틀린 것 같았다. 전에도 이 부분을 흥얼거려 본 적이 있는데.

이런, 이상하네. 중령이 돼지도 키우나?

길게 쿵쿵거리는 소리가 들렸다. 이상하네…… 꼭 지하에서 들리는 것 같은데. 돼지를 지하에 두다니 정말 이상하잖아.

돼지일 리가 없다. 그럴 리가 없다. 이건 누가 잠깐 눈을 붙이고 있는 거다. 지하실에서 눈을 붙이는 건, 그러니까…….

잠을 자기엔 적당한 날씨이지만 장소가 이상했다. 앨버트는 콧소리로 흥얼거리며 가까이 다가갔다.

저기서 소리가 나는구나…… 저 작은 격자창에서. 쿵, 쿵, 쿵, 쿠울. 쿠울. 쿠울……… 쿵, 쿵, 쿵. 이상한 코 고는 소리야. 뭔가 생각이 날 것도 같은데…….

"맙소사! 바로 그거였어. SOS! 돈돈돈, 쓰쓰쓰, 돈돈돈."

앨버트는 주변을 재빨리 훑어 보았다.

그러고는 무릎을 꿇고 지하실에 난 작은 창문의 쇠창살을 부드럽게 두들겨 메시지를 보냈다.

13장

 터펜스는 낙관적인 마음을 먹고 침대에 들었지만 근심에 싸인 사람들이 으레 그렇듯이 이른 새벽에 잠에서 깨었다.
 하지만 아침 식사를 하러 내려와 접시에 놓인 편지를 발견하고는 기분이 좋아졌다. 겉봉에는 지나치게 왼쪽으로 기울여 쓴 글씨로 주소가 적혀 있었다.
 이것은 더글러스, 레이먼드나 시릴이 보낸 것이 아니었다. 항상 때맞춰 도착하는 위장 서신도 아니었다. 위장 서신은 오늘 아침 도착한 밝은색의 본조 엽서였다. 거기엔 이렇게 휘갈겨져 있었다. '그동안 편지 안 써서 미안. 나는 잘 지내, 모디.'
 터펜스는 엽서를 제쳐 놓고 편지를 뜯었다.

패트리샤에게

유감스럽게도 그레이시 이모의 상태가 오늘 더욱 안 좋아졌어. 의사들은 위독하다고 드러내 놓고 말하진 않지만 이제 희망이 별로 없는 것 같아. 돌아가시기 전에 뵙고 싶다면 오늘 오는 게 좋을 것 같아. 애로행 10시 20분 기차를 타게 된다면 친구 한 명이 차를 타고 마중을 갈 거야.

그리 좋은 일로 만나는 건 아니지만 너를 만날 것을 고대할게.

사랑을 담아서
페넬로페 플레인

터펜스는 기쁨을 감추려고 노력했다.

페니 플레인!

터펜스는 애도하는 얼굴을 유지하려 무진 애를 썼다. 그러고는 편지를 내려놓으면서 크게 한숨을 쉬었다.

공감해 주는 두 청중 오로크 부인과 민턴 양이 옆에 있어, 편지 내용을 공개했다. 그레이시 이모가 불굴의 의지로 공습 위험에도 흔들리지 않았던 분인데 이제 질병으로 쓰러지게 되었다고 되는대로 늘어놓았다. 민턴 양은 그레이시 이모의 병명에 대해 궁금해하면서 자신의 사촌 셀리나가 겪었던 질병과 비교하고 싶어 했다. 터펜스는 수종과 당뇨 사이에서 잠시 갈등했지만 결국 신장 합병증으로 타협을 보았다. 오로크 부인은 터펜스가 나이 든 이모의 죽음으로 금전적으로 이득을 보게 될 것인지에 뜨거운 관심을 나타났다. 그래서 시릴이 그녀가 가장 좋아했던 조카 손자이고, 그레이시 이모는 그 아이의 대모라는 사실을 밝혀야 했다.

아침 식사 후에 터펜스는 재단사에게 전화를 걸어서 오후에 계획되어 있던 코트와 스커트의 가봉을 취소했다. 그리고 페레나 부인을 찾아서 하루나 이틀 정도 돌아오지 않을 것이라 말했다.

페레나 부인은 언제나 그렇듯이 뻔한 반응이었다. 아침부터 무척 피곤해 보인다 싶더니 성가시다는 듯 짜증을 냈다.

"메도스 씨에게선 아무런 소식이 없어요. 정말 이상하지 않아요?"

"진짜로 사고가 난 게 틀림없어요. 제가 누누이 말했잖아요."

블렌킨솝 부인이 한숨을 쉬었다.

"하지만 블렌킨솝 부인, 사고라면 지금쯤 누군가가 신고를 하지 않았겠어요?"

"글쎄요. 그럼 뭐라고 생각하세요?"

터펜스가 묻자, 페레나 부인은 고개를 저었다.

"뭐라고 말해야 할지 저도 정말 모르겠어요. 자신의 의지로 사라졌다고 볼 수는 없을 것 같아요. 그랬다면 지금쯤 소식을 전해 올 테니까."

블렌킨솝 부인이 따뜻하게 말했다.

"애초부터 그렇게 생각한 사람은 없었어요. 저 끔찍한 블레츨리 소령이 먼저 이상한 소리를 시작했죠. 그건 아닐 거고요, 사고가 아니면 기억상실증일지 몰라요. 기억상실증은 알려진 것보다 훨씬 흔한 일이죠. 특히 지금과 같이 스트레스가 많은 시기엔 말이에요."

페레나 부인은 고개를 끄덕였다. 그녀는 의심스럽다는 표정을 지으면서 입술을 오므리고는 터펜스에게 슬쩍 시선을 던졌다.

"저기 있죠, 블렌킨숍 부인. 우리 알고 보면 메도스 씨에 대해서 아는 게 별로 없지 않아요, 안 그런가요?"

터펜스가 날카롭게 물었다.

"무슨 말이죠?"

"심각하게 받아들이진 마세요. 저는 한 번도 믿은 적이 없어요."

"뭘 믿지 않는데요?"

"사람들이 하는 이야기요."

"무슨 이야기죠? 저는 들은 게 없는데요."

"아니…… 글쎄나…… 사람들이 부인에게는 말해 주지 않았을지도 몰라요. 어떻게 시작되었는지도 정말 모르겠어요. 처음엔 아마 케일리 씨였나. 물론 그 사람도 좀 의심스럽긴 하네요. 무슨 말인지 아시죠?"

터펜스는 속이 터졌지만 꾹 참고 말했다.

"말씀해 주세요."

"그냥 사람들이 하는 말이에요. 메도스 씨가 적국 요원이라는군요. 무시무시한 5열의 한 사람이래요."

터펜스는 블렌킨숍 부인이 할 법한 한도 내에서 최대한 화를 냈다.

"그런 엉터리 이야기는 처음 들어 봐요!"

"그래요. 저도 그게 사실이라고는 생각하지 않아요. 하지만 메도스 씨는 그 독일 청년과 자주 함께 있었고, 그가 연구하는 화학 공정에 대해서도 질문을 많이 했잖아요. 그래서 사람들은 그 두 사람이 한편이었을지도 모른다고 생각하나 봐요."

터펜스가 말했다.

"칼 본 데님에 대해서는 의심의 여지가 없다고 생각하시죠? 그렇죠, 페레나 부인?"

상대방 여인의 얼굴에 순간적인 뒤틀림이 있었다.

"저도 그게 사실이 아니었으면 해요."

터펜스가 부드럽게 말했다.

"불쌍한 실라."

페레나 부인의 눈에 눈물이 비치는 듯했다.

"불쌍한 것. 가슴이 무너졌을 거예요. 왜 이런 일이 일어난 걸까요? 딸아이는 왜 하필 그 사람을 마음에 두어야 했을까요?"

터펜스가 고개를 저었다.

"현실은 원하는 대로 이루어지지 않죠."

페레나 부인은 깊고 쓸쓸한 목소리로 말했다.

"그 말이 맞아요. 슬픔, 고통, 재와 먼지일 뿐이죠. 사람의 가슴을 찢는 일뿐이에요. 나는 세상의 잔인함에…… 부당함에 질렸어요. 정말 다 깨부숴 버리고 싶어요. 맨땅에서부터 다시 시작하고 싶다고요. 난 이런 법이나 규칙, 국가의 횡포 따위가 없는 곳에서 살고 싶어요. 나는……."

기침이 페레나 부인의 말을 가로막았다. 목구멍 깊은 곳에서 올라오는 기침이었다. 오로크 부인이 문간에 서 있었다. 그녀의 커다란 덩치가 문을 완전히 가렸다.

오로크 부인이 물었다.

"제가 방해가 되었나요?"

칠판을 지우개로 지운 것처럼, 페레나 부인의 격렬한 감정은 얼굴에서 흔적도 없이 사라졌다. 문제를 일으키는 하숙생을 걱정하는 하숙집 주인의 표정만이 남아 있었다.

"오, 아니에요, 오로크 부인. 그냥 메도스 씨가 어떻게 되었는지에 대해 이야기하고 있었어요. 경찰이 아직도 그를 못 찾는 게 놀랍다면서요."

오로크 부인은 금세 경멸 조가 되었다.

"아, 경찰! 경찰이 무슨 도움이 되겠어요? 도움이 안 돼요, 전혀요! 자동차에 딱지를 떼거나 애완견 허가가 없는 불쌍한 사람들을 못살게 구는 거 말고 할 줄 아는 게 없잖아요."

"오로크 부인은 어떻게 생각하세요?"

터펜스가 물었다.

"사람들이 하는 이야기를 못 들으셨나요?"

"그가 파시스트이고 적국의 요원이라는 거요? 들었죠."

터펜스가 차갑게 대답했다.

오로크 부인이 신중하게 말했다.

"지금 생각하니 사실일 수도 있겠다 싶어요. 그 사람은 처음부터 왠지 모르게 흥미를 끄는 부분이 있었어요. 나는 그 사람을 주시하고 있었답니다."

그러고는 터펜스를 똑바로 보며 미소를 지어 보였다. 오로크 부인의 미소가 늘 그렇듯이 왠지 무시무시한 느낌을 주었다. 괴물 오거의 미소가 따로 없었다.

"그 사람은 사업에서 은퇴해 하릴없이 여기로 흘러든 사람처럼 보이지 않았어요. 내 눈엔 그가 뚜렷한 목적을 가지고 이곳에 온 것 같았죠."

"그리고 경찰이 그에 대해 수사를 시작하자 도망갔다, 그건가요?"

터펜스가 물었다.

"그런지도 모르죠. 페레나 부인 생각은 어떠세요?"

오로크 부인이 페레나 부인에게 질문을 넘겼다.

"저는 잘 모르겠어요. 이렇게 성가신 일은 처음이에요. 사람들이 그 이야기만 하잖아요."

페레나 부인은 한숨을 쉬었다.

"이야기로 피해 보는 사람은 아무도 없어요. 사람들은 지금도 테라스에서 이런저런 추측을 주고받으며 즐거워하죠. 결국 사람들은 그 조용하고 얌전한 남자가 우리 모두가 자고 있을 때 폭탄을 터뜨릴 작정이었다고 결론 내릴 거예요."

"그래서 오로크 부인은 어떻게 생각하시는데요?"

터펜스의 물음에 오로크 부인은 다시 미소를 지었다. 조금 전과 같이 느리고 위협적인 미소였다.

"제 생각에는 그 사람이 어딘가 안전한 곳에 있을 것 같아요. 매우 안전한……."

터펜스가 생각했다.

'알고 있다면 저렇게 말할 수도 있겠지……. 하지만 당신이 생각하는 그런 곳엔 없어!'

터펜스는 준비를 하기 위해 방으로 들어갔다. 베티 스프롯이 케일리 부부의 침실에서 뛰어나왔다. 아이는 장난기 넘치는 개구쟁이의 미소를 띠고 있었다.

"우리 말괄량이, 무슨 일을 하고 있었니?"

터펜스가 물었다.

"거위야, 거위야, 어디 가따 왔니……?"

베티가 혀 짧은 소리로 대답했다.

"어디로 가 볼까? 위층!"

터펜스는 노래를 부르며 베티를 머리 위로 높이 들어 올렸다.

"아래층!"

그러곤 다시 베티를 바닥에 내려놓았다.

그때 스프롯 부인이 나타나는 바람에 베티는 산책을 위해 옷을 갈아입으러 돌아가야 했다.

"수머? 수머?"

베티의 말은 터펜스에게 바라는 게 있는 것처럼 들렸다.

"지금은 숨바꼭질하는 게 아니야."

스프롯 부인이 말했다.

터펜스는 방으로 들어가서 모자를 썼다. (성가시게 모자를 써야 하다니. 터펜스 베레스퍼드는 모자를 쓰지 않았다. 하지만 패트리샤 블렌킨솝이라면 모자를 쓸 것 같았다.)

잠깐, 누군가가 모자 장에 있는 모자의 위치를 바꾸어 놓았다. 누가 그녀의 방을 뒤졌을까? 하지만 뭐 얼마든지. 순진한 블렌킨솝 부인의 소지품 중 의심스러운 물건은 찾을 수 없었을 것이다.

그녀는 페넬로페 플레인의 편지를 옷장 위에 보기 좋게 올려놓고 아래층으로 내려가 집을 나섰다.

대문을 나선 것이 10시였다. 시간이 많았다. 하늘을 올려다보다가 대문 옆 시꺼먼 웅덩이에 발이 빠졌지만 알아차리지 못하고 계속 걸어갔다.

심장이 심하게 춤을 췄다. 성공, 성공…… 그들은 성공할 것이었다.

II

애로는 마을에서 제법 떨어져 있는 작은 시골 기차역이었다.

역 바깥에 차가 기다리고 있었다. 잘생긴 젊은 남자가 운전대를 잡고 있었다. 챙 달린 모자를 만지며 터펜스에게 인사하는 품이 몹시 부자연스러웠다.

터펜스는 못 미덥다는 듯이 오른쪽 타이어를 걷어찼다.

"바람이 너무 빠진 거 아니에요?"

"멀리 갈 건 아닙니다, 부인."

그녀는 고개를 끄덕이고 차에 올랐다.

두 사람은 마을을 향해 차를 모는 대신 다운스를 향해 차를 몰았다. 꾸불꾸불한 길을 따라 언덕을 올라간 후 곁길로 들어서는가 싶더니 어느새 바위 사이 으슥한 곳에 도착했다. 야트막한 덤불 그림자에서 한 사람이 나와 그들에게 다가왔다.

차가 멈추고 터펜스는 밖으로 나와 앤서니 마스던과 만났다.

그가 재빨리 입을 열었다.

"베레스퍼드 씨는 괜찮습니다. 어제 소재를 파악했습니다. 지금은 잡혀 있습니다. 놈들이 그를 잡았죠. 그럴 만한 사정이 있어서 앞으로 열두 시간 정도는 거기 그대로 있을 겁니다. 그 후에 보트가 특정 지점으로 오게 되어 있습니다. 꼭 그 배를 잡아야만 합니다. 그래서 베레스퍼드 씨를 구하지 않고 그대로 둔 거지요. 최후의 순간까지 아무 행동도 해선 안 됩니다."

그는 불안한 듯 터펜스를 바라보았다.

"이해하시죠?"

"그럼요, 물론이죠!"

터펜스는 나무 사이에 반쯤 숨겨져 있는 수상한 더미를 쳐다보았다. 캔버스 천에 싸인 뭔가가 뒤엉켜 있었다.

"남편분은 무조건 괜찮으실 겁니다."

젊은 남자가 진지하게 말했다.

"토미는 물론 괜찮을 거예요."

터펜스는 황급히 덧붙였다.

"나도 한두 살짜리 어린애는 아니니까요. 우린 둘 다 모험을 감수

할 준비가 되어 있어요. 저기 있는 저건 뭐죠?"

젊은이가 망설였다.

"글쎄요…… 바로 그거랍니다. 부인에게 어떤 제안을 하라는 지시를 받았습니다. 하지만…… 솔직히 말씀드려서 저는 그렇게 하고 싶지 않습니다."

터펜스는 차가운 눈초리로 그를 노려보았다.

"왜 싫은 거죠?"

"그건…… 난감하네요. 부인이 데버러의 어머니이기 때문이죠. 그리고 또…… 데버러가 알면 뭐라고 하겠습니까, 만일……."

"만일 내 목숨이 위험해지면 말이죠? 만약 내가 당신이라면, 그 아이에게 아무런 말도 하지 않겠어요. 이 경우엔 모르는 게 약이라는 말이 어울리죠."

그녀는 친절하게 그에게 미소 지었다.

"이봐요, 지금 어떤 기분인지 충분히 알 수 있어요. 이건 당신과 데버러를 위해서도 좋은 일이에요. 보통 젊은 사람들은 모험을 하고 중년은 보호받아야 한다는 게 일반적인 생각이죠. 그건 다 헛소리예요. 만일 누군가 죽어야 한다면 중년인 쪽이 좋아요. 이미 인생의 좋았던 시간을 지나왔으니까요. 어쨌든, 내가 데버러 엄마라고 해서 보호해 줘야 한다는 듯이 쳐다보지 말아요. 그리고 내가 해야 할 위험하고 불쾌한 일이 뭔지나 말하라고요."

"그거 아십니까? 부인은 대단하십니다. 정말로 대단합니다."

젊은이는 감명을 받은 듯했다.

"칭찬은 그만둬요. 나도 내가 대단하다고 생각해요. 굳이 당신까지 떠벌릴 필요는 없어요. 그러면 계획은 뭐죠?"

앤서니는 뭉쳐져 있는 덩어리를 가리키면서 말했다.

"저건 낙하산 잔해입니다."

"아하."

터펜스가 말했다. 눈동자가 반짝거렸다.

마스던이 말을 계속했다.

"혼자 고립되어 멀리 떨어진 낙하산 부대원이 있었습니다. 운 좋게도 근처 지역 방위군들이 제법 머리가 좋았던 모양입니다. 낙하한 여자는 지역 방위군에게 발견되어 붙잡혔습니다."

"여자요?"

"예, 여자였죠! 병원 간호사복을 입은 여자였습니다."

"수녀가 아닌 게 유감이네요. 버스에 탄 수녀들이 돈을 낼 때 털이 북실북실한 근육질 팔이 보인다는 이야기가 많아서요."

"어쨌든 그녀는 수녀도 아니고 여장 남자도 아니었습니다. 중키에 중년 정도로 보이고 검은색 머리에 다부진 사람이었습니다."

"그렇다는 건 저와 비슷한 여자였다는 거군요?"

"정확하십니다."

"그래서요?"

마스던이 천천히 대답했다.

"그다음은 부인의 몫입니다."

터펜스가 미소 지었다.

"무슨 말인지 알겠어요. 그럼 이제부터 어디서 뭘 하면 되죠?"

"친애하는 베레스퍼드 부인, 정말 대단하십니다. 배짱이 두둑하시군요."

"어디로 가서 뭘 하면 되냐고요."

터펜스가 못 참고 질문을 반복했다.

"불행히도 지시 사항이 빈약합니다. 그 여인의 주머니엔 독일어가 쓰인 종잇조각이 있었습니다. '돌십자가에서 동쪽으로 레더배로까지 걸어가라. 세인트아살프로(路) 14번지 비니언 의원.'"

터펜스는 올려다보았다. 근처 언덕 꼭대기에 돌 십자가가 있었다. 앤서니가 말했다.

"저겁니다. 물론 표지판은 없어졌습니다. 하지만 레더배로는 제법 큰 동네라 십자가에서 똑바로 동쪽으로 걸어가면 도착하게 될 겁니다."

"얼마나 멀죠?"

"적어도 8킬로미터 정도 됩니다."

터펜스는 약간 얼굴을 찌푸렸다.

"점심 전에 걷기 운동을 많이 하겠네요. 도착했을 때 비니언 선생이 점심을 주면 좋을 텐데."

"독일어는 할 줄 아십니까, 베레스퍼드 부인?"

"호텔에서 쓰는 말 정도뿐이에요. 영어로 말하겠다고 고집을 부려야겠네요. 지령이 그랬다고 해야죠."

"그건 대단히 위험할 텐데요."

마스던이 말했다.

"말도 안 돼요. 다른 사람이 왔다는 건 꿈에도 상상 못 할 텐데. 혹시 이 근처에 낙하산을 타고 온 적국 요원이 생포되었다는 소문이 벌써 퍼졌나요?"

"그 사실을 보고한 지역 방위군 두 사람은 지금 경찰서장에 의해 구류되어 있습니다. 그 사람들이 친구한테 자신들이 얼마나 머리를 잘 썼는지 자랑하고 다닐 수도 있으니까요."

"다른 사람이 보거나 들었을 수도 있잖아요?"

앤서니가 미소 지었다.

"베레스퍼드 부인. 한두 명, 서너 명, 심지어 백 명의 낙하산 부대를 목격했다는 소문이야 항상 있는 것 아닙니까!"

"그건 사실이겠네요."

터펜스도 동의했다. 이제 본론에 들어갈 차례였다.

"자, 그럼 이야기를 해 주세요."

앤서니가 말했다.

"여기에 도구들이 있어요. 그리고 이 여성 경관님이 분장에는 전문가입니다. 이리 오시죠."

덤불 사이에는 다 쓰러져 가는 오두막이 있었다. 그 문에는 유능해 보이는 중년 여성이 서 있었다.

그녀는 터펜스를 보고 그럴싸하다는 듯 고개를 끄덕였다.

오두막으로 들어간 터펜스는 뒤집어진 가방 위에 앉아서 전문가의 작업에 얼굴을 맡겼다.

마침내 전문가는 한 발짝 물러서서 그럴싸하다는 듯 고개를 끄덕이며 말했다.

"자, 제법 잘된 것 같은데요. 어떻게 생각하십니까?"

"정말 잘됐어요."

앤서니가 말했다.

터펜스는 손을 뻗어 전문가가 내미는 거울을 집어 들었다. 자신의 얼굴을 찬찬히 보고 탄성을 억누를 수가 없었다.

눈썹이 전혀 다른 모양으로 다듬어진 것은 물론, 전체적인 인상이 완전히 바뀌어 있었다. 귀 위를 덮는 곱슬머리 아래 감춰진 접착제가 얼굴 피부를 팽팽하게 당겨서 얼굴 윤곽이 확 바뀌어 보였다. 코에도 접합제를 붙여, 형태가 전혀 달라져 있었는데 옆에서 보면 약간 새 부리 같은 모양이었다. 전문적인 화장 기술로 만들어진 입가 주름살 때문에 몇 년은 더 늙어 보였다. 전체적으로 느긋하다기보다는 바보 같은 인상이었다.

"솜씨가 정말 대단한걸요."

터펜스는 칭찬을 하며 자신의 코를 가볍게 만져 보았다.

"조심해야 합니다."

여자가 경고하고는 얇은 인도고무 두 조각을 내놓았다.

"이걸 볼에 넣고 있을 수 있겠어요?"

"아마도 그래야 하겠죠?"

터펜스가 우울하게 대꾸했다.

고무 조각을 입안에 넣고 턱을 조심스럽게 움직여 보고는 인정할 수밖에 없었다.

"심하게 불편하지는 않은데요."

이윽고 앤서니는 조심스럽게 오두막을 나갔고 터펜스는 자신의 옷을 버리고 간호사 복장을 입었다. 어깨 부분이 약간 조이기는 했지만 전반적으로 잘 맞았다. 마지막으로 짙은 파란색 모자를 쓰니 전혀 다른 사람이 된 것 같았다. 하지만 코가 네모난 신발만은 신지 않겠다고 거부했다.

"8킬로미터나 걸어야 한다면 내 신발을 신고 가겠어요."

그녀가 단호하게 말했다.

두 사람도 그게 합리적이겠다고 동의했다. 더구나 터펜스의 신발은 짙은 파란색 가죽 단화여서 간호사복과 잘 어울렸다.

그녀는 짙은 파란색 손가방을 흥미롭게 들여다보았다. 분첩이 보였고 립스틱은 없었다. 영국 돈 2파운드 14실링 6펜스. 손수건과 프레다 엘턴이라는 이름의 신분증. 주소지는 셰필드 맨체스터로(路) 4번지였다.

평소 가지고 다니는 분첩과 립스틱을 가방에 넣자 길을 나설 준비가 끝났다. 터펜스는 일어섰다.

앤서니 마스던이 고개를 돌렸다. 그가 거친 목소리로 말했다.

"부인께 이런 일을 시키다니 제가 나쁜 놈이 된 기분입니다."

"무슨 생각인지 잘 알아요."

"하지만 부인, 이건 절대적으로 중요한 일이에요. 언제, 어디로 공격이 들어올지 정보를 캐내야 합니다."

터펜스는 그의 팔을 톡톡 두드렸다.

"걱정 말아요. 믿거나 말거나, 나는 즐기고 있으니까."

앤서니 마스던이 다시 말했다.

"정말 대단하시다는 말밖에 안 나오네요!"

III

터펜스는 조금 피곤한 상태로 세인트아살프로 14번지 앞에 섰다. 그곳에서 비니언 선생이 일반 의사가 아니라 치과 의사임을 알았다.

앤서니 마스던의 모습이 곁눈으로 흘깃 보였다. 길을 한참 내려가면 보이는 집 앞에, 경주용 자동차처럼 생긴 차에 타고 있었다.

차를 타고 오면 눈치를 채일지도 모르기 때문에 터펜스는 지령대로 레더배로까지 걸어갈 필요가 있었다.

다운스 위로 적국의 비행기 두 대가 지나갔다. 비행기는 돌아가기 전에 한두 번 낮게 맴돌았다. 그 비행기가 홀로 시골길을 걸어가는 간호사를 보았을지도 모른다.

앤서니는 아까의 여자 경관을 대동하고 반대 방향으로 크게 빙 돌아 레더배로의 세인트아살프로에서 대기하고 있었다. 이제 모든 것이 준비되었다.

터펜스가 중얼거렸다.

"이제 경기장 문이 열리는 거야. 기독교인이 사자 굴로 들어가는

군. 뭐 내가 죽으러 가는 건 아니지만."

길을 건너서 초인종을 눌렀다. 문득 데버러가 앤서니를 얼마나 좋아하는 걸까 궁금해졌다. 문이 열리더니 멍청하고 시골뜨기 같은 인상의 나이 든 여자가 나왔다. 영국인 얼굴은 아니었다.

"비니언 선생님 계시나요?"

여인이 터펜스를 아래위로 천천히 훑어보았다.

"엘턴 간호사시로군요."

"그래요."

"그러면 진찰실로 같이 가시죠."

여자는 뒤로 물러서고는 터펜스가 들어서자 문을 닫았다. 터펜스는 리놀륨이 깔린 좁은 현관에 서 있었다.

하녀는 앞장서서 계단을 올라가 2층에 있는 열린 문 앞에 섰다.

"잠시만 기다리세요. 선생님이 오실 거예요."

그녀는 나가면서 문을 닫았다.

뭐 하나 특별할 게 없는 치과 진료실이었다. 시설이 좀 낡고 초라해 보였다.

터펜스는 치과 의사의 의자를 바라보면서 지금은 저게 평소처럼 두렵지 않다는 사실을 떠올리고 미소를 지었다. '치과에 온 느낌'이 들긴 했지만 꽤나 다른 의미였던 것이다.

조금 있으면 문이 열리고 '비니언 선생'이 들어올 것이다. 비니언 선생은 누구일까? 전혀 모르는 사람일까? 아니면 이미 아는 사람일까? 만일 그녀가 짐작하고 있는 사람이라면······.

문이 열렸다.

들어온 남자는 터펜스가 전혀 예상치 못한 사람이었다! 가능성 있는 후보로조차 생각해 본 적 없는 얼굴이었다.

눈앞에 헤이독 중령이 있었다.

14장

터펜스의 머릿속에서는 토미의 실종과 헤이독 중령이 어떤 관계일지에 관한 온갖 상상이 난무했다. 하지만 그녀는 단호히 그 생각을 한쪽으로 제쳐 두었다. 지금은 자기 자신에 온 정신을 쏟아부어야 할 때였다.

중령이 그녀를 알아볼 것인가? 촉각을 곤두세우게 하는 질문이 아닐 수 없었다.

터펜스 자신은 누구를 만나든 전혀 놀라거나 알아보는 척을 하지 않겠다고 마음을 굳히고 있던 터라 전혀 표가 나지 않았을 것이다.

그녀는 자리에서 일어나 공손한 자세로 그를 마주했다. 창조주를 앞에 둔 독일 여인이 바로 그런 자세를 취했을 것이다.

"결국 도착했군."

중령이 영어로 말했다. 행동거지는 평상시와 똑같았다.

"예."

터펜스가 대답했다. 그리고 신분증을 제시하듯이 덧붙였다.

"엘턴 간호사입니다."

헤이독은 재미있는 농담을 들었다는 듯 미소 지었다.

"엘턴 간호사! 좋아."

중령은 그럴싸하다는 듯 터펜스를 바라보다 친절하게 말했다.

"딱 적당하게 보여."

터펜스는 고개를 약간 기울였지만 아무런 말도 하지 않고 상대방에게 대화의 주도권을 맡겼다.

"뭘 해야 하는지는 잘 알고 있겠지? 일단 앉으시오."

터펜스는 순순히 앉으며 대답했다.

"자세한 지시는 선생님에게서 받는 걸로 알고 있습니다."

"아주 좋아."

헤이독의 목소리엔 희미한 비아냥거림이 깃들어 있었다.

"날짜는 알겠지?"

"4일이죠."

헤이독이 당황했는지 이마를 잔뜩 찌푸렸다.

"그걸 알고 있단 말이야?"

그가 투덜거렸다.

잠시 말이 끊겼다. 이윽고 터펜스가 물었다.

"제가 뭘 해야 하는지 말씀해 주시겠어요?"

"적당한 때가 오면."

그는 1분쯤 가만히 있다가 물었다.
"상수시에 대해선 물론 들었겠지?"
"아니요."
"못 들었다고?"
"예."
터펜스는 단호하게 말했다.
내심 '이렇게 말하면 어떻게 나오나 보자!'라고 생각하고 있었다.
중령의 얼굴에 이상한 미소가 번졌다.
"상수시에 대해 못 들었다는 말이지? 그거 대단히 놀라운걸. 왜냐하면 나는 말이야, 당신이 지난 한 달간 그곳에서 살았다는 느낌을 받거든······."
절대적인 침묵이 흘렀다. 중령이 말했다.
"그 점에 대해 어떻게 생각하나, 블렌킨솝 부인?"
"무슨 말씀인지 모르겠어요, 비니언 선생님. 저는 오늘 아침 낙하산을 타고 도착했는데요."
헤이독이 다시 미소 지었다. 확실히 기분 나쁜 미소였다.
"캔버스 천을 몇 미터 끊어다가 덤불에 던져 놓으면 멋진 위장물을 만들어 낼 수 있지. 나는 비니언 선생이 아니에요, 부인. 대외적으로 비니언 선생은 내 지정 치과 의사이면서, 가끔씩 진찰실을 빌려 주는 사람이지."
"정말인가요?"
"정말이지, 블렌킨솝 부인! 아니면 진짜 이름인 베레스퍼드 부인으로 불러 줄까?"

다시 한번 숨 막히는 침묵이 흘렀다. 터펜스는 깊은 한숨을 쉬었다. 헤이독이 고개를 끄덕였다.

"게임은 끝났어. 거미가 파리에게 말했다지. '너는 우리 집 거실로 걸어 들어온 거야.'"

희미한 딸깍 소리와 함께 그의 손에 시퍼런 금속 물체가 번뜩였다. 목소리에서 으스스한 살기가 느껴졌다.

"이제 소음을 내거나 이웃의 주목을 끌려고 하지 말라고 조언하고 싶군! 제대로 비명을 질러 보기도 전에 죽을 테니까. 만일 소리를 지르는 데 성공하더라도 이목을 끌지는 못할 거야. 마취 환자들도 종종 소리를 지르거든."

터펜스가 침착하게 말했다.

"모든 것을 생각해 뒀다는 거로군. 내가 어디 있는지 아는 친구들이 있다는 건 모르나?"

"아! 파란 눈의 젊은이 얘긴가? 실은 갈색 눈인데 말이지! 앤서니 마스던 군. 미안하지만 베레스퍼드 부인, 앤서니 청년은 영국에서 가장 든든한 우리의 지원군이야. 방금 말했듯이 캔버스 천을 몇 미터만 끊어 놓으면 훌륭한 효과를 낸다고 하지 않았나. 그리고 당신은 낙하산 이야기를 덥석 믿어 버린 거지."

"그렇다면 굳이 이렇게 장황한 짓을 한 이유가 뭐지?"

"모르겠나? 당신 친구들이 당신을 너무 쉽게 찾지 못하게 하려는 거야. 만일 사람들이 당신 뒤를 쫓는다면 애로에 도착한 것과 차를 끌고 온 남자에게까지는 연결되겠지. 하지만 당신과 전연 딴판으로 생긴 병원 간호사가 레더배로에 1시와 2시 사이에 걸어 들어왔다는 사실은 당신의 실종과는 무관할 거거든."

"아주 공을 들이셨군."

"당신의 대담함은 칭찬할 만해. 난 매우 높이 평가하네. 당신에게 강요를 하게 되어서 유감이지만 당신이 상수시에서 얼마나 많은 것을 알아냈는지 우리도 꼭 알아야 할 필요가 있거든."

터펜스는 대답하지 않았다.

헤이독이 조용히 말했다.

"알지, 순순히 털어놓는 게 좋을 거야. 치과 의자와 수술 도구에 어떤…… 사용법이 있거든."

터펜스는 그에게 경멸의 시선을 던질 뿐이었다.

헤이독은 의자에 기대어 앉았다. 그리고 천천히 말했다.

"그래…… 당신이 대쪽같이 꼿꼿한 사람이라는 건 알겠어. 당신 같은 부류는 그런 경향이 있지. 하지만 그림의 남은 반쪽은 어떻게 되었을까?"

"무슨 말이지?"

"토머스 베레스퍼드, 당신 남편 말이야. 메도스라는 이름으로 상수시에 살았던 그 친구. 마침 지금 내 집 지하실에 묶여 있다지?"

터펜스가 날카롭게 말했다.

"믿을 수 없어."

"페니 플레인의 편지 때문에? 그건 젊은 앤서니가 만들어 낸 똑똑한 작품이라는 걸 모르겠나? 일전에 그에게 그 암호를 말해 준 순간부터 당신은 앤서니의 손안에 들어간 거라고."

터펜스의 목소리가 떨렸다.

"그렇다면 토미는, 토미는······."

"토미는······ 항상 나와 함께 있었지······ 철저히 내 손안에 있었다고! 이제 당신한테 달렸네. 만일 내 질문에 만족스럽게 대답한다면 그를 살려 줄지도 몰라. 만일 그렇지 않으면······ 뭐, 원래 계획대로 하는 거지. 머리에 한 방 먹여 배에 실어다 바다로 내보내는 거."

터펜스는 잠시 침묵했다. 이윽고 말했다.

"뭘 알고 싶은 거야?"

"누가 당신을 고용했는지. 그 사람 혹은 사람들과 연락하기 위해 어떤 방법을 썼는지. 여태까지 뭘 보고했는지. 그리고 당신이 아는 건 뭔지를 말해."

터펜스가 어깨를 으쓱하고는 지적했다.

"내가 내키는 대로 거짓말을 할 수도 있잖아."

"아니지. 왜냐하면 당신이 말하는 걸 모두 시험해 볼 거니까."

헤이독은 의자를 가까이 끌어당겼다. 방금 그의 태도는 분명한 설득력이 있었다.

"이 여자야, 지금 어떤 기분일지 잘 알아. 하지만 내가 당신과 당신 남편을 높이 평가하고 있다는 말은 사실이야. 당신 둘은 기개와 담력이 있는 사람들이지. 새로운 국가에는 당신 같은 사람들이 필요해. 현재 당신네 무력한 정부가 사라지고 나서 이 땅에 세워질 국가 말이야. 우리는 적들과도 친구가 되고 싶다고. 그럴 가치가 있는 사람들에겐 말이야. 만일 당신 남편을 죽이라는 명령을 내려야 하게 되면, 어쩔 수 없지. 그게 내 임무니까. 하지만 나도 기분이 썩 좋진 않을 거야! 그는 괜찮은 친구일세. 겸손하고 조용하면서 똑똑해. 이 나라는 별로 인정해 주지 않는 것 같지만. 당신네들 생각과는 달리 우리의 지도자는 이 나라를 정복하려는 게 아니야. 새로운 영국을 만들려는 거지. 독일인들이 아닌 영국인이 통치하는 영국은 계속 강성할 거네. 두뇌와 용기를 갖춘 가장 훌륭한 영국인들에 의해서 말이야. 셰익스피어의 말대로 '멋진 신세계'가 되는 거라고."

그러고는 몸을 앞으로 기울였다.

"그러자면 혼란과 비효율을 없애 버려야겠지. 뇌물이나 부패도. 이기적이고 돈이나 밝히는 것들도. 이 새로운 나라는 당신과 당신 남편처럼 용감하고 다재다능한 사람들을 원해. 과거에는 적이었지만 내일은 친구가 되는 거야. 이 나라에 우리의 목표와 신념에 동조하는 사람들이 얼마나 많은지 알면 놀랄걸. 다른 나라는 말할 것도 없고 말이야. 우리들은 함께 새로운 유럽을 만들어 나갈 거야. 평화와 발전의 유럽 말이지. 이런 큰 관점에서 한번 생각해 보게…… 왜냐하면, 내가 장담하는데…… 그러면……."

그의 목소리는 매우 매력적이고 설득력 있게 들렸다. 몸을 앞으로 숙인 모습은 솔직한 영국의 바닷사람으로 보였다.

터펜스는 그를 보면서 할 말을 찾았다. 머릿속에 떠오른 것은 매우 유치하고 무례한 말뿐이었다.

터펜스가 입을 열었다……
"거위야, 거위야, 어디 갔다 왔니?"

II

그 효과가 너무도 마법 같아서 그녀는 깜짝 놀랄 수밖에 없었다. 벌떡 일어난 헤이독의 얼굴은 분노로 인해 자주색이 되었다. 선량한 영국 바닷사람 같은 모습은 순식간에 사라졌다. 터펜스는 토미가 보았던 바로 그 모습을 보고 있었다. 분노로 이글거리는 프러시아인을.

그는 독일어로 욕을 한바탕 하고서는 다시 영어로 소리 질렀다.

"이 멍청한 바보! 그렇게 대답하면 죽은 목숨이라는 거 모르나? 당신과 당신 남편, 모두 이젠 끝장이야."

그는 목소리를 높여 불렀다.

"안나!"

터펜스를 들여 보내 주었던 여인이 나타났다. 헤이독은 그녀의 손에 권총을 쥐어 주었다.

"잘 살펴. 필요하면 쏴도 좋아."

그는 방에서 뛰쳐나갔다.

터펜스는 호소하는 눈빛으로 안나를 바라보았다. 안나는 무표정한 얼굴로 앞에 서 있었다.

"정말로 나를 쏠 건가요?"

터펜스가 물었다.

"나를 어떻게 해 보겠다는 생각은 버려. 난 지난번 전쟁 때 아들을 잃었어, 내 아들 오토. 그때 난 서른여덟이었지…… 지금은 예순둘이지만 난 아직 기억하고 있어."

터펜스는 안나의 넓적하고 무표정한 얼굴을 바라보았다. 그 얼굴은 폴란드 여자 반다 폴론스카를 떠오르게 했다. 저 두려울 정도로 광폭하고 맹목적인 얼굴. 모성…… 그 무자비함! 의심의 여지 없이 영국의 수많은 존스 부인과 스미스 부인도 마찬가지이리라. 자식을 빼앗긴 엄마라는 종족에게는 말이 필요 없는 것이다.

터펜스의 의식 깊은 곳에서 뭔가가 꿈틀거렸다…… 사라지지 않는 기억…… 항상 알고 있지만 의식의 표면으로 끌어올리지 못했던 무엇. 솔로몬…… 어딘가가 솔로몬과 연관이 되어 있었다.

문이 열렸다. 헤이독 중령이 다시 방으로 돌아왔다.

분노가 극에 달해 거의 울부짖다시피 했다.

"어디에 있어? 어디에 숨긴 거야?"

터펜스는 그를 노려보았다. 그녀도 놀라서 혼이 나갈 정도였다. 중령이 하는 말을 도무지 이해할 수가 없었다.

그녀는 가져간 것도, 숨겨 놓은 것도 없었다.

헤이독이 안나에게 말했다.

"나가."

여인은 그에게 권총을 건네고 즉시 방을 나갔다.

헤이독은 의자에 털썩 앉으면서 평정을 유지하려 애쓰는 것 같았다. 그가 말했다.

"여기서 빠져나가지 못해. 당신은 내 손안에 있고…… 난 사람들이 입을 열게 만드는 방법을 알거든…… 아름다운 방법은 아니지만 결국은 낱낱이 불게 되어 있어. 자, 이제 묻지. 그걸 어떻게 했지?"

터펜스는 순간 자신에게 적어도 뭔가 홍정을 할 수 있는 가능성이 주어졌다는 사실을 깨달았다. 자신이 갖고 있는 것으로 되어 있는 물건이 무엇인지만 알 수 있다면!

그녀가 조심스럽게 말했다.

"내가 가지고 있는 걸 어떻게 알았지?"

"바보 같긴, 방금 당신이 한 말 때문이지. 지금은 없다는 것도 알아. 옷을 모두 갈아입었으니까."

"누군가에게 이미 보내 버렸다면?"

"바보 같은 소리 마. 어제 이후로 당신이 보낸 모든 것을 감시했어. 당신은 그걸 보내지 않았어. 그래, 당신이 그걸 어떻게 했을 가능성은 단 한 가지뿐이야. 아침에 상수시를 떠나기 전 어딘가에 숨긴 거지. 어디에다 숨겼는지 말할 시간을 3분 주겠다."

그는 손목시계를 책상 위에 내려놓았다.

"3분이야, 토머스 베레스퍼드 부인."

벽난로 위에 놓인 시계가 째깍거렸다.

터펜스는 멍하니 무표정한 얼굴로 가만히 앉아 있었다.

머릿속에 오만 가지 생각들이 춤췄지만, 얼굴에는 전혀 드러내지 않았다.

그리고 갑자기, 번쩍하는 섬광과 함께 모든 것을 깨달았다. 눈앞에 모든 상황이 명백하게 드러난 것이다. 이제는 누가 전체 조직의 중심에 있는지 알 수 있었다.

"10초 남았어."

헤이독의 이 말에 그녀는 깜짝 놀랐다.

헤이독이 총을 들어 올리며 숫자를 세는 모습을 보고 있자니 마치 꿈결처럼 느껴졌다.

"하나, 둘, 셋, 넷, 다섯……."

여덟까지 셌을 때 총성이 울리고 그는 의자에서 앞으로 쓰러졌다. 넙데데한 그의 붉은 얼굴에 당혹에 찬 표정이 떠올랐다. 그는 포로에 온 신경을 쓰고 있어서 뒤에서 문이 천천히 열리는 것을 알아차리지 못했던 것이다.

터펜스는 벌떡 일어났다. 문간에 서 있는 제복들 사이를 뚫고 트위드 옷을 입은 한 남자의 팔을 붙잡았다.

"그랜트 씨."

"예, 예, 이젠 괜찮아요…… 정말 잘해 주었고……."

안심시키는 말이 이어질 것 같아서 터펜스는 손사래를 쳤다.

"빨리요! 시간이 없어요. 차가 있나요?"

"있긴 합니다만."

그가 빤히 보았다.

"빠른 차겠지요? 즉시 상수시로 가야만 해요. 제시간에 닿아야 할 텐데. 놈들이 여기로 전화해서 받는 사람이 없다는 걸 눈치채기 전에요."

2분 뒤에 그들은 차에 올라 레더배로의 거리를 헤치며 달리고 있었다. 이윽고 도시를 벗어나자 속도계의 숫자가 마구 치솟았다.

그랜트 씨는 질문을 하지 않았다. 터펜스가 불안해하며 속도계를 바라보고 있는 동안 옆에 조용히 앉아 있는 것만으로 만족했다. 기사는 차가 달릴 수 있는 가장 빠른 속도로 달리라는 지시를 수행했다.

터펜스는 딱 한 번 입을 열었다.

"토미는요?"

"괜찮습니다. 30분 전에 구출되었죠."

그녀가 고개를 끄덕였다.

드디어 리햄턴이 가까워졌다. 일행을 실은 차는 시내를 이리저리로 헤집고 지나가 언덕을 올라갔다.

터펜스는 차에서 뛰어내려 그랜트 씨와 함께 집으로 달려갔다. 현관문은 언제나처럼 열려 있었다. 아무도 보이지 않았다. 터펜스는 가볍게 계단을 뛰어 올라갔다.

지나가면서 자신의 방 안을 흘깃 보았다. 서랍이 다 빠져 있고 침대가 헝클어진 모습이었다. 고개를 끄덕이면서 복도를 지나가 케일리 부부가 쓰던 방으로 뛰어 들어갔다.

방엔 아무도 없었다. 매우 평화로운 분위기, 하지만 어디선가 흐릿한 약 냄새가 났다.

터펜스는 방을 가로질러 침대로 뛰어가 매트리스 덮개를 벗겨

냈다.

덮개가 바닥에 떨어졌고 터펜스는 매트리스 밑으로 손을 넣었다. 그녀는 승리감에 젖어 그랜트 씨를 바라보면서 아이들 그림책을 꺼내 보였다.

"여기 있었구나. 다 여기에 있었어……."

"도대체……."

두 사람이 돌아보았다. 스프롯 부인이 문가에서 그들을 노려보고 있었다.

터펜스가 말했다.

"자, M을 소개합니다! 그래요. 스프롯 부인! 진작 알았어야 했는데."

극적인 순간의 분위기를 산통 깨 버린 것은 때마침 문가에 당도한 케일리 부인이었다.

케일리 부인은 어질러진 남편의 침대를 보고 놀라서 말했다.

"아, 이런! 남편이 이걸 보면 도대체 뭐라고 할까?"

15장

"진작 알아차렸어야 했어요."

터펜스는 숙성된 브랜디의 진한 한 모금을 음미하며 마음을 가라앉히고는 토미와 그랜트 씨, 그리고 맥주잔을 들고 귀에 걸린 미소를 지으면서 앉아 있는 앨버트를 번갈아 보며 미소 지었다.

"전부 얘기해 줘, 터펜스."

토미가 졸랐다.

"당신이 먼저 말해 줘요."

"난 별로 할 이야기가 없는데. 내가 은닉된 무전 설비를 보게 된 건 순전히 우연이었어. 도망칠 수 있을 거라 생각했는데 헤이독이 꽤나 똑똑했던 거지."

터펜스는 고개를 끄덕이면서 말했다.

"헤이독은 즉시 스프롯 부인에게 전화를 했어요. 그래서 대문으로 달려가 미리 숨어 있던 스프롯 부인이 당신을 망치로 내려친 거고요. 그녀가 브리지를 하던 중에 자리를 비운 시간은 3분도 되지 않았어요. 돌아왔을 때 약간 숨이 차 보이긴 했지만 전혀 의심하지 않았죠."

"그 뒤로는 모든 게 앨버트의 공이야. 충직한 사냥개처럼 냄새를 맡고 나타났거든. 내가 코 고는 소리로 모스 신호를 보내니까 단박에 알아채더군. 그는 곧장 그랜트 씨에게 알렸고, 두 사람이 그날 저녁 늦게 찾아왔어. 코를 더 힘차게 골아 줬지! 결국 나는 적들이 바다로 들어왔을 때 일망타진하기 위해 잠시 더 잡혀 있기로 합의를 봤고."

그랜트 씨가 자신의 이야기를 덧붙였다.

"헤이독이 오늘 아침 자리를 비운 동안 부하들이 밀수꾼의 쉼터를 장악했지요. 그날 저녁 보트를 붙잡았습니다."

"그리고 이제 당신이 말해 봐."

토미가 말했다.

"자, 우선 난 정말 작전 내내 세상에서 제일가는 바보였어요! 여기서 모든 사람들을 의심하면서도 스프롯 부인은 제외했거든요! 내가 위험한 곳에 있다는 불안을 느낀 건 '4일'을 언급한 전화 통화를 엿듣고 난 뒤였죠. 그때 집 안에는 세 사람이 있었어요. 전 페레나 부인이나 오로크 부인에 우려를 품었는데. 완전히 잘못 짚었던 거죠. 정말로 위험한 인물은 무고해 보이는 스프롯 부인이었어요.

토미도 알다시피 저는 계속 헤매고 있었답니다. 토미가 사라질 때까지는요. 그때 앨버트와 계획을 세우고 있노라니 난데없이 앤서니 마스던이라는 청년이 나타났더랬지요. 처음엔 괜찮아 보였어요…… 데버러를 쫓아다니는 젊은 남자들 중 하나라고 생각했으니까요. 그렇지만 두 가지 이유 때문에 좀 망설이게 되지 뭐예요. 첫째, 그와 이야기를 나누면 나눌수록 제가 그를 본 적이 없다는 확신이 들었어요. 둘째, 그는 리햄턴에서 제가 하는 일이 뭔지 다 안다면서도 토미가 스코틀랜드에 있다고 굳게 믿고 있더군요. 그러니 말이 앞뒤가 안 맞잖아요. 만일 그가 비밀 요원에 대해 알고 있다면 그건 토미여야 하거든요. 말하자면, 저는 비공식적으로 파견된 거니까. 그게 매우 이상하다고 느껴졌어요.

그랜트 씨가 5열은 어디에나…… 가장 방심하는 곳에 있다고 했잖아요. 그래서 데버러가 일하는 곳이라고 없으란 법은 없겠다 싶었죠. 확신은 없었지만 그가 의심스러운 것은 사실이라 한번 함정을 파 보았답니다. 앤서니에게 토미와 제가 연락을 할 때 쓰는 암호가 있다고 이야기를 해 주었거든요. 물론, 우리의 진짜 암호는 본조 엽서를 쓰는 것이지만, '페니 플레인과 터펜스 컬러드' 얘기를 꾸며 냈어요.

제가 바랐던 대로 그는 완벽하게 함정에 빠져 주었어요! 오늘 아침에 그의 정체를 밝혀 주는 편지를 받았지 뭐예요.

모든 준비는 미리 해 두었어요. 저는 그저 재단사에게 전화해서 약속을 취소하면 됐고요. 그게 물고기가 미끼를 물었다는 걸 암시하는 거였지요."

앨버트가 외쳤다.

"와, 어찌나 놀랐던지! 저는 빵가게 차를 몰고 가서 대문 밖에 웅덩이를 만들어 두기만 하면 됐죠. 거기 넣어 둔 게 아니스 열매였던가? 아무튼 그런 냄새가 나는 거였더랬죠."

터펜스가 이야기를 이어받았다.

"그런 후에…… 저는 집에서 나오면서 웅덩이를 밟았어요. 물론 빵가게 차로 역까지 절 따라오는 데 어려움이 없었을 거예요. 누군가 나를 따라와서 얘로로 가는 표를 끊는 것도 확인했겠지요. 그 뒤엔 좀 어려워질 수 있는 부분이었지만."

그랜트 씨가 말을 시작했다.

"개가 냄새를 잘 따라갔어요. 얘로 역까지 부인의 발자국 냄새를 따라갔다가 부인이 타이어에 신발을 문질러 둔 덕에 다시 추적할 수 있었지. 그렇게 덤불로, 그리고 다시 돌 십자가로, 그다음엔 다운스까지 발자국을 따라갔지요. 적들은 부인이 출발하는 걸 보고 곧 차를 출발했기 때문에 우리가 따라붙었다는 걸 상상도 못 했을 거예요."

앨버트가 끼어들었다.

"그건 저도 마찬가지였어요. 그때 정말 질겁했거든요. 그 집 안에 부인이 있는데 무슨 일이 일어나는지 알 수가 없으니까. 우린 뒤쪽 창문으로 들어가서 계단을 내려오는 외국 여자를 체포했지요. 아슬아슬했어요."

"올 줄 알고 있었어요. 제가 할 일은 가능한 한 시간을 질질 끄는 거였죠. 문이 열리는 것을 못 봤다면 털어놓는 척했을 거예요. 정말 흥미진진했던 부분은 갑자기 모든 것이 명확해지고 제가 바보였다는 것을 깨달았을 때예요."

터펜스의 말이었다.

"어떻게 알게 되었는데?"

토미가 물었다. 터펜스가 즉시 대답했다.

"'거위야, 거위야, 어디 갔다 왔니?' 제가 그렇게 말하자 헤이독 중령은 완전히 폭발했어요. 뜬금없고 무례한 말이어서가 아니에요. 그래요. 그 말이 그에게 뭔가 의미가 있다는 걸 단박에 알아차린 거죠. 그리고 그 여자…… 안나의 얼굴을 보고 꼭 폴란드 여자 같다는 생각이 들었거든요. 자연히 솔로몬이 떠올랐죠. 그제야 모든 것이 보였어요."

토미는 안달이 나서 한숨을 쉬었다.

"터펜스, 또 그렇게 말하면 나는 권총 자살이라도 하고 말 거야. 뭘 봤다는 거야? 게다가 솔로몬이 이번 일이랑 도대체 무슨 관련이 있는 거지?"

"그 이야기 생각나요? 두 여인이 서로 자기 아이라면서 아기를 데리고 솔로몬 왕 앞에 나타났다고 하잖아요. 왕은 '그렇다면 아이를 둘로 갈라 가져라.'라는 명을 내렸죠. 그러자 가짜 엄마는 좋다고 했지만 진짜 엄마는 '저 여자에게 아이를 주세요.'라고 했다지요. 자신의 아이가 죽는 걸 참을 수 없었던 거예요. 그날 저녁 스프롯 부인이 납치범을 쏘았을 때, 모두 아이가 총에 맞을 수도 있었다며 기적이라고 말했죠. 그냥 그렇게 단순하게 넘어가고 말았어요! 하지만 자신의 친자식이라면 절대로 그 순간에 총을 쏘는 짓은 못 했을 거예요. 그러면 베티는 그녀의 아이가 아니라는 말이 되죠. 그게 바로 그녀가 여인을 쏠 수 있었던 이유이기도 하고요."

"왜?"

"왜냐하면 다른 여자가 베티의 진짜 엄마이기 때문이죠."

터펜스의 목소리는 떨렸다.

"불쌍한 사람. 사지에 몰린 불쌍한 사람이에요. 그녀는 돈 한 푼 없이 영국으로 망명해서 아이를 스프롯 부인에게 입양시켰죠."

"스프롯 부인은 왜 아이를 입양하고 싶어 했을까?"

"위장이에요! 고도의 심리적 위장! 아이 딸린 거물 스파이라는 말 들어 봤어요? 그래서 스프롯 부인을 심각하게 생각해 본 적이 없었던 거예요. 단지 아이가 있다는 이유만으로! 하지만 베티의 친엄마는 아이가 보고 싶어 견딜 수 없던 나머지 스프롯 부인의 주소를 찾아내서 여길 오게 된 거죠. 그녀는 숨어서 기회를 기다리다가 적당한 때를 보아 아이를 데리고 달아난 거예요.

스프롯 부인은 미친 듯이 당황했어요. 어떻게든 경찰의 개입을 막아야 했죠. 그래서 협박범의 메시지를 만들어서 마치 침실에서 찾아낸 듯 연기했어요. 그리고 헤이독 중령에게 도와 달라는 요청을 한 거죠. 그리고 그 불쌍한 여인을 찾아내자 화근을 제거하기로 했어요. 바로 총을 쏜 거지요…… 무기를 전혀 다루어 보지 않은 사람치고는 참으로 훌륭한 솜씨였죠! 그래요, 그녀가 그 가련한 여인을 죽였어요. 그래서 전 스프롯 부인에게 아무런 동정도 느끼지 않아요. 그녀는 정말 정말 나쁜 사람이에요."

터펜스가 잠시 말을 쉬었다가 계속했다.

"내가 놓쳤던 건 반다 폴론스카와 베티가 닮았다는 사실이에요. 그 여인을 볼 때마다 누군가가 떠올랐는데, 그게 바로 베티였죠. 그리고 그 아이는 제 신발 끈을 가지고 이상한 행동을 하지 않았겠어요? 걘 소위 엄마라는 여자가 여러 번 그런 행동을 하는 것을 보았던 거예요. 칼 본 데님이 아니라! 하지만 스프롯 부인은 아이가 하는 행동을 보자마자 칼의 방에 증거를 가져다 놓은 거예요, 우리가 찾아내게끔. 신발 끈을 그 비밀 잉크에 적셔 놓은 건 정말 탁월한 솜씨였어요."

"칼이 가담하지 않은 게 기뻐. 난 그 친구가 마음에 들었거든."

토미가 말했다.

"벌써 총살당한 건 아니죠?"

터펜스가 불안한 듯 질문을 던졌다.

그랜트 씨가 고개를 저었다.

"그 친구는 괜찮아요. 실은 말 안 하고 있다가 좀 놀래 줄려고 그랬는데."

터펜스의 얼굴이 밝아졌다.

"정말 잘됐어요. 실라를 위해서도요! 물론 우리는 페레나 부인이라는 헛다리를 계속 붙들고 있던 바보지만."

"그녀는 IRA 활동에 약간 얽혀 있긴 하지만 그뿐입니다."

그랜트 씨가 말했다.

"저는 오로크 부인을 의심했어요…… 가끔은 케일리 씨 부부도……."

"난 블레츨리를 의심했지."

토미가 말했다.

"그런데 결국 별 관심도 두지 않았던 애엄마였다니요."

"별 볼 일 없지는 않습니다. 매우 위험한 여자, 머리 좋은 여배우지요. 그리고 유감스럽지만 태어날 때부터 영국인이고."

그랜트 씨가 말했다.

터펜스가 말했다.

"그러면 저는 아무런 동정도 느끼지 않아요. 그녀를 높이 평가하지도 않고요. 조국을 위해서 일한 것도 아니잖아요."

그녀는 호기심 어린 시선으로 그랜트 씨를 돌아보았다.

"원하던 정보는 찾으셨어요?"

그랜트가 고개를 끄덕였다.

"낡은 어린이 그림책 복사본에 다 들어 있었어요."

"베티가 '나빠!'라고 했던 책이죠."

터펜스가 말했다.

"정말로 나쁜 책이었지. 『꼬마 잭 호너』 속에 우리 해군의 작전 계획이 다 들어 있었어요. 그리고 『하늘의 조니 헤드』에는 공군에 대한 정보가 있었죠. 육군? 『작은 사람이 작은 총을 가지고 있었다』에 나와 있더군."

그랜트가 건조하게 말했다.

"그러면 『거위야, 거위야, 어디 갔다 왔니?』는요?"

터펜스가 물었다.

그랜트 씨가 대답했다.

"약품 처리가 된 그 책에는 보이지 않는 잉크로 영국 침략을 돕겠다고 서약한 유력 인사들의 이름이 적혀 있어요. 그중에는 경찰서장이 두 명, 공군 소장 한 명, 장군 두 명, 군수 물자 업체 사장, 그리고 장관 한 명, 총경 여러 명, 지역 방위군 조직의 대장들, 그리고 육군 해군의 잔챙이들뿐만 아니라 정보부의 요원들도 있죠."

토미와 터펜스는 서로를 마주 보았다.

토미가 외쳤다.

"믿을 수 없군!"

그랜트가 고개를 저었다.

"독일 선전전의 위력을 몰라서 하는 소리예요. 그들에겐 사람을 유혹하는 힘이 있어요. 권력에 대한 욕망을 가진 사람들을 흔들지. 이 사람들은 돈을 위해서가 아니라 자신들이 그 나라에서 뭔가를 할 수 있다는 과대망상적 자만심 때문에 배신을 하는 거니까. 어디에나 그런 놈들이 있지. 루시퍼의 숭배자들이라고나 할까…… 새벽의 아들(타락한 천사 루시퍼의 별칭 — 옮긴이) 루시퍼, 자만심 그리고 개인적인 명예에 대한 욕망!"

그가 덧붙였다.

"상반된 명령을 내리고 작전에 혼선을 일으킬 사람들이 그렇게 많았으니 영국 침략도 어려운 게 아니었음을 알 수 있지요."

"그럼 이제는요?"

터펜스가 물었다.

그랜트 씨가 미소 지었다.

"이제는, 얼마든지 오라고 해요! 우리는 만반의 준비가 되어 있으니!"

16장

"엄마, 제가 엄마에 대해 얼마나 끔찍한 생각까지 했는지 아세요?" 데버러가 말했다.

"그래? 언제?"

터펜스는 사랑이 가득 담긴 시선으로 딸의 검은 머리카락을 바라보았다.

"엄마가 아빠가 계신 스코틀랜드로 몰래 빠져나간 것도 모르고 그레이시 이모 집에 있는 줄 알았던 때요. 난 엄마가 다른 사람이랑 바람이라도 피우는 줄 알았잖아요."

"어머, 데버러, 그랬니?"

"정말로 그런 건 아니에요. 엄마 나이와는 어울리지 않잖아요. 또 아빠랑 엄마가 서로 무척 충실하다는 것쯤은 나도 알아요. 엉뚱한 생각을 부추긴 건 앤서니 마스던이라는 바보 자식이었죠. 그런데 엄마, 이건 말해 줘도 될 것 같은데, 그 사람 5열의 일원이라고 밝혀진 거 있죠? 항상 말하는 게 좀 이상하긴 했어요. 히틀러가 이겨도 아무 나쁠 게 없을 거라는 둥, 더 좋아질 거라는 둥."

"그 사람을, 그러니깐…… 좋아했니?"

"앤서니요? 아니요, 절대로요. 그 사람 좀 지겨운 사람이에요. 아, 이 노래에 춤춰야겠다."

데버러는 금발 젊은이의 손을 잡고 그에게 미소를 지으며 미끄러지듯 멀어져 갔다. 터펜스는 두 사람의 움직임을 잠시 바라보다가 공군 제복을 입은 키 큰 젊은이와 금발의 날씬한 아가씨가 춤추는 광경으로 시선을 옮겼다.

"있잖아요, 토미. 우리 아이들 참 괜찮은 것 같아요."

터펜스가 말했다.

"저기 실라가 온다."

토미는 두 사람이 앉은 테이블로 다가오는 실라 페레나를 보고 자리에서 일어섰다.

에메랄드 빛 이브닝드레스를 입은 그녀는 어두운 아름다움을 뽐내고 있었다. 그날 저녁 그녀는 아름답지만 침울했고, 좀 떨떠름한 표정으로 초대해 준 주인과 인사를 나누었다.

"저도 왔어요. 약속했으니까요. 그런데 왜 저를 보고 싶어 하셨는지 모르겠네요."

"왜냐하면 우리가 널 좋아하니까."

토미가 웃으며 말했다.

"정말로요? 왜요? 저는 두 분께 몹쓸 짓만 했는데요?"

그녀는 말을 멈추더니 낮은 소리로 말했다.

"하지만 감사드려요."

터펜스가 말했다.

"네가 같이 춤을 출 좋은 파트너를 구해야겠구나."

"전 춤추고 싶지 않아요. 전 춤추는 거 싫어요. 두 분을 뵈러 온 것 뿐이라고요."

"우리가 초대한 파트너는 너도 좋아할 거야."

터펜스가 웃으면서 말했다.

"전……."

실라는 말을 시작하다가 멈추었다…… 칼 본 데님이 걸어오고 있었다.

실라는 홀린 듯이 그를 바라보다가 속삭였다.

"칼……."

"나야. 나라고."

그날 저녁 칼 본 데님은 뭔가 달라 보였다. 실라는 조금 혼란스러워하며 그를 바라보았다. 볼이 발그레해지나 싶더니 빨갛게 익어 버렸다.

그녀는 약간 숨이 차서 말했다.

"지금쯤은 당신이 누명을 벗었을 줄 알았어요. 그래도 어딘가에 갇혀 있을 것으로 생각했는데?"

칼이 고개를 저었다.

"나를 가둘 이유가 전혀 없거든."

그가 말을 계속했다.

"날 용서해 줘, 실라. 당신을 속였어. 나는 칼 본 데님이 아니야. 그럴 만한 이유가 있어서 그 이름을 쓰고 있었어."

그가 묻는 듯한 시선으로 터펜스를 바라보았다. 터펜스가 재촉했다.

"어서 말해 줘."

"칼 본 데님은 내 친구 이름이야. 몇 년 전 영국에서 알게 되었지. 전쟁이 일어나기 직전에 독일에서 그를 다시 만났고. 나는 영국을 위한 특별한 임무를 수행하는 중이었어."

"당신이 정보부 일을 했다고요?"

"그래. 독일에 있을 때 이상한 일이 일어났어. 한두 번 매우 큰 위기가 닥쳐, 아슬아슬하게 벗어났거든. 놈들이 내 계획을 이미 알고 있는 거야. 도저히 알 방법이 없는데. 그래서 일이 틀어졌다는 걸, 내 동료 중에 배신자가 침투했다는 걸 알게 되었지. 동포에게 배신을 당한 셈이야. 칼과 나는 외모가 비슷했기 때문에 (할머니가 독일 분이셨거든.) 나는 독일에서 일하는 데 적격이었어. 칼은 나치가 아니야. 그는 자신의 일에만 관심이 있었지. 화학 연구 말이야. 마침내 전공이기도 하지. 그는 전쟁 직전, 형제들이 수용소로 끌려가는 걸 보고 영국으로 망명하기로 결심했어. 그는 도피에 성공할 가능성이 매우 낮을 거라고 보았지만, 일이 기적적으로 잘 풀려 나갔다는 거야. 그 사실을 전해 들었을 때 난 뭔가 수상하다고 생각했지.

왜 당국은 본 데님이 독일을 떠날 수 있도록 방치하고 있는 걸까? 형들과 다른 친척들은 수용소에 잡혀 있는데? 더구나 그는 반나치 성향으로 의심받고 있었는데 말이지. 꼭 놈들에게 뭔가 이유가 있어서 칼이 영국에 들어가길 바라는 것 같았어. 게다가 나 자신의 위치도 매우 위험해지고 있었지. 칼의 하숙집이 나랑 같은 곳이었는데, 어느 날 보니 그가 침대에서 싸늘한 시신으로 발견된 거야. 우울증이 심해져서 자살을 했다더군. 그가 남긴 유서를 읽고 주머니에 넣었지.

 나는 그를 대신하기로 마음먹었어. 나도 독일에서 탈출하고 싶었으니까. 그리고 그들이 왜 칼이 영국으로 가는 걸 바랐는지도 알아내야 했고. 곧 나는 죽은 그에게 내 옷을 입히고 내 침대에 뉘었지. 권총을 머리에 쏘아서 얼굴이 망가진 상태인 데다, 내가 알기로 하숙집 주인은 눈이 잘 보이지 않거든.

 칼의 서류를 가지고 나는 영국으로 와서 그에게 배정된 주소로 갔어. 그곳이 바로 상수시였던 거야.

 거기 있는 동안 나는 칼 본 데님의 역할을 하면서 한 번도 긴장을 늦추지 않았어. 그곳 화학 공장에서 일하도록 이미 다 주선이 되어 있더군. 처음엔 내가 나치를 위해 일하도록 종용받을 줄 알았지. 하지만 결국 내 불쌍한 친구가 맡은 역할은 희생양이었어.

 거짓 증거물 때문에 체포되었을 때 나는 아무런 말도 하지 않았어. 내 진짜 정체는 가능한 한 늦게 밝혀야 했으니까. 무슨 일이 일어날지 궁금하기도 했고.

그렇게 겨우 며칠 전에야 동료 중 한 사람이 나를 알아봤고, 진실이 밝혀진 거야."

실라가 나무라듯 말했다.

"나한테는 말해 줬어야지."

그가 부드럽게 말했다.

"그렇게 생각한다면…… 미안해."

그의 눈이 그녀의 눈과 마주했다. 그녀는 화가 난 듯하면서도 자랑스럽게 그를 바라보았다. 실라의 분노는 곧 사그라졌다. 그녀가 말했다.

"당신이 해야 할 일을 한 거겠지……."

"실라……."

그는 일어섰다.

"이리 와서 춤추자."

두 사람은 같이 걸어 나갔다.

터펜스가 한숨을 쉬었다.

"왜 그래?"

토미가 말했다.

"이제 실라가 그를 돌봐 주길 바라요. 칼이 모두와 맞서야 하는 독일인 망명자가 아니라는 게 밝혀졌으니까요."

"실라는 잘 해낼 거야."

"그래요. 하지만 아일랜드 사람들은 아주 괴팍하죠. 그리고 실라는 태어날 때부터 반항아잖아요."

"그런데 칼은 왜 그날 당신 방을 뒤졌던 거야? 그 덕에 단단히 오해를 했잖아."

토미가 웃음을 터뜨렸다.

"칼이 보기에는 블렌킨솝 부인에게 뭔가 수상쩍은 구석이 있었다네요. 말하자면, 우리가 그를 의심하는 동안 그는 우리를 의심했던 거예요."

"여보세요, 두 분."

데릭 베레스퍼드가 불렀다. 파트너와 춤을 추면서 부모님이 앉아 있는 탁자 근처를 지나가던 참이었다.

"두 분도 와서 춤추세요."

어서 일어서라는 듯 미소까지 띠고 있다.

"우리 애들은 정말 친절해요."

터펜스가 말했다.

이윽고 쌍둥이와 파트너들이 탁자로 돌아와 앉았다.

데릭이 아버지에게 말했다.

"일을 구했다니 정말 다행이에요. 별로 재미있는 일은 아니겠지요?"

"대부분 판에 박힌 업무를 하게 되지."

토미가 말했다.

"상관없어요. 뭔가 하고 있으니까요. 그것만으로도 대단하잖아요."

"그리고 엄마도 같이 일하게 되어서 기뻐요. 엄마도 무척 행복해 보이고요. 일이 너무 지겨운 건 아니겠죠, 엄마?"

데버러가 말했다.

"전혀 지겹지 않아."

"잘됐다. 전쟁이 끝나면 나도 엄마에게 내 일에 대해서 말해 줄 수 있을 텐데. 정말 흥미진진한 일이에요. 하지만 기밀을 지켜야죠."

"정말 재미있겠구나."

"그럼요! 하지만 하늘을 나는 것처럼 스릴 넘치지는 않겠죠……."

데버러는 데릭에게 시샘의 눈길을 보내고는 덧붙였다.

"데릭이 어디로 추천받았냐면요……."

데릭이 재빨리 막았다.

"시끄러, 데버러."

토미가 말했다.

"그래, 데릭. 최근엔 무슨 일을 하고 있니?"

"별거 아니에요…… 항상 하는 일이죠. 아직도 왜 내가 거기 선발되었는지 모르겠어요."

젊은 공군 병사는 얼굴을 붉히며 우물거렸다. 마치 큰 죄를 지었다고 추궁받은 것처럼 쑥스러운 얼굴이었다.

그가 자리에서 일어나자 금발 아가씨도 따라 일어났다.

데릭이 말했다.

"오늘을 만끽해야죠. 오늘이 휴가 마지막 날인데."

"가자, 찰스."

데버러가 말했다.

터펜스는 마음속으로 빌었다.

'저 아이들을 안전하게 지켜 주세요. 아무 일도 일어나지 않게…….'

그러고는 시선을 들어 토미의 눈을 보았다. 그가 말했다.

"그 아이 말인데, 혹시 우리가······."

"베티 말이죠? 토미, 당신도 그렇게 생각했다니 정말 다행이에요! 난 그냥 내가 너무 모성애가 강해서 그런 생각이 드나 고민했어요. 당신 정말 그렇게 했으면 좋겠어요?"

"입양하는 거? 왜 안 되겠어? 그 아이는 이미 힘든 일을 겪었잖아. 그리고 자라나는 아이에게 뭔가를 해 줄 수 있으면 재미있지 않겠어?"

"오, 토미!"

그녀는 손을 뻗어 토미의 손을 꽉 잡았다. 두 사람은 서로를 바라보았다.

"우린 항상 원하는 게 똑같아요."

터펜스가 행복하게 말했다.

데버러는 춤을 추면서 데릭 옆을 지날 때 말했다.

"저 두 분을 봐. 손을 잡고 있잖아! 정말 귀엽지 않아? 두 분이 이 전쟁 중에 지겨운 시간을 보내고 있는 만큼 우리가 할 수 있는 최선을 다해야 해······."

〈끝〉

옮긴이 | 이수경

1975년 서울에서 태어나 한국외국어대학교 노어과를 졸업하고 현재 인트랜스 번역원 전문번역가로 활동하고 있다. 옮긴 책으로 『에너지 버스』(공역), 『전쟁의 기술』(공역), 『끌어당김의 법칙』, 『어둠 속의 다이버』, 『펫져 이야기』, 『점프』, 『평범한 그 여자는 어떻게 억대 사업가가 됐을까』, 『P2P, 비즈니스 혁명』, 『현대 군주론』 등이 있다.

애거서 크리스티 전집

N 또는 M

3판 1쇄 찍음 2023년 8월 21일
3판 1쇄 펴냄 2023년 8월 28일

지은이 | 애거서 크리스티
옮긴이 | 이수경
발행인 | 박근섭
편집인 | 김준혁
펴낸곳 | 황금가지

출판등록 | 2009. 10. 8 (제2009-000273호)
주소 | 06027 서울 강남구 도산대로 1길 62 강남출판문화센터 5층
전화 | 영업부 515-2000 편집부 3446-8774 팩시밀리 515-2007
홈페이지 | www.goldenbough.co.kr

도서 파본 등의 이유로 반송이 필요할 경우에는 구매처에서 교환하시고
출판사 교환이 필요할 경우에는 아래 주소로 반송 사유를 적어 도서와 함께 보내주세요.
06027 서울 강남구 도산대로 1길 62 강남출판문화센터 6층 민음인 마케팅부

ⓒ ㈜민음인, 2023. Printed in Seoul, Korea
ISBN 978-89-8273-750-3 04840
ISBN 978-89-8273-700-8 04840 (set)

㈜민음인은 민음사 출판 그룹의 자회사입니다.
황금가지는 ㈜민음인의 픽션 전문 출간 브랜드입니다.